小泉信三 エッセイ選——2

私と福澤諭吉

慶應義塾大学出版会

昭和 33 年 5 月、適塾にて（慶應義塾福澤研究センター提供）

目次

I　福澤先生と私

II　福澤先生が今おられたら

Ⅲ　福澤諭吉を語る――人と著作――

Ⅳ 福澤諭吉と向き合う

編者＝山内慶太、神吉創二、都倉武之、松永浩気

凡例

一、本書は、『小泉信三全集』（文藝春秋　昭和四十二年〜四十五年）を底本とした。表記は原則として底本に従った。読みにくいと思われる語句については適宜ルビを追加した。

一、解説が必要と思われる語句については、編者注として各編の文末に記し、短いものは本文中に〔　〕で記した。

一、初出は各編の文末に記した。

一、本文中に、今日の人権意識に照らして不適切に思われる表現箇所があるが、作品の作られた時代的背景、著者がすでに故人であることを考慮し、そのままとした。

I　福澤先生と私

姉弟

私には二つ年上の姉（松本千(せん)）があったが、この七月（昭和三十三年）の始めに七十二で死んだ。私たちは早く父を失い、私は一人の姉と二人の妹とともに母に育てられた人間である。姉は子供のときから大人びた風があり、私が諸事勝手に、利己的にふるまうのに対し、何事も弟や妹にゆずるというたちなので、自然家の中で立てられていた。今、長い年月のことを回想すると、私はどうもこの姉に、意見ばかりされていたような気がする。もちろん、口は私の方が達者であったが、どこか押さえられていたのであろう。姉が死んで、私は、心の内に姉を頼る習性のようなものがあったことを、自ら知った。

先き頃、幸田文の『おとうと』を読んで感じたことがある。もちろん、私はあの作の主人公のように、不良少年の仲間に引き込まれたこともなく、比較にならぬほど無事な弟であったにちがいないが、姉というものの弟を見る気持ちには共通のものがあるのではないかと思い、心をひかれてこの作品を読み了えた。当時、私の姉はすでに不治の病いを患っていたが、私はこの作品を姉にすすめてみたいと思い、妻にも語ったことがあった。とかくするうち、それは果たさずにしまったが、もし読めば、姉というものの心をよく描いていることを認めたであろうと思う。

　姉の病いは難病中の難病、癌であった、皮膚をおかされ、内臓をおかされ、最後に食道に来たのだから、病苦は相当であったはずだが、あまり病いを意に介するようでもなく、終始機嫌がよく、そうして意外に長く持ったのは、一つの仕合せとすべきであったろう。姉の亡夫は松本烝治[*1]といい、法学者として世間に知られ、法律事務所も開いていたから、姉は後半生、幸いに不自由なく過ごすことができた。建築なども好きで田園調布に洋風の家を建て、さらに姑のため自分で念入りに設計して日本式の隠居所を建て、結局自分たちもそれを老後の住居としたのであったが、病気見舞に行って見ると、姉はその座敷に床を敷かせて長身を横たえていた。枕頭には聖書のほか二、三冊、床の間には亡夫の遺愛の画幅のそのときどきのもの、棚の上には子供たちから贈られたというテレビ、そうして家の中は人手もあって掃除が行き届いていた。テレビは、食道の病いに胸のむかつく不快をまぎらすことに役立ったらしい。そのテレビのお蔭で、相撲の面白味が分ったとか、美空ひばりのよさを知った、とかいっていた。私たちは会えば無駄話ばかりしたが、そんな時、私は時々姉の日数のすでに限られていることを忘れ、「結構な身分だ」などと思うこともあった。

　そんな機会の或る日のことが記憶にのこっている。姉と私は私の妻を傍聴者にして、福澤先生の話をした。先生は私たちの父の先生であり、父の死後、一家は先生の庇護を受けて、しばらくの間、三田の福澤邸内の一棟に住んだこともある。明治三十四年二月、先生が数え年六十八で亡くなったとき、私は十四、姉は十六であった。十四の少年と十六の少女とでは、ませ方が違う。姉は私よりたしかによく先生を見ていたにちがいない。われわれは長い年月の間に姉弟で福澤論などをしたことはなかったが、この時、ふと思いついて、姉の福澤観をきいて見る気になった。

「福澤先生のエライところはどこだったろう」と私はいった。

「それは愛よ」

姉はすぐ答え、少し附け加えて、福澤先生がいかに人を愛する人であったかをいった。

この答えは私にとり全く意外ではなかったが、ちょっと虚を衝かれたような感もあった。福澤の偉大といえば、われわれはどうしても日本の近代化に対するその貢献——『西洋事情』『学問のすゝめ』『文明論之概略』等々の著述というようなことを——まず考える。この人の真の偉大な人を愛する人であったことにあるということは、その時私には思い及ばなかったのである。しかし、姉の言葉をきいているうちに、私は或いはそれが本当は正しいのかも知れぬ、福澤先生の著述などあまり多くは読まなかったこの女が、女の直感で、かえって福澤諭吉の真の偉大を知ったのかも知れぬ、というような感じもした。いずれにしても、今日、著述や各種の文献資料によって福澤を研究するものは、私の姉のこの答えを或いは意外とするであろう。

姉が子供のとき、いつ初めて福澤先生を見たか。また、その時どんな印象を受けたか、きいて見たこともないが、たまたま今保存されている先生の書簡に、名は挙げていないが、四歳のときのこの姉のことに触れた文言のあることに、私は気付いている。

私は明治二十一年五月に生れたが、この時父は慶應の塾長をしており、慶應の構内といえる三田の丘の南麓に住み、家族の者も福澤家の人々と親しく往来する間柄であった。しかるに、いろいろの経過があって、翌年父は福澤先生の塾の問題に対する処置に不満を感じ、その不満をかくさず、病気と称して故郷の和歌山に帰ってしまったことがある。これに対して幾日かの後、先生がいろいろと事情を述べ、「何卒この度は御奮発御帰京下されたく」云々（送り仮名は小泉）と書き送った手紙が残っている（明治二十二年九月三日付）。それは父を宥めるために書かれたものであって、その語気は十分文面に感じられる。しきりに両家の家族のことを書いているのも、そのためであったろう。手紙の始めに和歌山大洪水の見舞をいい、「如何なされ候や、家内共打ち寄り毎々御噂致し居り候事に御座候。お子様方さぞ〳〵御驚きの事ならん。実に大変の次第に御座候」とある、その「お子様方」は即ち四歳の姉と二歳の私である。さらに宛名の次ぎの二伸の箇所に、

「尚ほ御令閨様御子様へ宜しく御致意願ひ奉り候。家内子供一同よりくれ〴〵も御伝声申し聞け候。就中愛作より兄弟へ宜しくと申し出で候。（下略）」

とある。この愛作というのは、先生の長女さとが、工学士中村貞吉に嫁して生んだ長男、先生にとっての初孫であり、「兄弟」というのは私の姉のことである。愛作は姉より二歳年上で、このとき六歳であった。かく二人の小児が兄弟と呼び合うように親しんでおり、先生が手紙の端にも、わざわざその小児によろしく、と書き添えたとすれば、子供のときから先生に愛せられたといっても好いのであろう。

この時父は結局先生の慰留をきかず、慶應義塾をやめてしまった。そうして日本銀行に入って、家

を三田から牛込に移し、ついで横浜正金銀行に転じ、[*2]五年後に病を得て横浜で死んだ。寡婦となった母は、子供四人を連れて、いわば福澤先生の膝下へ、即ち三田へ再び還って来た。そうして何年かの後、姉はそこから他家へ嫁ぎ、私はそこで慶應義塾を卒業したのである。

姉が福澤先生という人をよく見たのも、当然この時期であったはずである。父が横浜で死んで、私たちは東京へ引き上げ、しばらく芝公園に近い三田四国町に借家住居していたのであるが、或る日、突然転居して福澤家の邸内に入ることになった。それは私の隣に人殺しがあり、それを聞いた先生が、翌日飛び込んで来て、そんな物騒な処には住まわせては置けないと、母をせき立てて、転居させたのである。（後にやはり三田に自宅を建築して移る）。これは一例に過ぎないが、先生のやり方はすべてこの流儀であった。三田に住んだ幾年の間に、私たちの家族は、幾度となく先生のこのような庇護に浴したことと思う。ボンヤリした子供であった私は、当時先生に感謝するというようなことを考えもしなかったが、二つ年上で、女で、そうして大人びていた姉には、父の恩師の志はよく分ったのであろう。一体小児は、意外によく大人の心を察し得るものであるが、姉の場合、ことにそうだったように思われる。

それに、姉は或る時期、始終福澤家へ往っていた。それは踊りの稽古に通ったのである。福澤先生は元来は武骨な田舎侍で、同じ中津藩士の間でも、自分の家のものに限り芝居見物などはしなかった、と語ったこともあるが、生来「鳴物（なりもの）はなはだ好きで」、後年「女の子には娘にも孫にも琴三味線を初め、また運動半分に踊りのけいこもさせて、老余唯一の楽しみ」としたことは、福澤自伝に自ら語った通りである。私の姉と上の妹は、先生にすすめられて、他の三田界隈の娘二、三人とともに、この踊りの稽古に参加したのである。その時姉は十二、三、妹は八つか九つ、師匠は正しい芸名は知らないが、福澤家では「お花さんお花さん」と呼ばれた花柳流の老女師匠であった。その頃福澤家には広間に舞台が設けられ、ときどきおさらいも催された。私も見に行ったことがある。姉が老後になっても割合起居が身軽く、自分でも幾分それを得意としたのは、この少女のときの踊りの稽古の効果だったかも知れない。

とにかく、この稽古のお蔭で、少年の私は

〽宵は待ちそしてうらみて暁の……

というような文句を、訳も分らずきき憶えることになった。また、「かっぽれ」の文句も知った。後に出身女学校の理事などに推された、中年以後の姉を知るものは、彼女が少女のとき、首に手拭いをまいて「かっぽれ」を踊ったことを想像しないだろう。その一節に子守り子が背中の赤子をゆすりゆすり「寝ろてばよう、寝ろてば寝ないのか、この子はよ」という唄の文句に合わせて踊るところがあり、その姉の振りも私は見て憶えている。今日、姉の孫娘には、大学に学び、或いは大学を卒業したばかりのものが四、五人いる。その娘たちにとり、彼等の祖母が「かっぽれ」を踊った話は、最も奇抜で、想像もできず、したがって当然最も人気がある。姉が死んだ後にも、私は彼等に求められ、多少の身振りをまぜて、この昔話をむし返し、喝采を受けたことがある。

少しそれて無駄話になったが、とにかく、右のような次第で姉は福澤先生を知ったと、自ら信じたと思われる。福澤の偉大はどこにあると思うか、との弟の問いに対し、直ちにそれは愛だ、といったのは、姉としては最も自然の答えであったのであろう。これに対し、私は平素とちがい反対しなかった。のみならず、この後で引用する先生の手紙の文言などを心に思いつつ、「やっぱりそうだろうね」というような、姉に同意を表する言葉を吐いた。

それは何日のことであったか、記憶がはっきりしない。とにかく、今年の春の一日のことであった。間もなく、姉の病気は進み、慶應病院へ、何度目かの入院をした。私は五月の末、用事があって大阪に往き、二、三日滞在していると、東京の宅から新大阪ホテルへ電話がかかり、姉が私たちに会いたがっているということであった。「はと」で夜、帰京し、東京駅からすぐ病院へ駆けつけて見たが、たまたま姉は睡っていたので、そのまま引き取った。

翌朝、また病院から電話がかかった。往って見ると、姉はベッドに取りつけた、ビニール製の酸素の蚊帳のようなものの中で、呼吸していた。その一端を明けて、首をつっこみ、別れを告げた——というよりも、別れを告げる姉の言葉に応答した。姉は私に、孫たちのことをよろしく頼む、といい、また私に、これからも謙虚に世を送れ、といった。すべて承知した。安心してもらいたい、と私はいった。そのあとで、私は多年の癖で、冷かしのような冗談をいった。姉はちょっと笑い「何いってんのよ」といった。そのあと、いうことがなくなって、私は蚊帳から首をひっこめた。

それからなお一月あまり生きていた。七月五日の夕、人に赤坂の武原はんの「はん居」に招かれて行き、少し夜が更けてから出たが、今夜あたりむずかしいだろうと思い、車を慶應病院に走らせた。ただ一つ明いている扉を排し、大きなエレヴェーターに独りで乗ってボタンを押し、五階で止めて、出た。暗黒に近い病院に入って見ると、姉はまだ呼吸していた。いよいよ最終段階であろうと思い、看護婦と附添人に目礼してそのまま出て来たが、帰宅して一寝入りすると電話のベルが鳴り、夜半すぎ亡くなったということであった。

前に、福澤先生の偉大はその愛だ、と姉がいったことについて、引用すべき先生の手紙がある、と書いた。それは左にかかげる一通である。

もと福澤先生は五人同胞の末子で、一人の兄と三人の姉とがあったが、兄は夙(はや)く病死して、先生が家督を継ぎ、三人の姉の一人は東京に出て、二人は故郷中津に留まっていた。その在京の姉（中上川婉(えん)）が、先生六十四歳の一月に死に、次いで同じ年六月に、故郷の姉の一人（小田部禮(れい)）が死んだ。左のものはその訃報に接して、最後にのこる一人の姉（服部鐘(かね)）に与えたものである。（前と同じく、送り仮名を入れ、また或る部分漢字を書き改めた。小泉）

「今朝七時発の電報午後一時着、引き続き午前九時四十分発の同断、午後二時四十七分着、姉様御病気いよいよ御差し重もり、遂に御死去の由。（中略）実に実に力なき次第、昨年以来お婉様の御病気にて心配の甲斐もなく、一月二十二日御臨終、半年とたたぬ中に重ねて今度の不幸、誠に当年は御同様に無上の悪年に御座候。併し人間の死生は天の命ずる所にして如何ともすべからず、私は宗教の信心は御座なく候へども、諸行無常の理は独り自から観念して死を恐れ申さず、たゞ死後の事に心を用ふるのみ。（中略）扨て又御同様に兄弟五人大阪に生れて自から中津人とは別つの者やうにそだち、生来たゞの一度も兄弟けんか致した事もなく、母様の手になりたち候処、その五人の兄弟は今は三人をうしなひ、最早やおまへ様と私とさし向ひ二人に相成り候。誠に淋しき事なれども天命なれば致し方なし。唯この上は生涯らくに御暮らしなされたく、私は御先祖様の遺伝、母様の御養育にて、心身ともに甲斐々々しく、曾て不行状を犯したることなく、世に恥かしき事を為したることなく、財産も出来、子供は多勢なれども其始末に困り申さず、楽に暮らし居り候間、今後ともおまへ様御一身の事はたしかに御引き受け申し上げ、何なりとも御世話仕るべく、是は私が父上様母上様に代りて勤め候事ゆえ、御えんりょなく、さつさつと仰せ下されたく、御生涯御不自由はなきやう致すべく存じ候。右申し上げ度く此度は取り急ぎ候間、尚ほ重ねて申し上げぐべく候。あらあらかしく。

三十年六月十九日午後三時過　　諭吉

服部御姉様

人々御中

尚ほ以て姉様の御不幸は天命としてあきらめ、私は決してくよくよ申さず、何卒おまへ様も大自在の覚悟にてさらりと御忘れ成され度く、さりながら是まで手紙を上ぐるに小田部、服部姉様と御連名にて出したるも、今後は御一名宛てに相成り候。愚痴を申せば際限なく、今日限りつまらぬ事は申し上げず。

おまへ様も面白き御手紙御遣はし下されたく候」

私はこの手紙を、自分の選んだ福澤書簡集（『福澤諭吉―人と書翰―』新潮文庫）に収めているが、姉は多分読んだことはないと思う。もし読めば、自分の福澤観をさらにたしかめられたように思ったであろう。

（『婦人公論』昭和三十三年十一月号）

＊1　東京帝大出身の法学者。戦後、憲法草案の「松本試案」で著名。

＊2　福澤諭吉やその門下が設立に貢献した外国為替専門銀行。初期を中心に慶應義塾関係者が多く勤務。戦後、東京銀行（現三菱東京ＵＦＪ銀行）が業務を継承。

師弟
——福澤諭吉と私の父——

父と福澤

私の亡父小泉信吉（のぶきち）は紀州徳川家の藩士で、明治以前に藩の留学生として江戸に来て、まだ慶應義塾という名称のできない前の福澤塾に学び、世に出てからは官立開成学校の教授をしたり、横浜正金銀行（東京銀行前身）の創立に参加したり、また慶應義塾の塾長にも選ばれたりして、先ず世間へ出て働いたといえる経歴のものであるが、数え年四十六で死んだのが、日清戦争の起った明治二十七年、即ち今から数えて六十四年前のことであるから、文藝春秋の今日の読者には、もう父を知っているという人は多分一人もない筈である。

この父は、息子の私がいっては可笑（おか）しいが、福澤先生の弟子の中で、先生に特に信用された一人であったと思う。先生の書いた文章や手紙にそのことは見えている。ところがそれほどの間柄であるのに、父は一度福澤先生と衝突したことがある。衝突というと、いかにも対等のように聞えて事実とは違う。先生と父とは師弟の関係で、年齢も地位も離れていたから、正確にいうには少しは違った言葉を使わなければならないのであるが、兎も角も、父は慶應の塾長在任中、明らかに先生の塾の問題に対する処置に不満の意を表し、病と称して故郷の和歌山へ帰ってしまい、続いて慶應義塾をやめてしまった。父と先生との入門以来の関係、先生が父自身及びその家族に寄せた好意を考えると、その衝突は、父の生涯の最もつらい事件であったと察しられる。父にとってばかりではない。恐らく先生にとっても、その信用した弟子の一人と、少時でもこのような関係に陥ったことは、苦痛であったにちがいないと思われる。勿論陰った空は間もなく晴れて、事件から凡そ五年後に、父は先生よりも七年先立って死に、先生は、その死を哀しみ、福澤諭吉涙を払つて誌す、と署名した、息子の私としては、ただ有難いというより外ない、切々たる弔辞一篇を、翌日絹地に着いて遺族に贈られたが、今日その文を読んで、しばしのことでも父と先生とが相隔たったことが、先生をしてその弟子の死を一層悲しませたのではなかったかという風に、私には想像される。もしも先生が先きに死なれたら、父としては、先生生前の恩顧を思い、一時でもそれに背(そむ)いた自分の至らなさを思い、悔恨と悲歎に堪えかねたであろうと思われる。私はかねてこの事件における父の気持ちを思いやり、また幾分先生の心中も察し得るように思っているのであるが、心づけば何時の間にか、私自身が、四十六歳で死んだ父は勿論、六十八で亡くなった先生よりも、もう老人になっていた。

昨年の十一月、慶應義塾は創立百年の式典を催し、色々記念の刊行物や展覧会に、嘗て塾長であった父の名や肖像を見ることが多かった。自然、私は父と先生との間に起った一つの出来事を、老人となった今の目で見て、回想することになった。

今の私は、叙述の上で、少しも福澤先生を憚る気持ちはない。同時に、先生に対して少しも父を庇う必要を認めない。ただ目前にある資料によって、間違いのない事実であったろうと思われることと、それに対する自分の気持ちを書いて置きたいと思うのである。

塾長就任

父が慶應義塾の塾長に推されて就任したのは、明治二十年十月のことで、父はその時年三十九、福澤先生は五十四であった。父はこれより先き横浜正金銀行の創立に参加し、次いで大蔵省の官吏となり、奏任御用掛、次いで主税官に任ぜられていた。その頃の制度で高等官吏は皆な乗馬しなければならぬという定めに従い、三田から騎馬で丸の内へ通勤していた、ということであるが、先生の勧説に従い、官を辞して塾務に当ることになったのである。その頃慶應義塾内の最高幹部は濱野定四郎、門野幾之進、益田英次の三人であった。濱野はそれまで塾長であったが、この人を新たに会計建築長、門野を教場長（教頭）、益田を塾監というものにして、父が総長という名でそれを統べることになった。この時、卒業後久しく塾外の社会で働いていた父を呼び戻したのは、この頃創立後三十年となった慶應義塾が拡張改革を必要とする段階に達したので、塾として、塾内の教員よりも世間的経歴ある人物を適当としたのであったと思われる。

父が就任に際して考えていたことは、福澤書簡その他によれば、慶應義塾を福澤家から離して、公共的性質の法人とすること、そうして、かくして始めて塾の存立を強固にすることが出来るということであったらしい。それはまた福澤先生年来の持論でもあった。慶應義塾は抑も安政五年開基の始めは築地の奥平藩邸の一部に置かれたのであったが、その後芝新銭座に塾舎を建築するときも、明治四年に今の三田の丘上一万四千坪の土地と建物とを借り、次いで買うときも、その資金は、何時も先生の私財によって弁ぜられた。のみならず、先生の著作収入が豊かであったのを好いことにした訳でもあるまいが、塾当局者は経常収支の不足をも屢々これを先生に訴えるという始末であった。しかし、先生自身は始めから塾を私有視せず、殊に塾を維持するには世間有志の協力に訴えなければならぬ事情となるに従って、これを社中公共のものにするという意思を、いよいよ明らかにした。例えば明治十六、七年の頃人に与えた手紙にも、塾を寺院のようなものにし、今は自分が住職であるが、生きている中に後住のものを選んでこれに渡し、今地所は自分の名義になっているけれども、「誓て倅へは譲り不致」云々といったのである。

更にまた父の塾長就任直前、父の親友であった日原昌造――この人は始め私の父に就いて英学を学んだ関係から福澤先生に知られ、先生の晩年最も信任の厚かった人で、先生がこの人に与えた手紙の中に、今後の日本について憂うべきは戦争熱とコンムニズム〔Communism＝共産主義〕及びレパブリック〔republic＝共和主義〕の漫論だ、といった一節は、屢々引用されている（一三七ページ参照）、その日原――に与えた手紙に、先生はそれをいっている。先生は日原に小泉が就任を内諾したことを報じ、塾の生徒が増加して九百余名という、未曾有の数に達したことをいい、「何卒その上は小泉氏の尽力を祈るのみ。氏が塾に入ると同時に、少し模様を変へたしと申すは、塾の地主の名義を福澤より塾のコルポレーション〔Corporatiom＝社中〕へ移すこと、小幡（篤次郎、福澤門下第一の高弟）を社頭にして福澤の名を止めること、教員会議の員を集めること等これなり。尚ほ委細は事の挙がるに従つて御報道致すべく候」といい送った。（明治二十年十月十三日付。原文に少しく送り仮名を添え、また一、二福澤独特の用字を今日普通の用例に従い改めた）。

先生は無論これに同意見であった。殊に先生は、慶應義塾が世間の有志から資金を募集しようというなら、福澤と塾とを離さなければならぬと確く信じていた。右の手紙の数日前に甥の中上川彦次郎に与えた手紙の一節にも先生はそれをいい、「故に若しも小泉が尽力して広く金を集めんとならば、成る丈け塾と福澤との関係を薄くして、時としては福澤を利用するも平時は全く無権力の者にする方肝要と存じ候」といったのである（明治二十年十月一日付）。

けれども、この父等の考えの実行には当然予想すべき困難があった。いかに福澤先生自身が塾を私有視する考えがないことを明言しても、塾が先生によって起され、先生によって維持されて来たことは、紛れもない事実であって、自然慶應義塾内では先生の発言が直ちに法律となるのは避け難いことであった。先生は塾を社中公共のものにするという考えだといっても、事実慶應義塾の土地は先生の金で買われ、先生の名義になっており、塾は福澤邸の地続きで、福澤邸内に塾があるのか、慶應義塾の構内に福澤邸があるのか、見たところどちらだか分らない。塾生の数が千人近くにもなった今、塾を福澤の書生部屋の延長だということは勿論当らないが、それに類する趣きが全くないともいわれない。福澤先生が塾の幹部に用事があれば、当然、「一寸塾へ行って××さんを呼んでお出で」ということになり易いのである。更に加うるに、先生の性質として、無論塾のことを傍観することは出来ない。もし人を強いて二つに分類して、人の世話を焼きすぎるものと、焼き足りないものとするなら、先生は前者に属することが明らかである。誰れが塾長に就任しても先生自身の言葉にある通り、「福澤を無権力のものにする」ことは、困難だった筈である。

当然の困難

父は就任すると、早速その困難にぶつかった。試験制度の改革（厳化）に反対する塾生の反対ストライキが起ったのである。従来慶應では試験の及落を教員の合議によって、見込み、手加減的に決して来たのを、生徒が増加した今日、それを従来より厳しい採点法によって決することに改め、それに生徒が反対して、紛擾を見たのである。

それは父が就任して四カ月ばかりの明治二十一年二月の出来事である。当時、慶應義塾の半機関紙のようなものであった時事新報（二月二十三日）の記事によると、生徒はその要求を固執して塾当局の命を奉じないので、「同塾は生徒若干名に退塾を命じたり」とある。ところが、残る同盟者も騎虎の勢いで追々退塾願いを出すと、「同塾は一々之を諾し、生徒の勉励就学を促すために設けたる此規約に不平の人々は一日も早く願書を出して校を去る可しと断然の処置を為せしにぞ、両三日前より数十名の退社生ありしといふ。」

ここで退塾生等は、福澤先生に訴えた。それは計画的に訴えたのか、偶然そういうことになったのか、分らない。私が母の昔語りにきくところによれば、退塾生がゾロゾロ三田の山を降りて行くところへ偶々福澤先生が通りかかって、その次第をきき、驚いて私の家——塾の構内、三田の丘の南麓にあった——の裏口から駆け込んで来て、大きな声で、「小泉さん、何とかしておやんなさい。あれをあのままにして置くと、みんな今晩品川（遊廓）へくり込むにちがいないから」といった、というのである。

このいい方はいかにも福澤流で、今日きいて微笑を誘われるが、その時気が立っていた筈の父には、これをユモラスと聴く余裕はなかったであろう。恐らく先生が余計な干渉をすると思ったであろうと察しられる。この時、同盟塾生の首領株だったものに後に実業界で知られた磯村豊太郎[*1]、柳荘太郎[*2]等があり、私は後年いずれとも親しく交わり、殊に磯村氏からはこの時のストライキの手柄話をきかされたことがある。私はそれに対し、その時、福澤先生の心配は、その人々の品川繰り込みであったことに、注意を促すべきであったかも知れない。

先生の処置にも穏当を欠いたものがある。先生は退塾生等の往きどころがないと訴えるのをきいて、これを広尾狸蕎麦の別荘に収容した。それは人の困惑を傍観できない例の気性の発露であったかも知れないが、同盟退塾生がこれに力を得て、大親分の後楯によって学校当局に対抗するような気分になったことも、当然であったろう。父を始め、塾の学務当局者は、当然心中不満に堪えなかったことと察しられる。しかし、先生にも父に対して言い分はあったであろう。第一に、塾生をこれほどまで騒がせ、自分に心配させるとは何事か、折角大蔵省までやめて来てもらったのに、不手際なことだ、と思ったかも知れない。

私は久しく、父はこの時の先生の処置に不満で慶應義塾をやめた、という風に聴かされ、そう思っていたが、今度資料を調べて見るとそうではない。このストライキ騒ぎは、結局福澤先生に一任ということで、退塾生は復校し、先生を始め教職員学生一同運動場に集まって園遊会を催し、「校中和気雍々として授業其の他の点に却て大なる利便を増したりと云ふ」次第となったのである。（三月三日、時事新報記事）。先生も、父の親友の日原昌造宛ての手紙には「……本塾も小泉氏入来以来次第々々に面目を改め候。過日は一寸塾生の騒ぎ有之候へども直に旧に復したり。御掛念下さるまじく候」といい送った。園遊会の後二十日、即ち三月二十三日の日付である。

しかし、この事件は跡を引いた。右の試験制度の改革を立案し、またその実行を直接担当したのは、父の下で教場長の任にあった門野幾之進（後の千代田生命保険会社長）であった。門野は、父より約十歳年少で、嘗て塾生のときには父の教えを受け、後にその非凡の学才によって名声を塾内に専らにした人であった。父はこの人を信用してその事に当らせたのであったが、門野は自信が強く、試験制度の改革や学生の処分を「福澤先生に相談も何もしない」で断行した。「それから私は先生に甚だ信用がなくなった。門野は無茶なことをやると思ったのでしょう。」と後年語っている。自然、事件終了の後、塾の教員内に門野に対する批判が起ったらしい。父は固より彼れを支持したが、先生は批判の声に耳を傾けた。そうして、塾長たる父の不同意にも拘らず、門野に休職勧告のようなことをした。即ちストライキのあった年の夏、門野は故郷の志摩国鳥羽に帰っていたのであるが、先生は八月十八日付で、東京から門野に手紙を書いた。その一節にこうある。

「(前略) 扨てここに面白からざる一事を生じたりと申すは、本塾教員の中に物論これあり、様々相談も致し候へども其甲斐なく、今日の処にては仁兄御事暫時塾務を御休息下され候より外に手段これなく、尤もこの義に付て小泉氏へも再三の相談、氏は断じて不承知と申す持論なれども、さればとて塾の居合方を主にして見るときは其持論をも枉げざるを得ず。尤も老生の所見にては今より一学期か二学期も御休息下され候中、自から平和に帰する時節これあるべく存じ候に付、(下略)」そうしてその後に、この事については色々相談し、「実に老生も持て余ましたる事共に御座候」といっている。(『門野幾之進先生事蹟文集』)。

塾長の信任する塾の最高幹部に対して、その意に反してこのような休職勧告が行われるということであっては、父でなくても塾長は勤まらぬと思うであろう。しかし、父はなお不満を抑えたように見える。翌年、即ち明治二十二年になって、いよいよ慶應義塾を大学として理財、法、文三科を置くことが決せられ、父は福澤先生、小幡篤次郎と共に名を連ねて資金募集を発表するとともに、アメリカから経済、文、法の主任教授三人を招聘する準備その他のことに尽力した。しかし、月日ははっきりしないが、その春夏の頃に、父は決するところがあり、病気を名として、急に家族を引き連れ、故郷の和歌山へ帰ってしまった。そうして慶應義塾から届けさせた俸給は、人をもって返却して来た。もはやその意志は明白である。塾長としての勤めは出来ないというのである。

父の離任

父にこの決心をさせた直後の原因が何であったか、よく分らないが、福澤先生の書簡集を見ると、その頃先生は招聘すべき外国人教師の待遇について、父の仲介者との交渉を甘すぎるとして満足せず、自分が出かけて往って談判するといっている手紙が一通ある。（明治二十二年四月十二日）。

それによると、米国人教師の給料三人分中、法学と社会科学担当者が各二千四百円、英文学が千八百円、合わせて六千六百円の内約で、更に先方が要求して来たら、更にまた交渉するつもりのところを、父が三人各二千四百円を認めてしまったのは何事か、というのである。「此方がお心よしに七千二百（各人二千四百円）と発言しては身もふたも無之、当惑の次第に御座候」などという文句がある。そうして、先生は「右の次第かたがた明早朝老生自からナップ[*3]（仲介者の名）へ参り、詰談致し候積り、呉々（くれぐれ）も緩（綾？）なき話し（どういう言葉か知らぬが、甘い、手緩い話というくらいの意味と、ほぼ察せられる、小泉註）は御無用下さるべく候」といった。

この交渉の結末はどうなったか、明らかでない。果たして六千六百円ですんだのか、或いは父の申出での通りになったのか。抑（そもそ）も福澤先生が、この手紙にある通り、実際自ら「詰談」に出かけたのか、否か。すべて私は知らないが、ただ、父の気持ちとしては、塾長が他人と、而（しか）も外国人と相談した取り極めが取り極めにならないなら、そのような塾長は不要であろう、と結論しても突飛ではない。果たして事実この事件が父に帰郷を決心させたのか否か、私は知らないし、今はもうきいて見る人もいないが、前記のストライキ事件以来の成り行きもあり、今またこの問題に会って、父が終に見切りをつけたとしても、それは十分あり得ることだと、私は思う。

急に国へ帰るというので、母は福澤家へ暇乞いに行った。後日の母の話によると、福澤先生は母に、おちかさん（母の名）、なぜ信さん（父の名）を止めてくれないのか、といったという。当時二十七、八の母は、平生先生から愛せられ、また、何でも思ったことを言うたちだったから、先生の言葉をきいて、夫の肩を持ち、「それもこれもみんな先生が悪いからじゃありませんか」といって、先生の前で泣いた（母の言葉通りでは、泣イテヤッタ）という。

「一体先生がよくないよ」

父は和歌山に帰って、和歌の浦の旅館に落ちついた。当時、和歌の浦は市から相当離れていた。その波の静かな岸に、その頃土地で有名だった「あしべや」という料理屋兼旅館があり、父と母と四歳の姉と二歳の私と女中とは、この家に長く滞在することになった。父は日々酒に不平をまぎらせていたことであろう。

その年の夏、和歌山に大洪水があった。父は、寺町という市中の河岸の町にあった私の母の実家が浸水したとき、五挺櫓とかの漁船を仕立てさせて、和歌の浦から激流を漕ぎ上り、自ら救援に乗り込むというような冒険もしたという。あまり病人らしくない振舞である。

一方、東京の三田では、福澤先生は小幡、肥田（昭作）その他塾の長老たちを集めて善後の処置を相談した。水上瀧太郎の父阿部泰蔵もそれに与(あず)かった一人であったが、その父から彼れがきいたところによると、席上先生に対する批判も出たらしい。そうして、その八月、慶應義塾規約と称せらるる憲法が制定された。

その要点は、当然福澤先生が当るべき慶應義塾社頭というものの権能の限界と、塾長の権限責任を規定するところにあったようである。即ちその第一条は、「社頭は慶應義塾の事を監督し、塾員（校友）を特選し、評議員会の同意を得て塾賓を嘱託するの事に任じ、又評議員会の議決に対し、之を再議せしむるを得」と定めた。また、第九条及び第十一条によって塾長が「一切の塾務を総理し」また評議員会の会長にも当ることが明記された。いい換えれば、また敷衍(ふえん)していえば、教場長の休職を勧告したり、外人教師の俸給を交渉したりすることは、福澤先生の任務ではないことを、明らかにした訳である。

その上で先生は九月三日手紙を書いて、父に帰京を促した。しかし、手紙では意を尽さぬからというので、塾から塾監（行政主務者）の益田英次を神戸に派し、神戸から中上川彦次郎が和歌山まで往って父を説くということになった。中上川は先生の甥で、父とはロンドンに同宿留学した最も親しい間柄の友であるが、その頃山陽鉄道会社の社長として神戸に在住したのである。

この時の先生の手紙の文言は、随分寛大で、父を宥(なだ)めようとする調子が、前に引いた、外人教師待遇について、自分が往って「詰談」するなどといった手紙とは、全くちがう。これも私が送り仮名をつけ、漢字をいくらか崩して書き改めれば、左の通りである。

残暑未退、皆々様お揃ひ益々御清安賀し奉り候。先頃は御地洪水のよし、如何なされ候や、家内ども打ち寄り毎々御噂致し居り候ことに御座候。御子様方さぞ〳〵御驚きのことならん、実に大変の次第に御座候。

さて塾の秋期も週日の中に始まり、又ナップ氏よりも来状、彼の教師も大抵は来十月初旬から中旬には渡来致すべき旨申し参り、随分多事に御座候。就ては今度は小幡始め肥田其他諸氏と相談、是非とも大兄御帰京相成らず候ては万事纏まり申すまじくとの要用より、或は手紙を以て申し上げんとしたけれども、それにては事情貫徹致すまじくとて益田英次氏を神戸まで頼み、それより中上川をして貴地に赴かしむる積りなり。何卒このたびは御奮発御帰京下されたく、既に塾の憲法も出来、この時に塾長が不在にては甚だ不都合、夫(そ)れも是れも一切の事情よりして是非とも御帰り相成りたく存じ奉り候。右は公けの事にて、又一方より御身の有様を考へても、和歌山果たして摂生の良地なるべきや、此義に付ても甚だ議論なきにあらず、或は東京に居を卜して随意に御養生相成り候はば却て好き事はこれあるまじき哉　これは最も大切なる所と存じ、委細は中上川より申し上ぐべく、御聞き取り下され、決然御東下祈るところに御座候。右御尋問旁々(かたがた)申し上げたく、匆々(そうそう)此の如くに御座候。頓首。

二十二年九月三日　　　　　　　　　　　　　諭吉

小泉様　几下(きか)

尚御令閨様御子様へ宜しく御致意願ひ奉り候。家内子供一同より呉々も御伝声申し聞け候。就中(なかんずく)

愛作より兄弟へ宜しくと申し出で候。中村にても二男出生、壮吉と名を付け、頗る丈夫に御座候。序でながら申し上げ候。（原註。右の中村は先生の長女里の婚家の姓、愛作はその長男、兄弟といわれるのは私の姉千。）

この手紙にある通り、中上川は父に会うため、神戸から和歌の浦の宿へ来た。当時南海鉄道の未だ開通してないときであったから、大阪から人力車か汽船かで来た筈である。こうして中上川は父を説いたけれども、結局翻意させることは出来なかった。

これも母の昔語りによると、父は中上川を迎え、母と三人、漁師に舟を出させて、人のいない海の上で話をした。父はこの親友に対し、憚りなく思うことをいったらしい。「一体、先生がよくないよ」というようなこともいい、結局中上川もこれに同調した、というのであるが、それは当事者の妻の証言として聴かなければなるまい。いずれにしても、中上川は小泉の辞意の動かし難いことを、東京に復命した筈である。

この復命が何日福澤先生の許に達したかは明らかでないが、殆ど時を移さず、先生は家族親族従者を合せ二十余人の同勢で、上方見物の旅行に出た。先ず神戸に着いて須磨、舞子、明石等の名所を見物し、それから大阪、奈良、京都に行き、近江八景廻りをして帰京した。この旅行は全く物見遊山のためであるといわれ、従って、旅先きで父に逢うことを予想したとはいい難いかも知れぬ。しかし、父は先生の大阪滞在中、和歌山から出て往って、先生に面会した。その時、母に向って、自分と先生との関係からいって、万一先生に態々和歌山まで出向いて来られるようなことになると、どんな言うことでも聴かなければならぬから、こちらから行く、といって出たという。そうして、先生に会って、その懇切な説諭にも従い難いという意思を明示したらしい。

九月二十五日、先生の一行は大阪、奈良を経て京都に着いた。その翌日、そこから東京の益田英次に与えた手紙の一節はそのことを察せしめる。それには「小泉氏へは大阪にて面会、此義に付ては過日小幡君まで文通致し置き候。何分唯今の病体には困り申し候」とある。父はくり返して病気その職に堪えぬといったのであろう。

十月に入って、第一回の評議員会が開かれ、その選挙によって父が塾長に当選したけれども、父は病気その任に堪えぬから、回復に至るまで小幡篤次郎が塾務を監督することを承諾し、また評議員においてもそれに同意ならばお受けする、と申し出でて、そのように決せられたと、記録されている。そうして、翌年になって、小幡が名実相伴う塾長となり、父は塾を去って、日本銀行に入り、また勤務のため、三田から牛込の築土(つくど)八幡へ転居した。

受けた恩顧

これは、父にとっては苦しい事件であったに相違ない。父が塾長の任に堪えぬと感じて塾を去り、先生や友人の懇説を聴かなかったのは、十分理由のあることであったと思う。しかし、父として、その少年の日以来常に浴し続けた先生の恩情と眷顧(けんこ)とを思えば、真に忍び難いものがあった筈である。今の私は、塾長として塾務に対する干渉を憤る父よりも、無二の恩師がさしのべた手を握らなかった、そのあとの寂寥感になやむ父に同情したいように思う。

父が和歌山藩から留学を命ぜられ、江戸に出て、始めて福澤先生に会ったのは慶応二年、年十八のときであった。この時、福澤の塾は築地の鉄砲洲にあり、慶應義塾という名称もまだつけられていなかった。昨年、慶應が創立百年式典の際記念品として来賓に贈った『図説、百年小史』に、この頃の塾の入門帳の写真が出ている。それに、慶応二年の十一月二十八日入塾として、紀州藩からの九人のものの氏名が記されている。小泉信吉はその一人であり、同時に入塾したものとしては、後に慶應の幼稚舎の創立者として記憶される和田與四郎（後に義郎）、湯川秀樹の祖父小川駒橘等の名が見える。なお同じ入門帳には同年の五月二十八日入門として松平土佐守内（土佐藩）として馬場辰猪の名が見える。

入門後、父は間もなく福澤先生に認められたらしい。慶応四年（閏四月十日）、嘗て先生とともに大阪の緒方塾に学び、後に紀州藩に雇われた山口良蔵という人に与えた先生の手紙の一節に、父の名が見える。紀州藩のもので当時福澤塾に在るものはこれこれと名を挙げ、「松山の上達は格別、小泉抔も頼もしき品物、一両年の内に一人物たること請合なり」とあるのである。

慶應義塾は、明治元年にはすでに創立後十歳になっていたが、維新の兵乱に会って、大概各藩の士族であった塾生は、多くは帰国し、一度は百名に近かったものが、十八名まで減ったと伝えられている。父は福澤先生の訓えに従い、小幡等とともに塾に留まり、この十八人の一人となった。後十年、先生が当時を回顧して書いた文章の中にも、父の名が見える。

「兵乱漸く治らんとするに従て、世の文化は益々進み、西哲の新説は日に開き、舶来の新書は月に多く、多々益々新奇にして高尚ならざるはなし。蓋し余輩の心事も之がため自から高尚に進たることならん。此時に当て社友小幡篤次郎、小泉信吉、其他の諸君は、恰も世事を脱却して心を読書に潜め、世情紛紜の際に一身の所得最も多き者といふべし云々」(「三田演説第百回の記」)

更に先生は、日本で初めて演説というものを起こしたことについても、父の名を挙げている。

明治六年春夏の頃であったと思う。小泉信吉が英語の小冊子を携え先生を訪問していうのに、西洋諸国で一切の人事にスピーチュの必要であることは今更いうまでもないが、西洋でこれほど必要なことが日本で不必要という筈はない。否な、日本でも必要であるのみならず、これがないために政治も学事も商工業も、人が人に思うところを伝える手段に乏しいために、双方誤解する不利は決して少なくない。今この小冊子はスピーチュの大概を記したものであるが、この新法を日本国中に知らせては如何、というので、先生がその書を開いて見ると成程日本には新奇な本であるから、兎に角その大意を翻訳しようというので、数日中に抄訳して出来たのが、明治六年の『会議弁』であった。今見ると著者は福澤、小幡、小泉の三人となっている。スピーチュに当る演説という言葉も、その時始めて出来たということも、いずれも先生の福澤全集の緒言に記されている。

また、父は慶應義塾の業を卒えて後数年、旧藩主徳川家の給費を得て、明治七年から同十一年までロンドンに留学することが出来た。これは殊に当時として父にとっては大きな幸運であったが、この紀州家を動かして給費のことを決せしめたものも、福澤先生の勧説であった。このことは、後に先生から徳川家の重臣三浦安に与えた手紙が出て来たので、間違いなく知ることが出来た。

今、父が慶應義塾をやめるに際し、過去のこれ等のことを一々思い起こしたかどうか。それはただ臆測するより外ないことであるが、しかし父としては先生から受けた幾多の恩顧と親愛の事例を、到底忘れることは出来なかった筈であり、それだけに、三田を離れることを苦痛としたであろうと、今の私はその気持ちを察するのである。

幸いにして先生と父との交情はこの事件のために歪んだものとして終らずに済んだ。それには第一に、福澤先生の度量ということがあるし、父もまたその点聡明を欠かなかったといえるが、何といってもすべての根本には父の先生に対する真実の敬愛があったことを見るべきであろう。福澤書簡によると、父は前記のようにして塾長就任を事実上辞退したその翌年、もうすでに先生から四女たきの縁談の相談を受けている（明治二十三年？ 二月一日付）[*4]。また同じ手紙で、福澤著作集を出してその収入を慶應義塾維持の一助にしてはどうかと思い付いたが、考えて見てくれないか、との相談も受けている。

更に、これは父が日本銀行から派遣されたような形で再び横浜正金銀行へ帰った後のことと察せられるが、先生は、正金銀行なら定期預金の利子をいくら付けるか、実は昨今手元に少し金があるが、三井などでは四分といい、四分ではあまり安いと思うから、一寸正金の様子をきかせて貰いたい、というような、打ち明けた質問の手紙も書いた。

その頃もう父は牛込から横浜桜木町に転居していたと思われる。私は漸く物心のつき始めた小児であったわけだが、父母の会話によって、父母の尊敬する「先生」という人があることを自然に知った。父母はその会話で福澤先生を、福澤とはいわず、ただ「先生」と呼んでいた。

福澤の弔辞

明治二十七年の夏、日清戦争が起り、更にその冬に入り父は多分盲腸炎の悪化したものであったろう、腹膜炎のため、僅かに一週間ばかり患って、十二月八日に死んだ。その二日前、先生は東京から見舞に来て重態を知り、すぐに私の家で手紙を書いて、山口県の長府に住む日原昌造に病状を知らせた。それに「老生も此病気の事を昨日始めて伝聞、今日唯今見舞に参り候処……病の軽重を聞けば十中六七分以上の危険と申し居り候。更に致し方無之、唯頼む所は医薬のみ。——何とかして助けたく祈る所に御座候」というような言葉がある。

やはり母からきくところによると、先生の見舞を受け、無論先生の酒量を知っている父は、病床で母に向って、先生にウィスキイを差し上げよといいつけた。先生はにがい顔をして、病気になって、まだ酒のことをいってると、父に小言をいったそうである。これが福澤先生からの小言のいわれ納めになった。

翌々日未明に父は死に、先生は再び東京から、今度は弔問に来られたが、帰るとすぐ翌日、七百字に余る弔文を絹地に書き、これはただ自分の「心の丈けを記したるものなれば」よろしく取り計らってもらいたいという手紙を添えて、届けられた。その文にいう。

旧和歌山藩士族小泉信吉君、父は文庫、母は板谷氏。嘉永二年二月三日和歌山に生れ、慶応二年藩の留学生として江戸に来り慶應義塾に洋学を学ぶ。時に年十八歳なり。学業漸(ようや)く進み、明治四年官立の大学に入て教授に任じ、明治七年英国竜動に留学、同十一年帰来、暫く大蔵省に傭はれ、同十二年横浜正金銀行創立のとき其副頭取に撰ばれ、同十四年海外の経済事情を視る為め欧洲を巡回し、同十五年大蔵省奏任御用掛を命ぜられ、次で主税官に任じ、同二十年慶應義塾同窓の議に由て塾長に推され（原註）、同二十三年日本銀行に入り、同二十五年再び正金銀行の支配人に撰ばれたり。明治二十七年十二月一日病に犯され、医薬効なく、同月八日午前二時没す。享年四十六。内君林氏一男二女あり。男信三家を嗣ぐ。以上は単に人事生活上の履歴なり。更に君の学事に関する思想と伎倆とを記せば大に記す可きものあり。君の天賦文思に濃にして推理に精し。洋書を読で五行並び下るは特得の長所にして、博学殆んど究めざるものなし。殊に数学は師に依らずして高尚の点に達して其最も悦ぶ所なり。既に学林の一大家たるのみならず、其心事剛毅にして寡慾、品行方正にして能く物を容れ、言行温和にして自から他を敬畏せしむるは、正しく日本士流の本色にして、蓋し君の少小より家訓の然らしめたる所ならん。其学問を近時の洋学者にして其心を元禄武士にする者は唯君に於て見る可きのみ。我慶應義塾の就学生、前後一万に近き其中に、能く本塾の精神を代表して一般の模範たる可き人物は、君を措て他に甚だ多からず。左れば前記の履歴に大蔵省の奉職、銀行の出入の如き、唯是れ雞を割くの牛刀にして其利鈍を論ずるに足らず。今や我党の学界に一傑を喪ふ。啻に慶應義塾の不幸のみならず、天下文明の為めに之を惜しむものなり。

明治二十七年十二月九日

福澤諭吉涙を払て誌す

原註。正確にいえば、父は明治二十年に慶應義塾総長というものになり、二十二年に新規約により塾長に選ばれた。

この時から今日まで六十余年になるが、毎年父の命日には母、後には妻が、これを取り出して床の間にかける。私が老人になった今日も、年に一度はこれを見る訳である。もと私の家には是非子孫に伝えなければならぬというような貴重品は何もなく、戦争で空襲の危険が迫っても、戦争に敗けて物を持っていたって仕方がない、というような気分から、すべて疎開を怠り、蔵書なども大概焼いてしまった始末だが、この一幅だけは私も気になって、慶應義塾の所蔵品とともに疎開してもらい、そのお蔭で助けることが出来た。前に記した事件のあったとき、父はやはり憤懣して家庭で、先生を非難する言葉を吐いたという。それ等の事情をすべて知っていた母としては、この先生の文章を殊に有り難く思ったにちがいない。子供の私たちに、子供に読みにくい先生の字を読ませたのも当然であったろう。

晩年の福澤

父が死ぬと、母は横浜の家をたたんで東京へ引き上げ、福澤先生の世話でその膝下ともいうべき三田四丁目に家を建てて住むことになった。それは三田の丘の南麓の、慶應義塾の構内に接する小面積の土地で、私の姉と妹二人はこの家から嫁に行き、私はこの家で慶應義塾を卒業した。のみならず、その家が出来るまで、一年近く福澤邸内の一棟に住むことを許された。

前に、父は慶應の塾長になると、塾を福澤家から離れた独立の法人にすることを考えたと記したが、このことはそれから二十年後、即ち明治四十年になって始めて実現し、慶應義塾はその時福澤家から土地建物の寄附を受けて、名実伴う財団法人になった。ところが、右の私の家を建てるとき、僅かながら何ほどか福澤名義の土地を譲り受けることになった。無論それは先生の一言で決したものに相違ない。もし塾が正式の財団法人になっていたら、財産の処分はもっと面倒だった筈である。強いて逆説的にいうと、父の主張の実現が遅れたために、遺族はなにがしかの利益を得たということになる。

明治三十四年二月三日、先生は三田で亡くなった。私は十四の少年であった。その二年余り前、先生は重症の脳溢血を発し、一度は不思議といえるほどに回復したが、遂にその再発によって倒れたのである。最初の溢血の後、人々はしきりに先生の回復を唱えたけれども、事実病後の先生は、やはり元の先生ではなくなっていた。顔面の筋肉もたるみ、あの颯爽たる風貌は失われた。さしもの気力が衰えるとともに、気が短くなって、周囲の人を困らすこともあったようにきく、元来多血多涙の先生であったが、病後は殊に感じ易くなり、涙にくれて声が言葉をなさぬというようなことも屢々であった。先生が晩年殊に信頼したのは、日原昌造であったが、慶應義塾の修身要領起草の相談のために上京した日原が帰国するというのを、泣かんばかりに引き留めたことなどもある。日原がそのことを、友人に語った手紙を、その頃見ることが出来た。それにはこういう一節がある。「……朋友の勧めのみなれば、無理にも断り帰国の途に就くべきなれども、福老翁の如きは殆ど落涙して是非今少々滞京いたし呉れよとの事に付、先其意に任せ」云々とある。(桂彌一宛、明治三十二年一月九日付)。

人と世の行く末のことを様々に憂うるとともに、亡き人を憶うことも多かったものか。三田演説館に来て、当時の塾長鎌田栄吉に向い、演説ということは小泉信吉の発案であるから、この事は呉々も憶えていてもらいたいと、くり返しいわれたことを、後にその鎌田氏からきかされたことがある。

明治三十三年二月、慶應義塾はその奉ずる新道徳綱領を世に問う抱負をもって「修身要領」というものを発表した。その立案起草についても、先生はしきりに意を労し、相談相手になってもらえる人を数えて嘆声をもらしたことがあるらしい。先生の長男一太郎が、先生に命ぜられて、前年の暮（十二月十三日付）やはり前記の日原に出した手紙にもそれが見える。その一節にいう。

「或日老父の私に向ていふやう『斯る評議の提議を乞ふ可き人物は小幡兄弟、日原、小泉を以て第一と為す。小幡甚三郎及び小泉は今や地下の人にして致し方もなし。日原さんが出て来て呉れゝば実に悦ばしいが如何（どう）であらうか。此身（おれ）が自分で手紙を書く可き筈だが、情ない哉病之為めに之も為し得ず。お前小幡さんの所に行て此身（おれ）に代て日原さんへ手紙を出すやう頼んで来（こ）い。尚ほお前からも手紙を出せ』と親しく命令あり。云々。」

前後の先生の焦慮のさまは、この文面に察しられるが、そのしきりに焦慮する、年老いた先生が、頼むべき相談相手を数えて、五年前に死んだ父の名をその中に挙げるのを見ることは、私としてはやはり嬉しい。先生の壮時、その猛烈なる気力は火焔のように迸（ほとばし）り出て、身辺に居るものは、時々火傷を受けた。或る意味で父もその一人であったといえるであろう。たしかに父は或る時先生の処置に不平を感じてその色をかくさず、先生もまた父を生意気だと思ったかも知れない。にも拘らず、先生と父とは衷心相信ずる師弟であり、父の幸福は、生れてこの師に遇い得たことであったといえる。

ほかでも書いたことであるが、昨年の夏、私の二つ年上の姉が死に、その死ぬ数週間前に見舞に行って、図らずも二人で福澤諭吉論をした。六十余年前父が死んで、私たち遺族が先生の庇護を受けた当時のことを、二つ年上で、且つ女である姉は、私よりもよく憶えているだろうと思ってきいたのであったが、私が、福澤諭吉の偉大は何処にあると思うか、と問うたのに対し、言下に、「それは愛よ」と姉はいった。この言葉は妙に私の心に残った。昨年の十一月中、創立百年の式典その他で、私はたびたび慶應義塾に呼び出されたが、多くの来会者に講演や挨拶をする間に、私はよくこの姉の言葉を思い出した。

以上今まで書いて来たことにもその間に考えたことが多いのである。

（『文藝春秋』昭和三十四年三月号）

＊1　慶應義塾出身の実業家。北海道炭礦汽船社長等を歴任。
＊2　慶應義塾出身の実業家。三井銀行を経て第一火災海上保険会社社長。
＊3　宣教師（ユニテリアン）。明治二十年来日。慶應義塾が大学部開設のために主任教師（学部長に当たる）を米国から招聘する際、ハーバード大学と福澤を仲介。
＊4　『福澤諭吉書簡集第七巻』（二〇〇二年、岩波書店）では明治二十七年と推定している。

わが住居（抄）

横浜

『あまカラ』という雑誌からいわれて「わが食物」というものを寄稿した。その始めに「私は衣食住の中、衣と住とはほとんど人任せだが、食物には興味がある」云々と書いた。実際この通りだが、衣の方は姑らく措き、住についても書けないことはない。

今、過去六十八年の間に自分の住んだ家々のことを想い出して見ると、先ず私は明治二十一年五月四日に、東京は芝三田四丁目二十九番地で生れた。これは慶應義塾の丘の南側の麓に当る土地で、私の生れた家は、もう久しく取りこわされてしまって、あとが今は消防分署になっている。ときどき前を通って見ると、消防士が蒸気ポンプやホオスの手入れなどをしている。

私が生れたとき、父（小泉信吉）は慶應義塾の塾長をしていたが、間もなく辞して日本銀行に入った。それとともに、家も三田から牛込に引越した。三田の家は、勿論私の記憶にない。牛込では、築土八幡に住んだということだが、それも憶えがない。ただこの家に廐があり、姉と女中と私三人、この廐の柱から柱へ、縄でブランコを下げて遊んだことがあるように思うけれども、本当の記憶か、人から話をきいての空想か、たしかでない。

明治二十四年、私が数え四つのとき、父は日本銀行から派遣されたような形で、横浜正金銀行の支配人となり、一家は横浜桜木町の家へ移った。私の正確な記憶は、この家から始まる。四歳の私は、六つになる姉とともに家の門前に立ち、洋服を着た父が門の扉をたたいている。これが私の記憶というものの抑も最初のものである。先年、或るドイツ人の書いた本を読むと、小児の記憶は何歳まで遡るかという例に、自分の洗礼式の模様を憶えているというのがあり、驚くとともに少し怪しいと思ったが、私の記憶はこの門前の光景に始まる。この日、引越しの荷物は別に先着し、父が姉と私と二人の子供だけを引き受けて、後れて汽車で東京から乗り込んだのであった。

この桜木町に四年住んだ。家は、当時としては、宏壮といえるものであったろう。なんでも日本郵船会社の社宅を、父のために正金銀行で借りたものだったということであった。二階建てで、間数はかなり多く、洋館もあり、車夫の長屋のようなものがあり、玄関の前が広い芝生であった。父が好きで、根岸の植木商会というものから人を呼んで、そこに塀ぎわに沿うて薔薇を植えた。門の前は、道路をへだててすぐ海で、石垣に波が打っていた。まだ築港されない以前の横浜港で、目の前に大小の船が煙を吐いていた。また、夏など夕方になると、漁船がその海岸に集まって来て、夕河岸と称する魚の市が立った。私の家からも女中がザルなどを提げて、魚を買いに駈けだして往くのをよく見たものである。

こんな景色は、今は想像もされないし、第一、その所在が、横浜に住む人にも見当がつかないだろう。吾々の家は桜木町一丁目一番地というのであったが、こんな番地はもうなくなっているかも知れない。今では、国鉄桜木町駅に下車して出ると、正面は大江橋、その左に弁天橋が掘割に架せられている。その弁天橋を渡らずに、更に岸に沿うて行くと、そこは横浜のドックで、一般の通行は許されないが、その頃は、海沿いに神奈川方面に行く道路が通じており、私の家はこの道路に面していた。門に出て見ると、右手に遠く本牧の岬、左手には、湾に沿う神奈川の町が望まれた。夜になると、その左手の水の上に賑かな燈火が見えた。小児の私も、いつか「ジンプウ」という名を知った。有名な神風楼というものが、その頃まだ盛んであったかどうか、調べていないが、兎に角、それが神奈川の妓楼の灯であったことはたしかである。

これに反し、今日有名な本牧は、その頃まだ漁村であった。父がそこの海に臨んだ料理屋で客をして、地引網を引かせるというので、子供の私も連れて行かれたことがある。このとき、桜木町の海岸からこの本牧まで、海を泳いで来て、この集まりに参加したという人の話がある。それは父の親友で、同じく横浜正金に勤めていた小川駒橘(こまきつ)という人である。父は慶応年間、この人と一緒に紀州和歌山から江戸に出て、共に慶應義塾に学び、この頃は、家も隣り同士であった。元来紀州藩では、武芸の中でも特に水泳を奨励し、武士が溺死すると、不覚不鍛錬なりとして家禄を没収されたものだという。従って藩士は皆な水泳の心得があったそうだが、その中でもこの小川氏は、殊に名手の聞えがあり、従って、友達の宴会にも海を泳いで往って参加するといい出したものであろう。父母は、（少なくも私にそれを話した母は）自宅の門前で小川氏の出発を見送ってから、人力車で本牧に先着して待ち受けた筈であるが、小川氏は港に碇泊する大小の船の間を、左右に船を眺めながら悠然と泳いで行ったということである。私は地曳網の方に気を取られていたのか、小川氏の桜木町出発も、本牧到着も憶えていない。どうして態々こんな小事件のことを書くかというと、後年この小川氏の、この時はまだ生れていなかった孫の一人が、物理学者湯川秀樹として世に知られたからである。小川氏は父より二、三歳年上の筈であるから、この頃は、五十歳近くなっていたであろう。五十近い年のものが桜木町から本牧までの海を独泳することは常識的かどうか、母の話に誤りはあるまいかと、念のため地図を取り出して見ると、現在の横浜ドックから本牧の岬端までおよそ五キロであるから、五十歳の人でも、心得があるなら、泳げない距離ではない。

この桜木町に住んでいる中に私は学齢に近づき、その頃本町にあった横浜学校へ入れられた。その頃、学齢というものは、まだそれほど厳格でなく、父は子供の就学はなるべく遅いが好いという意見で、私の姉は早生れであるのに八つになるまで家にいた。私の祖母の自慢話の一つは、父が数え年四つのとき、藩の役人の前で「大学」の素読をして褒美をもらったということで、その「お試み」の頃、父はまだ祖母の乳を呑んでいたという。そのような自分の体験に対する反動でもあったのか、自分の子供の就学は晩い方が好いといい、姉はそうさせられたのであるが、次ぎの私は、当人はいやがるのに、さっさと学校へ入れられてしまった。

父の車夫は、名を厳めしくも柳川仁太郎といい、亭主を圧倒する大女の女房はおむめ、私と同年の倅が粂吉であった。この家族が、前にいった台所に続く長屋に住んでいた。彼等は私の家で「仁太」「むめ」「粂」と呼ばれていたから、私もそう呼び、粂の方では私のことを「ボッタン」（坊ちゃん）と呼んだ。この舌の廻らなさでも分る通り、彼れは智慧の遅い児であったから、自然私は彼れに、いろいろ横暴な振舞をしただろうと思う。この私と粂との関係は、父の気に入らなかった。それで、早く学校へ出してしまった方が好いというので、私だけは学齢未満で入学させられたのだと、後になってから母の話で知った。

しかし、あとで気がついたことだが、横暴の振舞ばかりでなく、私を粂吉と遊ばせて置いてはよくないと思うことは、外にもあったであろう。私は粂吉を呼び出しに行って、その両親の夫婦喧嘩を見たことがある。喧嘩の原因は分らないが、サア、出て行けと、仁太郎が両手でむめの手を曳っ張り、旦那様に申し訳がねえ、というようなことを怒鳴りちらす。（むめは博打が好きだったということを誰れからともなくきいた。）むめは、曳き出されまいと、片手で上り口の柱につかまりながら、わめく。そばで粂吉が、両手を顔にあてて泣いているという、型通りの場面にぶつかったことがある。それを、あとで母に報告して、ひどく叱られた。前の「ジンプウ」という名も、多分私は仁太郎か、或いは遊びに来ていた車夫仲間のものにきいて憶えたものであろう。私はおしゃべりな子供で、きいたことをよく憶えていてはしゃべったから、父母を顰蹙（ひんしゅく）させるようなことは多かったかも知れない。兎に角、そのお蔭で、私は学齢にならぬうち学校へ通わされた。

横浜学校については別段の記憶はない。弁天橋を南へ渡ると本町、その本町の最初の角を左へ、即ち海の方へ曲ると、すぐ学校だった。私はいやいや学校に通い、いやだと思うと、本当に腹が痛くなって来るので、腹痛を理由に途中から家に帰り、母に仁太郎をつけてまた学校へ送り返された記憶がたびたびある。

学校へ入った年の夏、日清戦争が始まった。十一月、ただ一日の攻撃で旅順口が陥落し、十二月、父が死んだ。病気は腹膜炎ということであった。今思えば、盲腸炎が悪化したのか、それとも結核性のものででもあったのか。十二月一日の夜、急に劇痛が起ったときのことを私は、よく憶えている。父を、母が介抱しているそばで、落ちついた子供であった姉は、何か手伝っていたように思う。七歳の私は、ただウロウロしていた。大人が痛みを訴えるということを、それまで私は予想しなかった。大人が、しかも父が、病の前にhelplessであるのを見て、私は恐れ、悲しんだ。それから七日後に、父は死んだ。それをきかされた朝、私は泣き叫び、泣きつづけたけれども、それからあと、あまり悲しんだ記憶がない。家中のどの部屋にも弔問客がいるので、私は昂奮し、また誰れからも機嫌をとれるので、寧ろ好い気になって、家中を歩き廻った。

二日後の強雨の日に、父は久保山の墓地に葬られ、更に五日後に、二番目の妹が生れた。

翌年匆々（そうそう）、母は自分の体が動けるようになると、すぐ行動を起して、遺物分けをし、家財を整理し、仁太郎始め使用人に暇を出し、門内の庭の花床から、父の遺愛の薔薇のうち特に目ぼしいもの数株を択んで抜かせ、この桜木町の家を引き払った。父の生前から、父母はやがてまた三田へ帰ることを考えていたようである。母は四人の子供と家財とを携えて、取り敢えず三田四国町の、或る町角の借家に引越した。これは母の一生で、最も悲劇的な時期であったに違いないが、母はハキハキした性質で、愚痴はいわなかった。父の病中から死後の処置、転居の決行に至るまでの行動は、倅の私がいっては可笑(おか)しいが、たしかに果断駿速で、宜しきを得たと思う。兎に角そういう次第で、私はまた東京へ帰って来た。

今保存されている書簡や記録によると、父の死の前後に、見舞、弔問、慰問のため、福澤先生がたびたび来られた筈であり、私も必ず先生を見たに違いないが、何も記憶にのこっていない。福澤書翰集を見ると、父の死ぬ二日前に、先生は東京から見舞に来られて、私の家で手紙を書いて、父の病状を、父の親友の日原昌造に知らせている。その文を、句読を切り、送り仮名を補って写すと、左の通りである。

――陳(のぶ)れば小泉信吉氏事本月一日より発病、初めは胃部に劇痛を起し、其後熱を発して、一時は四十度内外にも達し、唯今の処は腹膜炎と申す事にて中々の大病なり。老生も此病気の事を昨日始めて伝聞、今日唯今見舞に参り候処、丁度松山氏も来診中にて、病の軽重を聞けば、十中六七分以上の危険と申し居り候。更に致し方無く、唯頼む所は医薬のみ。――勿論治療に遺漏は無之、運を天に任せて人事を尽し、何とかして助け度く祈る所に御座候。尚ほ容態の変化は追ひ〱申し上ぐ可く候得共、取り敢へず即刻の事態御知らせ申し上げ度く匆々此くの如くに御座候

頓首

二十七年十二月六日

横浜小泉宅にて
諭　吉

日原様几下

先生がこの手紙を書いたのは、私の家の座敷か洋間であったろうと思われるが、子供の私は何も知らなかった。このような歴史上の人物と、或る日、同じ家の屋根の下にいながら気がつかなかったということが、今、なにか不思議なような感じがする。

福澤邸内

横浜桜木町から越して来た借家は、随分小さなものであった。番地は三田四国町二番地十七号といい、今日の都電――当時は、無論まだ東京に電車は見られなかったが――薩摩原停留場と芝園橋との中間を三田通りの方へ入った、或る町角の平家であった。隣り近所みな同じような大きさと形の家が揃っていたのを見れば、誰れかが借家として建てたものに違いない。すぐ新しい言葉をききかじる私は、この家に引越して来て、早速「差配」という言葉を覚えた。この家は、今も大よその方角は憶えているつもりだけれども、長い年月の間に尋ねて見たこともない。間数は四つ五つくらいのものであったろう。門らしいもの、玄関らしいものも、なかったと思う。数坪の小庭に、横浜の家から携えて来た薔薇を植えさせたけれども、それ以外ほとんど庭樹らしいものはなかったように思う。勿論、一時の仮りの住所のつもりではあったが、その狭い部屋々々に、よくは荷造りも解かぬ箪笥や長持を積み入れた有様は、横浜で広い家に住んでいただけに、大人が見ればいぶせき姿に見えたかも知れない。ところが、子供の心理は別である。子供が悦ぶのは変化であって、住宅の大小、況やその体裁のよし悪しなどは気にならないらしい。八歳の私は、このチッポケな借家住居を結構楽しんだ。雨降りの日など、どうにも身動きもできないような狭い部屋の、片づけてない荷物の間を、駆け廻って遊んだことを、よく憶えている。これで見ると、弾力のある小児の心には、生活程度の下降などということは、格別の印象を与えないものらしい。私の友人知人の家族にも、主人が死んで、急に生活を変えなければならぬ目に遭った例が幾つかあり、そんなときに、よく女の年寄りなどは、その子供等の「昨日に変る」生活を、いやに哀れがって、同情めいた言葉をかけたりするのもあるが、自分の経験からいえば、余計なことだと思う。子供の心はもっとサッパリしたものらしい。私は狭い借家住居をすることになったことなど何とも思わず、昨日までの生活がよかったなどと思ったこともない。私の二歳年上の姉は、子供のときから思慮のある方で、大人の心などを察したらしいから、この時も、夫を喪い、幼弱な子供を抱えて、狭苦しい家に転居した母の気持に同情したのであったろうと思うが、私は利己的で、何もそんなことは考えなかった。

けれども、この借家住居も長くはなかった。吾々は或る日突然転居して、三田山上の福澤邸内の一棟に住むことになった。それは、一夜、隣家で人殺しがあり、そんな物騒なところには住まわせて置けないと、福澤先生がいい出して、一も二もなく引越させたのである。隣りの女は、怨みのある男に殺された。なんでも鑢で研いだ刃物で突いたということで、新聞にも出たと見え、私は却って学校で同級生からそれをきいた。母はそのとき何もいわなかったが、夜半なんともいえない女の叫び声をきいたということである。

私たちが福澤先生の恩恵で、それからその年一杯住んだ家は、今は福澤邸全体とともに跡形なくなってしまっている。この記事を書くため、私は数日前三田の山に登って、小児のときの旧居の跡を尋ねて見たが、あの広い——もしくはダダッ広い——福澤邸も、昭和二十年五月二十五日の空襲で焼失して、今は土台石のみが残っている。福澤邸は慶應義塾の丘の東南隅を占め、座敷からやや見下ろすように品川の海が眺められた。位置が丘の東南端であるから、庭の向うは崖になり、崖の下に更に、兎に角一人乗りの小舟を浮べるだけの池があった。池の続きに、丁度テニスコオトほどの長方形の芝生があり、ブランコ、鉄棒が設けられていた。福澤家の人々はそれをガアデンと称していたが、このガアデンの池寄りの端に、先生は多分長男一太郎のためであろう、別に一棟建ててあった。吾々が迎えられたのはこの家であった。妙な造りの家で、玄関を入ると、すぐ階段があり、その二階が、丁度丘の上端に近いから、そこからも出入りでき、更にその上に三階があり、そこから福澤本邸と、径を越えた陸橋のような廊下で、往き来できるようになっていた。吾々は一階と三階は殆ど使わず、主に二階の幾間かに生活した。この二階とほぼ同じ高さの地面に井戸があり、井戸の傍に先生の米搗き部屋があった。毎朝、先生がそこで「ウン、ウン」とかけ声しながら運動のため米を搗く臼の響きが、私の家のどの部屋にいてもきこえた。先日、徳川夢聲君との対談に、私の家の女中が、井戸端で米を磨いでいて、それをこぼし、通りかかりの福澤先生に、勿体ないことをすると、怒鳴りつけられて青くなった話をしたが、それもこの一角での出来事である。

明治二十八年、即ち私の数えて八つの年の大部分は、この家で過ごされた。ただ、春も秋も過ごした筈であるのに妙に夏の記憶だけが、特に多く私にのこっている。或る朝、ガアデンでひとりで遊んでいるところへ、福澤先生が現れて、「信さん、動物園へカンガロオを見に行かないか」と誘われた。すぐその場から、私は先生の孫で、私より一つ年下の中村壮吉と二人、先生と夫人とに連れられ、二頭立て無蓋の馬車で、上野公園まで往復した。涼しい朝のことで、馬車のドライヴは好い気持であった。先生は浴衣がけのような風をしていたと思う。夫人はパラソルをさして居られた。私は頭の大きな壮吉の麦わら帽子を借りてかぶり、帽子が微風に取られそうになるのを気にして、首を据えて乗っていた。もしも動物園に細かい記録がのこっているなら、それに記されているであろう。それは、カンガルウというものが、始めて上野の動物園に現れたときのことであった。新聞にはしきりにカンガルウと出ているのに、先生一人カンガロオと発音するのが、小児の私の耳についた。

私はこの、先生と馬車に同乗して、カンガルウを見に往った話を、今までも人にしたことがある。殊にその日私は、動物園を一廻りしたあと、門前の氷水屋で、先生の夫人に、家ではいつも氷水を何杯ぐらい飲むかときかれ、実は一杯しか許されていないのに「二杯ぐらい」と答えて、まんまと二杯飲んだという冒険をしたので、後年、先生も夫人も亡くなったあとで、福澤家の人々にもこれを座興に話したことがある。それはなんの気もなく話したのであったが、今度この記事を書くについて始めて気がついて見れば、この日、私たちを動物園に連れて往った先生と夫人の胸は、愁いにふさがれていた筈である。

先生の長女里（さと）の夫、右の壮吉の父、中村貞吉は、長い肺患の後、この夏の七月の十七日に死んだ。先生に動物園へ連れて往って貰った日の日付は憶えていないが、それが盛夏の一日であったことは間違いない。とすれば、恐らくそれは中村が死んだ後のことであったろう。先生の年譜を見ると、八月二十日、中村の三十五日忌の法要を営む、としてあるから、多分葬式のあと、少し日が立った頃に、壮吉を慰めようとして動物園行を思い立たれたような次第ではなかったか。たびたび引用するが、先生の書翰集には、この八月四日付で、門下生の一僧侶西原真月（にしはらしんげつ）というものに、その弔問を謝した一通がある。（これも送り仮名は多く私が付けた）。

「去月三十一日の華翰拝誦仕り候。来諭の如く不順の時候、益々御清安御起居成され、拝賀し奉る。中村貞吉不幸に付き懇々（こんこん）御弔詞下され有り難く存じ奉り候。兼ねて不治の難症と覚悟は致し候得（そうらえ）ども、扨（さ）て斯く相成り候上にて、娘を始め児孫の悲哀を見れば今更断腸に堪へず、御推察下さるべく候。貞吉の家は元来禅宗なりしが、生前より毎度真宗の事を語り居り候に付き、麻布善福寺に頼み、真宗の葬式を執行致し候。」下略。

私が父の死を長くは悲しまなかったと同じように、七歳の壮吉も、いつまでも父の事ばかりは思っていなかったかも知れない。けれども、それを見る祖父母たる先生と夫人には、その一挙一動、不憫で見るに忍びなかったことであろう。先生はこの時数え年六十二、夫人は五十一であった。今の私よりは六、七歳も若かった先生の年などを考えて見て、今度はじめてそれに気がついた。

しかし六十二歳の先生は元気なものであった。前記の米搗きもであるが、私は先生がガアデンで得意の居合（いあい）を抜くのを見たこともある。夕方、ガアデンに出ていると、先生が浴衣にたすきをかけ、尻を端折り、草履をはき、腰に一刀を横たえて現れた。先生は立ち止まり、姿勢をととのえた後、かけ声とともに刀を抜き、頭上にそれを振り舞わして、踏み込み、踏み込み、斬るような動作をした。そうして瞬間に刀を鞘に納める。私は刀身が白く空中に光るのを、驚いて見ていた。先生は何度も同じ動作をくり返した。

先生の居合については、先生の手記がある。その一つに、明治二十八年十二月三十一日付、即ち私が見たときより数月後の或る日のものがある。それには「居合数抜（かずぬき）千本。午前八時半少し過ぎより午後一時までに終り休息なし」とある。「刀は前年に同じ」とあるが、その前年の記録には、「刀、鍔元より長さ二尺四寸九分、目方三百拾匁（もんめ）」としてある（石河幹明「福澤諭吉伝」第四巻二五五―七頁）。

即ち六十二歳の先生が長さ二尺五寸、重さ三百拾匁の鉄棒を、四時間半ぶっ続けに振り廻したわけである。テニスのラケットが普通百匁、野球のバットが二百四五十匁、名打者川上哲治の使うのが特別で、二百六十匁だといえば、三百拾匁の日本刀をふり廻すということがどれほどのことか、想像できるであろう。このことは、先生の体力及び技術が異常のものであったことを物語るが、同時にそれは、老人の運動としては、法外な乱暴なものであった。先生はこれから約三年後に脳溢血を発するのであるが、先生の摂生法も、今思えば、適当なものであったとはいわれまい。しかし、発病前の先生は頑健であった。姿勢は少し前屈みであったが、肩幅は広く、身長は抜群に見えた。（記録によれば五尺七寸で、今の私より少し低いが、子供には偉大に見えた。）何よりも、絶えて老人らしくたるんだところがなかったのは、天成と鍛錬の結果であろう。

その頃（明治二十八年三月一日から）先生は時事新報に「福翁百話」を載せはじめた。それで私は、私たちの転居が三月以前であったことを知るのであるが、私の母は、それが出始めると、早速自分で罫紙を綴じて帳面を作り、毎日それを筆写した。私は、母が毎日一日の用事を終えて、二階の一室に小机を取り出し、その日の時事新報を折ってその端にのせ、それを見ては、毛筆で先生の文を写していた姿を憶い出すことが出来る。母はそれを「子供たちのためだ」という意味のことをいい、続けて行った。私はときどきそれをのぞいたけれども、あの「百話」には、始めに「宇宙」とか「天工」とか「天道人に可なり」とか、抽象的のことが続けて出たから、子供には無論意味は分らず、母にも説明できなかった。母はこの筆写を何時まで続けたか。多分二、三十回まででであったろう。先生から、あとで纏めて一冊の本にして、上げるから、筆写は無用だといわれて、中止したのである。

母は、既記の通り、濶達な性質で、人を恐れず、それに父とともに先生夫妻には愛されたので、いくらか好い気にもなっていたものか、先生の前でも、随分憚らず「イエス」「ノオ」を言ったらしい。けれども、心の底では深く先生を尊敬し信頼していたことは明らかである。それで子供のためと思い、日々自ら先生の文章を手写したのであったろう。母は当時三十三であった。新たに寡婦となり、十を頭の一男三女の行末は心許(こころもと)なく、日々亡夫の恩師の文章を筆写して、それを一つの力にしたのであったろう。

こう書いて来ると、母は中々の賢母らしいが、この「賢母」は、随分間違いも私に教えた。私の通っていた三田台町の御田（みた）小学校では——私は横浜学校からこの御田学校に転校した。どうして慶應義塾の幼稚舎に入らなかったか、分らないが、母は多分幼稚舎は贅沢だとでも思ったのであろう。——学期末の試験成績を甲、乙、丙と優、及、落で報告していたが、最初の学期末に成績表を貰って見ると、私は幾つかの甲があり、幾つかの乙があり、総評は「及」であった。母はそれを見て「ユウトウ」だともっとえらい、といった。私はこの次ぎはそれを取るが、取ったとき字が分らないと困るから、ユウトウのユウの字を教えてもらいたい、といった。母は人偏に夏という字だ、といった。優は、人偏に夏でなく、憂でなくてはならないが、母は行書草書を好い加減に書いていたものと見える。私はその後暫くの間、優等を偄等と思っていた。

こんなこともあった。まだ横浜にいたときである。母のところに女の訪問客があって、座敷で話している。そばで私は遊んでいた。雨が降っている庭に、雀が降りて餌をあさっている。そのピョンピョン跳ぶ様を、なにか不思議に思ったのであろう。私は母に「すずめは鳥？」ときいた。あまりの愚問、とうるさく思ったのであろう。母は「雀は虫だよ」といった。なんでも人のいうことを真に受ける子供だった私は、それを本気にした。嘘のようだが、その後かなり久しく、私は鶯も目白もカラスも鳥だけれども、雀だけは何か別のもののように思っていた。随分非教育的な母である。

三田四丁目

明治二十八年の十二月、日は忘れたが、暮れに迫ってから、私たちは一年近くお世話になった福澤邸を辞して、新築の自分の家に引越した。新しい家の番地は、三田四丁目三十番地で、福澤邸から西方へ一町あまり、声の大きな福澤先生が、怒鳴ればきこえるともいえるほどの距離である。先日私は或るところで、自分が福澤先生から受けた思想的影響ということについて記すところで、自分はどのように勝手気儘に振舞ったつもりでも、結局福澤諭吉の掌外には跳び出せない人間かも知れない、という意味のことを書いた。それは無形の思想についていったのであるが、目に見える形の上でも、私は福澤先生のいわば縄張りの内で成長することになった。勿論私の母は、先生の膝下に生活することを心強く思ったに違いないが、私自身はそれを仕合せとも何とも感じたことはないのみならず、晩年の先生が、前に記した、父を失った孫の壮吉を不憫がるあまり、何事も唯々諾々と、言いなりにそのわが儘を許している様を、子供ながらも批判的に眺めたこともあった。けれども、それにも拘らず、私が三田で、しかも福澤邸の近隣で成長したという事実は、私の一生を支配したと思う。やかましい、学問や思想のことは別としても、日常の生活態度の上の些末な点で、私は知らず識らず福澤先生、或いは福澤家の家庭の空気に化せられているであろう。

慶應義塾の丘の南端に、更に小高い隆起がある。元はそこに祠があったのであろう。今も稲荷山と呼ばれている。この稲荷山の頂に、雌雄の銀杏の大樹があって、その新葉黄葉の夕日にかがやく姿は、少し誇張していえば、芝麻布方面の何処からも見えるといいたいくらいである。私たちの新宅は、この銀杏樹下の崖と、三田通りから魚籃坂の方へ通じる道路とに挾まれた、間口十数間、奥行四、五間という窮屈な地面の上に建てられた。この地面は、一部分は多分慶應義塾（当時は福澤名義）、他の部分は或る風呂屋のものであった。これもやはり先生の世話であったろう。私たちはその風呂屋を買収して家を建てた訳である。そこへは、塾生も入りに行ったということで、繁昌していたかどうか知らないが、兎に角私の家では、地面とともにその営業権も買い取らなければならなかった。その証書もあったということで、後によく母は戯れに、うちで風呂屋を始めようと思えば出来るのだといった。両隣りの一方、即ち西隣りの二十九番地は、即ちこの文の一番始めに記した私の生れた家で、もうこのときは慶應義塾の長老教員の濱野定四郎一家が住み、東隣りの方は、福澤家の持ち家で、その頃は先生の女婿志立鐵次郎夫妻が住んでいた。

私たちの新築は、土蔵付きの二階家で、建坪はすべて合せて四十坪くらいのものであった。柱が太く、すべて岩乗（がんじょう）で、日当りの好い上に、当時としては新しい、ガラス戸を入れたような点は、快適な、衛生的なものであったが、それ以外は、無趣味な実用本位の住宅であった。大工は千住から来る金杉大五郎という、福澤家出入りの棟梁であった。無論これも先生の世話である。私の母は、紀州徳川藩の侍医の娘に生れ、生家は相当有福だったから、着物や道具類にも好みがあり、自分の家を建てるとなったら、色々希望もあったろうと思うが、この新築の家には一向それらしい趣味は現れていない。これは私の想像であるが、大五郎は、母よりは福澤先生の発言の方に重きを置いたのではなかったかと思われる。尤も、母も彼れの人物を認め、よく子供に土蔵の壁や扉を指しては、丁寧な仕事だとほめていた。私はこの棟梁の顔の記憶はたしかでないが、彼れが福澤先生の気に入りであったことは、子供ながらに知っていた。今、福澤書翰集〔『続 福澤全集』第六巻〕をあけて見ると、先生の大五郎宛ての手紙が十六通も収められており、大概家屋の建築や修繕の要件を記したものであるが、その中の一通では、彼れを伊勢参宮にまで誘っている。それほどに彼れを愛していたのである。先生はまた、よく大五郎に酒をすすめながら、色々職人仲間のことなどをきいたという。知識欲の強い先生が、道具函をかついだ大工の職人が、足の爪先に草履を突つかけて歩くのは、どうしたわけだときくと、大五郎は問題にせず、草履の鼻緒をいちいち指の股へはめて歩くなんて、そんなこたあ、先生、できませんよ、と答えたのを、傍できいていて可笑しかったと、その場に居合せた先生の四男の大四郎君からきいたことがある。

それは余談であるが、兎に角私の家もこの大五郎が図を引いたものである。福澤先生は普請好きで、私の記憶では、福澤家には始終大工が入っていたように思うが、しかし、先生の建築趣味は全く自己流で、建坪四百坪もあったその大邸宅は、中心も様式もなく、ただ徒らに大きな家という感じであった。先生の自伝に、家の出入が無形式だったというところで「私の外出するには玄関からも出れば台所からも出る。帰るときもそのとおりでただ足の向いた方にはいって来る」といっているが、たしかに福澤邸はそれにふさわしい家であった。先生はまた、自伝のその前後に、自分の無趣味不風流を語り、「書画はさておき骨董も美術品もいっさい無頓着、すまいの家も大工任せ、庭園の木石も植木屋次第」といっているが、大工には大工の伝統がある筈だから、黙って任せば定法通りの家を建てたであろう。旧習打破を喜んだ先生は、日本の家で、女が襖のあけたてを、一々膝をついてするのは無用の虚礼だといって、襖の引き手を、立ったままで開け閉(た)てするように、それに適した高さに附けさせたという話がある。私はそれを自分の目で見た記憶はないが、この一事でも察しられるように、先生は住居についても色々独特の註文があったに違いない。結局それは「大工任せ」ではなく、大五郎は先生の指図をきいて、福澤本家やその近隣の家々を建てたものだろうと思われる。私の家などもその一つであった訳だ。

この家から、私はまた続けて台町の御田学校へ通った。始めは姉と一緒に往復し、姉がその頃麻布永坂にあった香蘭女学校へ入ってからは、一人で毎朝聖坂(ひじりざか)を登り降りして通学した。学校では、出来ない生徒ではなく、間もなく「優」という報告をもらうようになったけれども、学校については、あまり得意の話はない。学校から帰ると、今度は裏木戸を明けて、「塾」の山へ遊びに行くのが常であった。その頃の塾の山は、今とちがい、樹が鬱蒼としげっていた。前に記した大銀杏は別格として、その他榎、椎、樫、欅等の大木が枝を交じえ、塾の少年等は群れをなして木に登り、枝から枝を伝わって、どこまでも行く遊びがはやっていた。落ちて気絶したものもあった。

今は想像できないが、その頃稲荷山の辺を歩くのは、昼でも寂しかった。流石に狐や兎が出たというのは、もうその頃昔話になっていたけれども、鳥は——ヒヨドリ、ツグミ、百舌(もず)殊に椋鳥(むくどり)が——夥(おびただ)しくその樹々に集まった。夜はまた必ず梟(ふくろう)が来て鳴いた。

この三田丘上の一郭は、もとは島原藩の中屋敷であったのを、明治四年に福澤先生が、多少無理に買い取ったもので、私が覚えた明治二十八、九年のその頃、まだ元の御殿の玄関に「大学部」という標札がかかっているような次第であった。その頃三田の山上で先ず洋館と称してあまり可笑しくないものは、正面の本館――現在はコンクリート建築に改められているが、その頃は赤煉瓦の一棟であった、その本館――のみであった。今から思えば、三田の山も閑静なもので、この本館の前の広場は、今は一面に鋪装されて、自動車が並んでいるが、その頃は、そこに池があり、池には中島が二つもあり、島にはそれぞれ蘇鉄の樹が植えてあった。その池で憶い出したが、私は十か十一の頃、二、三人の友達と、この池に入って亀の子をつかまえたことがある。吾々はみな着物をまくり、下腹まで水に漬けて亀を追っかけた。水は緑色に濁っているから、亀がもぐるともう見えない。首を出すとそっと近づくのだが、近づけばまた潜り、しばらくしてちがった水面に首を出す。いつまでやってもきりがない。到頭私は思いついて提議した。亀の子が首を出すのを待ってないで、いつまでも首が出せないように、みんなで水をかき廻そうといった。しばらくその通りやっていると、亀の子はすぐ私の目の前に首を出した。そしてもう息が尽きて、沈めなくなっていた。それをわけなく捉まえた。池の畔で見ていた大人が、知慧のある子供だと、私を褒めた。しかし、これは私の発明でなくて、応用であった。その頃読んだ子供の読書(『少年世界』であったかどうか、確かでない)に北洋で、たしか臘虎を捕る話が載っていた。ボオトで臘虎を追っかける。潜らないように近づくのでなく、首が出せないように追っかけ廻すと、最後に臘虎は息が尽きて、沈めなくなる。とあったのを思い出したのである。前に、雀は虫だ、といわれて真に受けたことを白状したが、この頃私は、この程度において本を読む子供にはなっていたのである。

福澤先生の朝の散歩にもつれて行かれたことがある。その頃まだ後の散歩党というものは、出来ていなかったと思う。お供は壮吉と書生一人と私とだけであった。隣りの志立家の木戸をくぐって往来に出て、豊岡町から三の橋の橋際を左に折れて、そこにある竜源寺という寺に一寸立ち寄り、それからどの道をどう歩いたか、憶えないが、白金に出て、今、先生の墓のある大崎の常光寺（当時は本願寺）に行き、そこで小さな中村貞吉（前に記した先生の女婿）の墓にお辞儀した。それからそれよりやや大きい別の墓に詣り「これは和田（義郎）さんのお墓だ」と吾々にいってきかせた。それで私はそれが常光寺であったことがいえるのであるが、これが最初の朝のことで、その後も同じルウトをくり返したのであったか否か、ハッキリしない。一度、先生のあとについて丸木橋のようなものを渡った記憶があり、いずれ広尾辺の古川に架せられたものだったろうと思うが、見当がつかない。今日車の往来のはげしい魚籃坂の下の方は、その頃田圃があって、案山子が立っていた。いずれにしてもこの散歩は、相当の道のりで、測れば三マイルにはなったであろう。六十幾つの先生が、それを毎朝朝飯前に歩いたのだから、相当或いは相当以上の運動であった。しかし、子供にとって、散歩は決して面白いものではない。それに、朝寝をする私は、すぐ閉口して二、三回または三、四回かの後に脱落してしまった。福澤先生と一緒に散歩するということに、まだなんの欲のない子供としては、自然のことであったろう。

そうしている中に年が過ぎた。私はこの新しい家に、数えて九つの春から二十九の暮れまで、二十年住んだ。この間に、福澤先生は明治三十一年に脳溢血を発し、一度はよくなって、杖をついて散歩するまでになったが、再発して、明治三十四年二月三日に死んだ。同じ月に、私の家では、祖母が、即ち父の母が、死んだ。それ以後は無事の日がつづき、一年後に姉が嫁に行き、更にその五年後に妹が嫁に行き、またそれから八年して次ぎの妹が嫁に行き、かくして母と私とがこの家に残されたが、最後にその私も結婚して家を出た。

母はなお暫く一人でこの家を守っていたが、昭和になってから、三十年住んだ家を人に譲って、三田綱町の古川寄りの崖の南麓に、私の姉の夫の松本烝治に建ててもらった、しゃれた隠居処に引込んだ。三田の家は、もともと母が子供を養育する目的で建てた家だったから、その四人の子供がみな巣立ちしてしまえば、建てた目的は達せられたといえる訳である。建てた始めには路幅も狭く、人通りも少なく、夜は按摩の笛が耳につくほど静かな土地であったが、その後、三田通りには電車が通じ、私たちの家の前の道路も拡げられて、交通がはげしくなるとともに、毎月三度、四の日に立つ三田の地蔵の縁日の夜店が、だんだん三田通りからこっちの方へ拡がって来て、私の家の屋敷にくっついた板塀の、その塀ぎわで、艶歌師がヴァイオリンを弾いたり、テキヤが口上をいったりするようになっていた。転居明け渡しは、已むを得ない成り行きであった。

話は前後するが、私は福澤先生の亡くなった翌年の明治三十五年、即ち数えて十五の一月、御田小学校から慶應義塾普通部の二年級へ編入さしてもらった。この編入も変則的のもので、当時塾の上級にいた私の従兄が、ウマク談判してくれた結果、試験もなにも受けずにもぐり込んだのである。当時の鎌田塾長（栄吉）は、慶應義塾に縁故のある家の倅であり、入れてやっても差支えない、と思って入れてくれたことと思う。

それは兎に角、ここで私は慶應義塾に入学し、八年の後、当時の大学部政治科を卒業し、卒業後、更に助手に採用されて塾に奉職することになったから、私の日々の生活は、非常に無事単調なものになることになった。当時自分では気がつかなかったけれども、今考えて見ると、私はひどい世間見ずとなり、少年青年時代、随分人の知ってることを知らずに過ごしてしまったと思う。御田小学校に通学していた間は、兎も角も、朝、家を出て、午後帰るまでは、東京の市街を通行して、世の中に接触した訳であるが、慶應義塾へ通学するとなると、私の家からは全然町の中を歩く必要がない。裏の木戸をあけて一走りすれば、教室である。だんだん図々しくなって、しまいには、始業の鐘が鳴り出してから駆け出したこともある。それでも間に合った。その中に私は、たびたび書いたように、テニスの選手となり、それに熱中した。或る期間、庭球部では、日が暮れて最後にネットを片づけるのが私であり、冬の朝、霜除けの蓆（むしろ）を巻いてどけるのが私だということになった。その頃、塾の運動施設はすべて三田の山に集まっていた。その後、野球、蹴球のグラウンドは塾の裏手の綱町運動場に設けられ、柔剣道場も一緒にそっちへ移されたけれども、その後も、テニスコオトだけは、山の上に残されたから、私は里へは出て行かず、山の上でばかり日を暮らす人間になった。

外でも書いたことであるが、一体東京の子供にはあまり立志ということがない。これが地方に生れると、どんな有福な家に育ったものでも、兎も角も東京遊学ということを決し、家を離れるという経験をしなければならない。東京に育ったものには、それがない。殊に私の場合、小学から中学へ進むにも、自分で学校を選択したわけではなく、従兄がウマク談判して慶應義塾へ入れてくれたから入ったというようなわけで、立志的でないことも甚だしい。後年漱石の書いたものを読むと、漱石が文学に志したのも、さほど深く考えて決したわけではなく、始めは建築をやるつもりだったのが、ほんの一寸した機(はず)みから文学をやることになった。お恥しい次第だ。というような意味のことが書いてあった。漱石を引き合いに出すのは僭越だが、東京生れのものにはそういうのがあり、殊に私はその点格別ボンヤリした少年であったと思う。これは本来の性癖もあったろうが、学校の構内に住んで、通学の往復に世の中を見るという機会も与えられなかったという経歴が、これを助長したと思う。そういう点からいうと、この三田の「わが住居」は私の成長に関係を持っているといえるであろう。孟母三遷の訓えというようなことからいえば、私が少年青年時代を学校の構内に暮らしたということは、結構なことだったというべきだろうが、私としては、それが仕合せだったかどうか分らない。他でも書いたが、私は後に落語が好きになり、殊に名人といわれた三代目小さんが大好きであったが、その小さんを、私は寄席では聴かず、塾内の学生の会の余興ではじめて知った。そうして、彼れの得意の話を、町へ出かけないで、大てい山の上で聴いてしまった。後年、私は芝居好きとなり、テニスに熱中したように、或る時代、芝居に熱中して、見て歩いたが、それは大学生になってからのことで、それまでの私は、大体毎朝裏木戸を明けて塾に行き、日が暮れてまたその裏木戸から家に帰るという日々を過ごした。

この通り町へ出て往かないから買物をしない。食物屋に入らない。従って金を遣わない。比較して見たこともないが、当時の塾生として、私は最も小遣の入らない人間であったと思う。勿論贅沢のできる身分ではなかったが、それよりは不精と寡欲が、私を倹約な人間にしたと思う。そうして、それはまた私の境遇によって養われたと思う。何処の家でも、家長に職業があれば、その職業上の成功失敗というものがあり、少なくも年功による昇進増給、また反対の罷免失職という、得意と失意の変化が起る訳であるが、私たちの家族は、父の死後僅かばかりの遺産に坐食し、しかもその収入が終始不変であったから、母を中心にして四人の子供は、昨日のように今日も暮らし、今日のように明日も暮らすということを、十年二十年続けた訳である。どうしても不精で、無事を好む人間が出来上ってしまう。敢えて境遇の責任にする訳ではないが、人事上の波瀾や葛藤を、面白がるよりは煩わしく思う私の性質は、世間の風の吹かない慶應義塾の構内で、変化のない月日を送って成長したという経歴と無関係でないように思う。

学校の構内で成長したのは、前記の通り孟母三遷の主意に適っていた訳だが、それでいて私は、子供のときから絃歌の趣味を持っていた。二、三年前、パリの日本大使館で、宮城道雄の弾く「六段」をきき、故郷と少年時とを憶って涙を催した。この事を人に話したら、「六段」をきいて泣いた人はほかにも大勢あります、ということであったが、姉や妹が稽古する琴の音色は、少年の私に様々のことを思わせた。更に私は、早くから三味線をきくのが好きになった。まだ市区改正の行われぬ以前、私の家の前の狭い道路の奥には、裏長屋が列んでいた。そこの娘たちは、多く長唄を稽古した。その稽古所は、板塀をへだてて私の家の座敷の外れと相対しており、私は家にいれば、朝から晩までその三味線と唄をきかされた。杵屋なにがしというその女師匠は、四十あまりの色の悪い、不機嫌な表情の女として私の記憶にのこっている。よくこめかみに頭痛膏を貼り、着物の襟に手拭をかけていた。稽古に来る娘たちは、ほんの子供も、年頃のものもあり、声をはり上げて歌う唄は、手ほどきのものから、こみ入ったものまで、様々であった。私は何時の間にかその文句をきき憶え、後に盛んに芝居を見た頃、舞台や下座の鳴り物をきいて「あれだな」と思うことがよくあった。五十年、或いは六十年をへだてた今日、机に向いつつ、どうかすると吾れともなしに、途方もない文句が口に浮ぶことがある。「毘沙門さんのぢやらつきを見かねて布袋がのつさのさ……」とか、「誓文いのちは参らせ候べくかしくと留め袖、問ふに落ちいで語るに落ちる……」とかいうのがそれである。私の日常生活とはおよそ無縁のものであるが、皆な当年の耳学問の所得である。

私の慶應義塾における学業のことは別に書いたことがあるから省く。私は普通部に編入された始めは、全然学課に興味が持てず、従って及第が覚束なかった。二年から三年に進む試験の成績発表を心配しながら、或る日の夕方三田豊岡町を歩いていると、塾の方から歩いて来る同級の阿部章蔵（水上瀧太郎）に逢った。阿部は憮然として「君は及第した。僕は落ちた」といった。「及第」ときいて、私は夢中で駆け出して家へ駆け込んだ。そうして一言も阿部を慰めなかったことに、あとで気がついた。その後、私の成績は改善され、大学部では秀才ということになり、卒業に際して塾に残って学問をしないかと勧めらるるままに、助手を志願して採用された。ところが、塾の方では、採用はしたものの、偶々私にやらせる仕事がないというので、一年間ただ月給をくれて遊ばせてくれた。その月給は少額（月額二十円）ではあったが、これは前例のないことで、私としては感謝しなければならない特別の図らいであった。

それが明治四十三年のことであったが、宛かもこの年、塾の文科に改革が行われ、その事業の一として森鷗外を顧問とし、永井荷風を編輯者として『三田文学』が創刊されることになった。前に中学時代、或る日の夕方の往来で私に会い、私の及第と自分の落第とを告げた阿部章蔵は、その後更にもう一度落ちて、私より二年の下級生になっていたが、この『三田文学』創刊の機運に動かされて、創作を試みた。その「山の手の子」の一篇が荷風に認められ、次いで定めた水上瀧太郎の筆名で、文壇に登場することになった。同時に、久保田万太郎も文壇に出た。私より一級上で、やはり塾の助手のような地位にいた澤木四方吉は、後年美術史家として名を成したが、この時、やはり同じ機運に動かされて、三田文学に小説を発表した。

文筆の人を酔わせることは、経験のないものには分らない。それは深沈大度の人にあっても変らない。後年、私は晩年の池田成彬氏が、幾つかの文章を発表したとき、青年のような活き活きした語気で、自らそれについて語るのをきいた。二十幾つで始めて作品を発表し、始めて人に認められた水上、久保田、澤木等の昂奮は、察するにあまりがある。私自身は始めから小説を作るつもりはなく、自分の仕事は別だと思っていたが、声を弾ませて語る文壇登場者の昂奮には、当然私も捲きこまれ、塾から別に定まった仕事を課せられてないのを好いことにして、私は彼等とともに文科の教室に出入して荷風のフランス文学、小山内薫のイプセン講義を傍聴したり、一緒に芝居を見て歩いたり、その頃銀座裏に新しく出来たフランス風のカフェに出入して、名を知らぬ洋酒を飲んだりした。丁度小山内薫の主宰する自由劇場が、有楽座でゴルキイ〔ゴーリキー〕の「夜の宿」（どん底）を上演し、また同じ小山内が幹事になって、左團次の芝居を看る、萍連（うきくされん）という連中を組織した頃であった。私は水上とともにこの連中にも参加した。

そんなことをしている中に、澤木と私は慶應義塾の留学生として渡欧することになり、水上も父の意に従ってアメリカの大学に行くことになった。澤木は夙（はや）くから洋行の志があり、この時も、医師は健康診断の上、寧（むし）ろ渡航を諫止したのであったが、一徹の彼れは、何が何でも往くといいはって、たしか留学期前半自費支弁の条件で出かけたのであった。私はその頃の東京で送る日々に満足していたので、進んで出かけたいとは思っていなかったが、行けといわれて、有りがたく従った。これで私の三田四丁目時代は終る。大正元年九月のことである。（以下略）

（『新文明』昭和三十一年）

私の大学生活（抄）

東京（一）

私が慶應義塾へ入学したのは、明治三十五年、即ち福澤先生の亡くなった翌年の一月であった。小学校の高等四年から変則的に普通部（即ち中学部）の二年に入れて貰った。それまで通っていたのは、芝の三田台町に今もある御田小学校で、当時の制度として、中学へ進むものは、高等二年を終ると、試験を受けたり、或いは無試験で、それぞれ志望の学校へ出て行ったのに、私はボンヤリして、そのまま高等四年まで残っていた。それを見兼ねたものか、私の従兄で、慶應義塾の大学部の上級にいたものが、途中から普通部二年に入れるという許しを得て来てくれた。どういう風に談判したものか。今と違って厳格な規則もなかったから、こんなことが出来たのであろう。そうして、今いった年の一月から、三田の山の上に今も辛うじて残っている木造校舎へ通学しはじめた（これを書いたあとで、この建物も到頭取り払われてしまった）。それから今日まで、私は慶應義塾にばかりいて、外国の大学を別とすれば、他の学校のことを少しも知らない人間として育ってしまった。

福澤先生の歿後、慶應義塾の同窓の間には、福澤あっての慶應義塾だというところから、塾の廃止を主張する意見も出たそうである。それを、当時の塾長鎌田栄吉氏その他の人々が押し切って、存続を決し、福澤門下の最高弟小幡篤次郎先生を社頭にし、鎌田氏が塾長で、福澤先生なき慶應義塾というものを続けて行くことになった。（慶應義塾には社頭というものがある。福澤先生在世中は先生、その歿後は小幡氏、小幡氏の歿後は福澤先生の長男一太郎氏が社頭となり、その死後長男の八十吉君が推されてなった。福澤先生は慶應義塾を私財をもって起したのではあるが、夙くからこれを私有視せず、これを一種の共同結社にするという意味で、よく社の字を使った。「爰に会社を起し義塾を創め」とか、「我社中一人として」云々、とかいうのがそれである。社頭は塾長教職員学生卒業同窓生、すべてを引っくるめた同窓大家族の長というくらいの意味に、この頃では解せられている。他所では使わない言葉であるから説明して置く。）それは今から顧みれば、塾の重大時機で、当局者は一方ならぬ苦心をしたことだろうと察せられるが、固より中学生の吾々には、そんな察しのある訳もなく、入塾後三年余りの普通部時代というものを、私はただ面白く遊んで過ごしてしまった。出席だけはしたが、学校で授けられる学問には、どれにも興味は持てなかった。今頻りに、何が面白かったかと考えて見るが、これというものが一つもない。良師良友というが、その頃の先生には、一、二を除く外親しんだ人がない。毎日放課後と言いたいが、授業中も、合間合間の閑は、大抵運動場で過ごしていた。要するに中学時代というものを、私は全く勉強せず、漠然として過ごしてしまったのである。

それでは、慶應義塾という学校をどう思っていたかというと、私はこの塾の学風が好きで、好い学校へ入ったと思っていた。生徒の気風が自然で、偽善気らしいものがないのが、気持ちよく感ぜられた。今、その頃の友達に会って話すと、みな私と同じことを言う。確かに中学としては、普通部は特色のあった学校である。その代り、学科目などは不整備なもので、教え方も乱暴であった。中学の三年から幾何学や地理学や生理学に英語の教科書を用いたのだから、どうして幾何学などが兎も角も呑み込めたか、今考えて見ると寧ろ不思議なくらいである。私は決して昔がよかったというのではない。今日の学校としては通用しないだろうが、或る面白味のある特色はあったというのである。

当時の生徒は福澤先生をどう思っていたかというに、大学生は知らず、普通部の吾々は、別に何とも思ってはいなかったというのが本当であろう。少なくも吾々の遊び仲間は、そうであった。前に記したように、私が入塾した時には、先生は既に一年前に亡くなっている。しかし、私の一年上級の者は、まだ先生の在世中に入塾したのであるから、股引尻端折りというこしらえで、長い竹の杖をついて、書生を連れて歩く先生の散歩姿を見ることは出来た筈である。しかし、福澤先生の人と事業の意義や大きさというようなものは、これは思慮があり、見識のある大人になって始めて分るべきもので、中学生にこれを理解しろというのは、言う方が無理であろう。先生のその父母を思い、旧師や旧主人を思う至情、その友を愛し、門下生を愛する情誼の深さは、実に修身書に掲げたいほどの、寸毫の中分もないものであったが、しかしこれは親しく先生に接した極く少数の者のみが見ていたことであり、加うるに、先生自身は往々逆説的、偽悪的言辞を弄する癖もあったから、恐らく生徒達は、この一面をあまりよくは知らなかったであろう。

私自身はどうかというと、幸いにも家庭の関係で、入塾する以前から先生に接することは接していた。私の父小泉信吉は、旧和歌山徳川藩の藩士であるが、慶応二年、藩命によって江戸に出て留学し、その頃まだ築地の鉄砲洲即ちほぼ今の聖路加病院の処にあった中津奥平藩邸内の福澤の塾に入って洋学を修めたものである。慶應義塾という名称も、この時は未だなかった。この名称は、慶応四年四月、芝、新銭座の新塾舎へ移転したときに時の元号によって定められたもので、この慶応四年は即ち明治元年であるが、塾が移転したときにはまだ改元されてなかったので、かく命名したと、先生は或る機会に説明したことがある。その後更に四年にして明治四年に、塾は三田の山に移転して今日に及んだものである。だから先年まで、慶應義塾の故老の人々の集まりに出ると、よく「あれは新銭座の塾へ入って来た人だ」とか、「鉄砲洲からいた人だ」とかいうことを耳にしたものである。極く少数の鉄砲洲入塾者や、続いて少ない新銭座入塾の人々は、自らその古参を得意とする気味が窺われた。私の父も、即ちこの鉄砲洲入塾の一人であり、かの明治元年〔正確には慶応四年〕五月十五日に、福澤先生が、遠く上野戦争の砲声をききながらウェエランドの経済書を講じたその時には、已に教員の末席に名を列ねていたから、塾ではかなり古い方である。そういう訳で、父は夙(はや)くから福澤先生の眷顧を受けていた。のみならず、後には暫く塾長を勤めたこともあり、勿論師弟の間柄ではあるが、先生及び福澤家の人人とは、吾々も皆な親しくした。私の家庭では、父母は、福澤先生のことを話すのに、ただ「先生」といい、先生が敬称よりは寧ろ固有名詞のように使われていた。従って子供心に、父母に対する敬愛を移して父母の先生を尊敬するということは幾分あったかも知れないが、特に先生が偉い人だと思ったような記憶は何もない。

先生の寵愛を鍾めた令孫の一人に中村壯吉君というのがあった。この人が私と同年輩であったところから、私は子供の時よく福澤家へ遊びに行って、家庭における先生を見た。先生が気合をかけて居合を抜くところも、同じく唸るような懸け声をしながら、朝、米を搗くところも、よく見たことがある。鄙事多能を得意とする先生が、鉈を揮って、家中の人々の古足駄の歯のササクレを打ち截っているところを見たこともある。座敷で、塾生や教員を集めて、寿司や酒をすすめている先生も見た。或る時その教員の一人が、少し酔って何か粗忽をしたのを、イキナリ先生が、飛び上るような大声で怒鳴りつけ、叱られた教員が、別段縮み上りもせず、少しばかり照れただけで笑っており、先生もまた一喝した後は酒々落々として談笑している光景を、不思議に思って見ていたことがある。いま思えば、これが先生の有名な「馬鹿野郎」の一の例であったのだ。またこんなこともあった。先生が大勢の者に取り囲まれて揮毫している。子供の私は勿論興味がないから、傍で退屈していると、それを見付けて、先生は「さあ、習字のお手本を書いて上げよう」と、半紙三、四枚に、子供の習うにふさわしい、「天地日月東西南北」というような字を書き、その端に、矢張り手本の意味であろう、私の姓名を書いてくれた。家に持って帰って放り出して置いたのを、母が取って置いてくれたので、その中の一枚だけが今残っている。その時親類の者が来ていて、それを見て、「この小泉信三の代りに福澤諭吉と書いて置いて頂くと大したもんだったね」と言った。私は勿論何が大したもんだか、少しも感じなかった。

私はここでなにも自分が福澤先生に冷淡だったと言いたいのではない。この明治期を指導した一代の偉人も、接近してこれを見る十歳前後の小児の目には、このようにしか映らなかった。また、このように映るのが自然だったろうと謂うのである。ただ子供の目にも感じられたことは、先生が同年輩（六十四、五歳）の他の老人に比べて、声も体軀も顔も大きく、殊に顔色は白皙（はくせき）で、凡べて明るく活気に溢れていたことである。「引っ込んでる」ということは、有形的の意味でも無形的の意味でも、先生にはなかったようである。三田の山、或いは三田の界隈では、何処を歩いていても先生がいるような気がした。（私は塾の構内同様の場処に住んでいたから入塾以前から始終三田の山にはいたのである。）

福澤諭吉が小泉に与えた習字手本

少し話が外れたが、私が慶應義塾の普通部へ入学した頃の友達は、当時福澤先生の歿後間もない頃ではあったが、福澤先生がどうして偉いのか別に考えても、分ってもいなかったと思う。しかし、学校は勿論生徒に向って、先生の偉大を納得せしめようと努力していた。ただ、今考えると、吾々に先生の偉大を説いて聴かせる教員の人々のやり方は、上手とは言われなかった。学生生徒等に福澤先生を、ただそのままに放り出して見せれば、それで十分目的は達せられたであろうのに、吾々に先生を説いた教師等は、無理に有り難がらせようとするような、無用の修飾をそれに添え、先生の言行を伝える場合に、何時も彼等自身の讃美的解釈をそれに附け加えた。それがために吾々は、ものを強いられるような、説教されるような感覚を起し、先生の話というものが誠に味が悪くなった。吾々は直ぐ倦き、または反抗心を唆られた。『福翁自伝』は、たびたびの機会に書いたように、今日私の座右の書であるが、当時或る教師に、『福翁自伝』を読んだ感想を書けといわれたときには、吾々は教師に対する平生の小鬱憤から、却って福澤先生の言行に対し生意気な批評を試みたりした。級友の中には、先生の徳を頌するようなことを書いたものもあったが、――そうしてそれは真実の声であったかも知れないのであったが、――吾々は「へんな奴だ」と批評し合ったものである。

それでは当時この学校に福澤先生の感化というようなものは残っていなかったかというと、それは大いにあったと思う。小学校から入って来て、先ず異様に感じたのは、塾内で、福澤先生以外、誰れに対しても敬称が用いられなかったことである。三田の山の上で「先生」といえば、福澤先生ただ一人で、あとはどの先生も、皆な「××さん」であった。小幡篤次郎、門野幾之進、鎌田栄吉という人人は、慶應義塾の大幹部であったが、この人々をも、塾の者は、大人も小児も、一様にただ「××さん」と呼んでいた。これは蓋し福澤先生その人が、塾の内外と朝野とを問わず、何人をも一様に「××さん」と呼んで、差別を設けなかったのに倣ったのと、もう一つは、福澤先生に対する尊敬から、先生の敬称をただ一人に限ることになったものであろうと思う。先生一人を除く他の者は、長幼の別はあっても、三田においては、皆な共に学ぶ同門の同輩だという気持ちからそうなったものであろうと思う。今でも、塾にはこの時代の風がどうかすると残っている。例えば、教務係が教授の時間割や開講休講等について学生に掲示をする場合、「××君本日より開講（或いは休講）」と書き、何々教授云々とは書かぬ。教務課員と教授の人々とが互いに君僕でやっていても、それを学生に向って、何々君というのは、考えれば異様な話であるが、長年の仕来りでそのままになっている。総じてあまり人の役名などを呼ぶのは流行らなかった。（自然の推移で何時とはなしに少しずつ変りつつはあるが。）

即ちすべて肩書というものが、塾では一向物を言わなかった。福澤先生は無論意識して一切の肩書を身に着けなかった人である。周知の通り、先生はたびたびの政府の召命にも拘らず、終生仕官しなかった。これは一つは先生の好みであり、主義であったろうが、吾々は、先生の同輩であった、加藤弘之、西周（にしあまね）その他当時の有名な学者の後半生の閲歴を見て、これを先生のそれと比較するとき、先生が終始一平民で通したことを自他のために喜ばなければならぬ。日清戦争後の論功行賞の際、先生が表彰を受けるだろうという説のあったときも、先生は予め時事新報の紙上に記事の形で、辞退の意を明らかにした。明治二十年に大博士の学位を設けて、先生と伊藤圭介とがその選に当るだろうとの世評があったときも、先生は「博士会議」と題する一文を時事新報に掲げて、もしも大博士なるものが何々省に属し、何々大臣の輩下という如きものであるなら、天下の学者は自重してその選に当ることなきを祈るという趣旨を述べ、そのためかあらぬか、大博士の選定は沙汰やみとなったことがある。

これ等の事は、塾と教員塾生の間に、人をその肩書によらず、むつかしく言えば、その真実の徳と功とによって評価しようとする一種の気風を吹き込む効果があったと思う。薬が利きすぎて、時には世間普通の礼儀に反くようなこともあったかも知れないが、兎に角この気風は、少年の私にもサッパリして好いと感じられた。

しかしかく肩書に物を言わせないという気風も、好いことばかりではなかった。この気風は、凡べて内容の伴わない形式を排するのであるが、それが昂じて、凡べて改まって堅くなることを軽蔑し、整然たる形式の人心を引き締める効果を無視することにもなった。それに、時流に逆うという反抗心も手伝ったであろう。慶應義塾では、或る時代、実際に教師も生徒も、着流しで教室に現れたなどということもあったそうである。私の入塾した頃は、それを改めようと努力しつつあったときであったろう。しかしそれでも制服は思い思いであり、洋服で草履穿きなどは普通であり、上衣の下から態(わ)ざと兵児帯(へこおび)を垂しているものがあった。

もう一つ言うと、その当時から、塾では文章演説などのシムプリシチイを重んじて、誇張を嫌うという風があった。福澤先生はいうまでもなく、日本近代の文章から無意味な装飾と習癖とを去って、これを正確な、真率なものにしようと努力した人である。そのためであろうか、私の入学当時には、普通部では漢文を教えなかった。これは実に迷惑で、このため吾々は、どれほど損をしたか分らない。実際またこの方法は首尾一貫せず、当時でも、大学予科へ進めば漢文を教えたし、また普通部もすぐ後には漢文を科目に入れてしまったのであるが、兎に角、このやり方も一の主張に基づいてはいたのである。その効果もあったであろう、生徒の仲間では、中学時代から大仰な、芝居がかりの言語や身振りを排斥した。これも好いことばかりではないが、兎に角物を説くのに、虚偽や誇張を排して、何処までも正確に、地道な言葉で、内容の正しいことを説くべきものだと教えられたのは有難いことであった。演説使いというものを、吾々はその頃から卑しむべきものとして教えられていた。

私が中学四年の早春、日露戦争が始まった。旅順夜襲の捷報(しょうほう)が入ると、塾では名物のカンテラ行列を挙行した。四月、五年に進級してから、吾々はその年中、旅順口の陥落を待ち侘びた。その頃、吾吾の級を担任する教員の一人に、生徒等が不届きにも「法螺×」の綽名(あだな)した人があった。これは吾々が質問することを何でも承知しており、また何でも承知しているという風に答えるところから名づけられたもので、必ずしもさほど悪意のある命名ではなかったと思う。その先生に向って吾々は、教室で幾度も、「旅順は何時落ちますか」ときいた。「もうじき活潑な電報（捷報の意）が参ります、ハイ」と、澄ました顔で、この化学者にして且つ予言者に擬せられた×先生は答えるのが常であった。しかし、この予言だけは、その年中当らなかった。

年が明けると、旅順は落ち、三月には陸軍が奉天で勝ち、五月には日本海でバルチック艦隊が撃滅された。この間に吾々は普通部を終えて大学予科に進んだ。（以下略）

（『中央公論』昭和十四年四月号）

実学の精神（抄）
――西洋文化と私の歩んだ道――

（前略）先生が「女大学評論」「新女大学」を著して、七去三従の封建的婦道論を攻撃したのは、明治三十二年のことであるが、先生が婦人に対する日本男子の横暴を鳴らしたことは、敢えてこの時に始まるのでなく、『学問のすゝめ』（明治五―九年）第八編にもすでにこれを痛論し、更に幾多の機会にこれを繰返した。『学問のすゝめ』の中の字句は猛烈である。先生は貝原益軒の女大学の「男子のためには大に便利」なる片手落の議論なることを難じ、更に蓄妾の弊風を攻撃して、「一夫にて二、三の婦人を娶るは固より天理に背くこと明白なり。これを禽獣と云ふも妨なし」といい、或いは妾を養うは子孫あらしめんがためなりとて、後なきをもって不孝の大なるものとする孟子の言を引くものに対し、「天理に戻ることを唱る者は孟子にても孔子にても遠慮に及ばず、これを罪人と云て可なり。妻を娶り子を生まざればとてこれを大不孝とは何事ぞ。遁辞と云ふも余り甚しからずや。苟も人心を具へたる者なれば、誰か孟子の妄言を信ぜん」と罵った。

先生は独りこれを痛論するのみならず、躬らその言うところを実践して範を示した。先生の婦人論の思想的根拠云々の喧しい問題は姑らく措き、先生は日常生活の上で、日本の男子が婦人を顧みず、或いは顧みぬ形を装う風のあることを、卑怯の振舞として罵倒した。例えば「新女大学」の始めにもこういってある。「一　婦人の妊娠出産は勿論、出産後小児に乳を授け衣服を着せ寒暑昼夜の注意心配、他人の知らぬ所に苦労多く、身体も為めに瘠せ衰ふる程の次第なれば、父たる者は其苦労を分ち、仮令(たと)ひ戸外の業務あるも事情の許す限りは時を偸(ぬす)んで小児の養育に助力し、暫(しばら)くにても妻を休息せしむ可し。世間或は人目を憚りて態(わざ)と妻を顧みず、又或は内実これを顧みても表面に疎外の風を装ふ者あり。たわいもなき挙動なり。夫が妻の辛苦を余処(よそ)に見て安閑たるこそ人倫の罪にして恥づ可きのみならず、其表面を装ふが如きは勇気なき痴漢(バカモノ)と云ふ可し。」これは正しく先生が家庭において実行したところであり、またその弟子達に期待したところであった。だから、数多き門下生の一々の家庭生活を窺えば、固より玉石様々であったろうが、先生の前では誰れも婦人を軽んじたような言動をすることが出来ない。それに先生は、気に入らなければ遠慮はせず、すぐ大声を発して罵倒するというやり方であったから、弟子達はいやでも慎まざるを得ない。これが三田の風となった。伝えきく、ドクトル・ジョンソンは儕輩(さいはい)に畏憚(いたん)せられ、彼れがいると外の男子等が言動を慎むので、婦人等は宴席にジョンソンの列(つら)なることを悦んだということであるが、福澤先生の場合も似たものがあったように察せられる。私の近親の老婦人で、昔、先生の宅の集りに招かれたものの話などによると、先生が弟子の家族を招待した会食の席上、何かの必要で椅子や食卓を動かしたりする場合、先生は自分が先に立って手をかけ「サア、野郎は皆んなこっちへ来て手伝って下さい」といって男子を立たせ、決して女に働かせなかったということである。これも鄙事(ひじ)一切女子を煩わす習いであった、当時の世間としては珍しい事であったろう。

やはり伝説によると、先生は家庭で夫人を「さん」づけで呼んだということである。私は小児の頃福澤家へ出入したが、直接この場面に接した記憶はない。しかし恐らく事実であったと思うのは、先生の初期の弟子の一人であった私の父も、母をさんづけで呼んでいた。しかしこれは私の父母ばかりでなく、先生の力強い感化の及んだ、謂わばお弟子の中の inner circle では、他の家庭でも同様であったことと思う。

妻を呼ぶのに何というとも、これは小さい問題である。しかし、当時封建の余習、また儒教の影響の十分残っていた明治初年の日本で、こういう事柄にまで所信を実行したことは、先覚者革新者の名に恥じないものと思う。こう書いて来ると、少し語弊があり、福澤先生が主義で夫人を大切にしたかのように聞えるが、実は思索によって定めた主義という如きものよりも、先生の独り夫人のみならず女子一般に対する態度は、もっと身についた、自然のものであったように見える。私はそれを、幼にして父を喪った先生の、母から受けた感化と、五人同胞の末子として、三人の姉と共に成長して、婦人の心理、婦人の境遇に対する思遣りのあったためであろうと考える。

先生の三人の姉に与えた書簡は今幾通か保存されている。それは先生がいかに姉思いの弟であったかを察せしめて余りあるものである。その中の一通、明治二十年、先生が五十四歳のとき、服部鐘という一番末の姉になる婦人に与えたものに、不時の金が手に入ったからその中から金若干円差上げると言い送ったものがある。その中にその金子で「平生の暮しを少々にてもゆるやかに被成、又をり

〳〵御ほよふ相成度、私の存命中は決して御難渋はかけ不申、小田部中上川（いずれも先生の姉の婚家の姓）には不自由なきゆゑ其まゝ差置候得共、若し万一も不時の災難にてこまることもある節には、姉様三人丈けは私にて屹度引受候覚悟に御座候。兄弟姉妹となれば何か縁の遠き様に見へ候得共、父母の目から見れば同じ子供にて、そのかわいさは同様に御座候。唯今兄弟の中にて私が一ばん仕合せ宜しく候間、父様母様に代りて兄弟丈けの世話は致す積り、世間はいざ知らず、是れは福澤の家風、父母の教の遺りたるものと存候。云々」といってある。

他家に嫁して、恐らくは余裕も少ない生活をしている姉に対し、金を送って、折々は保養もなされたしとは、何という思い遣りある弟の言葉であろう。「世間はいざ知らず、是れは福澤の家風、父母の教の遺りたるものと存候」に至っては、孝子の一語、今も聴く人をして襟を正さしめる。風樹の嘆はすでに熟語となっている。人は人生の午後に至って、人の子たるもの、同胞たるものは如何にあるべきかを思い、省みて愧じ悔むことが多い。先生の古い一通の書簡は、人を嗟かしめ、また深く思わしめる。西洋の訓えに、わが姉妹が他の男子によって遇せられんことを願う如く、その如く婦女を遇せよ、というのがあるそうである。母を思い、姉妹を思うこと篤きものはまた一般に婦人を重んずること篤しということは、決して性急なる独断ではあるまい。

数年前、私は慶應義塾の学生に、日常行動について心がけて貰いたいと思うことを数箇条を記して示したことがある。その一箇条は、電車汽車中の混乱を察しての「途に老幼婦女に遜れ」というのであったが、これに対する註解に、「途に老幼に対するときはわが家の老幼を思え、婦女に対するときはわが母と姉妹とを思え」と書いた。これは前に記した西洋人の訓えのあることを知らずに書いたのであるが、あとで聞いて、誰れの考えることも同じだと感じた次第であった。しかし私のは、自分の意見ではない。不文的に三田の塾に、先生の「教の遺りたるもの」をそのままに筆にしたに過ぎないのである。

上述の通り、福澤先生の婦人に対する態度は、恐らく母の膝下において自然に養われたところが多く、直ちにこれを西洋思想の影響と見ることは出来ないが、しかし、夫婦を殆ど主従視した東洋的封建的男女観に対し、婦人を尊重する西洋の思想習俗は、先生の目に、遙かに道理に適(かな)い、且つ心に快きものであったに相違ない。先生はその長い著述生活の様々の時期において、取って学ぶべきものとして、我と異なる西洋の男女道徳の事を引いて説いた。即ち「西洋文化と私」という題の下に書くとなれば、やはり私は婦人に対する道徳において、自分が知らず識らず福澤先生の風に化せられていると思うことを記さなければならぬ。(以下略)

(『玄想』昭和二十二年八月号)

Ⅱ

福澤先生が今おられたら

言語雑感

映画のハムレット*を見て、英語は、或いはシェクスピアの英語は、美しいものだと、今更のように感心した。ハムレットをしたオリヴィエの伎芸は群を抜いていたが、オフィリヤでも、ポロオニアスでも、その他の役々でも、それぞれの語る言葉はみな美しい。聴いていて、私にきき取れたのは一小部分に過ぎないが、それでいて、ただ耳に入るその響きの快さが何とも言われない。大した激情的でもない場面で、殊に画面の役者は口を開かず、蔭の声がハムレットの心を、さして抑揚もなくすらすら語るその言葉の美しいのに感心した。かかる言葉を駆使したシェクスピアその人は言うまでもないが、彼によって書かれた言葉を、このように発声発音する俳優の錬磨は大したものだと思い、国語を大切にすることの大切であることを深く感じた。

外国人の吾々にしてなおこの通りであるとすれば、子供のときからその文句を諳んじ、その一々の意味とニュアンスとを味わい得るイギリス人にとってはどんなであろうか。殊に遙かに故国を離れた極東の地で、自分の遣う母国語がかくも美しく語られるのをきいた人々の感じは、どれほどのものであったろうか。いかに故国を思い、自国を愛する心は深められたであろうかと、私は羨しくなった。

残念なことながら、西洋留学中のことなどを回想しても、演説や会話をきいて、ああ、日本語は美しい、と思った記憶は稀れである。国語そのものと不可分の欠陥があるなら致し方ないが、もしそれが国語を粗末にし、殊にそれを明晰に、美しく発音することについて家庭と学校の教育が至らぬ報いであったとすれば、それは申訳ないことである。子供に暗誦や朗読をさせ、癖や訛りをよく正してやるという注意が、家庭にも学校にも欠けていたということはないであろうか。フランス、ドイツその他でも多分同様であろう。英米ではよくgood Englishを語り、もしくは書くということをやかましく言う。議会や様々の式典などにおける演説について、その内容とともに、措辞用語、またその発音に対する賞讃を屢々きくことがある。いずれも国語を尊重する文明国民当然の心がけであろう。一国固有の文化といえば、国語を離れたものはない。その国語を大切にしないで、何を大切にしたら好いか。

実行は中々むつかしいではあろうが、先ず小学校の先生自身の言葉遣いを正しく、よくするということは、あらゆる教育の最も根本的のものであろう。

朗読のことをちょっと言ったが、現在日本の口語文は、声を出して読みにくい。これが欧文だと、例えば『リイダアズ・ダイジェスト』や『ライフ』の記事のような、卑近な実用的のものでさえ、これを朗読すれば或る快よい響きがある。日本のものは、例えば新聞社説を朗読して、内容の意味からでなく、言葉のひびきから快感を覚えることは先ず滅多にない。声を出して読み上げて見たいという気になることが滅多にない。これは何とか考えないでもよいことであろうか。

吾々以前の先輩は皆な漢文の素読をした。また、文字ある者の嗜みとして一応作詩の法を学んだから、平仄（ひょうそく）や押韻のこと、即ち文字の音の快不快の法則を一通り知っていた。福澤諭吉の文章は、読んで聴かせれば、すぐ快よく聴者の頭に入るものであったが、それは単にその平俗のためばかりでなく、自ら称して儒者の前座くらいは勤まるといった、その漢学の素養にも負うところがあったと思う。鷗外や漱石の文の朗読して快よいのも、また同じ原由に帰すべきものが多いであろう。勿論漢文調のマンネリズムの厭うべきことはいうまでもなく、それを嫌った福澤が罵って、漢文で物理学の本が書けるなら書いて見ろといったと伝えられるのは、痛快なる見識であるが、しかもなお先生自身の文章は、朗読して最も口調の快よいものであり、これを快よくすることに先生の漢学の素養が少なからず役立っていたことは、思わなければならぬ。

日本語の品位を高め、内容を豊富にするということについて最も意識的に苦心したのは鷗外であろう。鷗外が一方で正字法と文法とを厳守し、他方で常に注意して適切なる新語を採用し、或いは自ら鋳造した努力は、今日において忘るべからざるものがある。ただ、その潔癖と拘泥とが度を過ぎて、時に小説作中の女子供にまで正字法を守らせ、文法的に語らせるというの甚だしきを敢えてするにまで到ったことは、既に指摘する人もあったと思う。偶々（たまたま）配本された鷗外選集の6巻には、評判の高い「雁」が収められている。開いて見ると、父親に楽をさせたいばかりに妾奉公をしている可憐な美しい女主人公の会話が目につく。その女が父の許に尋ねて来て、旦那の人物に対する観察を語る。

「……まあ、をとこ気のある人と云ふ風でございますの。真底からそんな人なのだか、それはなかなか分らないのですけれど、人にさう見せようと心掛けて何か言つたりしたりしてゐる人のやうね。

ねえ、お父つさん。心掛ばかりだつてそんなのは好いぢやございませんか。」続いていう。「わたくしこれで段々えらくなつてよ。これからは人に馬鹿にせられてばかりはゐない積りなの。豪気でせう。」最も厳密に、正確に日本語を学んだ外国人の会話、という感じがすると思うのは、私一人のみであろうか。また、芸者が酔って、豪傑気取りの客をつかまえて毒づくところがある。

「――さん。あなたきつさうな風をしてゐても、まるでいく地のない方ね。あなたに言つて聞かせて置くのですが、女と云ふものは時々ぶんなぐつてくれる男にでなくつては惚れません。好く覚えていらつしやい。」

酔っ払いの啖呵（たんか）の中にも「……くれる男にでなくつては」とチャンと語格を明示している。これが鷗外の鷗外たるところで、過チヲ観テココニ仁ヲ知ルとは、正にこの事であろう。固より言語は変遷し、或る意味において崩れることを免れない。ただ、これを承認することは、言語に対する不勉強と趣味の堕落とを弁解する口実にされてはならぬ。鷗外が強く戒めたのはこの変遷を承認する上に軽率、雷同、無見識に陥らぬようにということであり、この事は今日においても絶えず反省せられなければならぬことである。尤（もつと）も流石の鷗外の言語感覚をもってしても、元来山陰道は石見生れの人であるから、東京語の遣い方には時々怪しいこともあったらしい。或る時夫人が鷗外作品中の或る対話について、東京ではこうは言わないと指摘したら、鷗外はひどく不機嫌になったという話を聞いたことがある。幾つかの作品を見れば、成程と首肯（うなず）かれる節もある。例えば「里芋の芽と不動の目」という小説に、主人公たる江戸子の理学博士が興に乗じ巻舌で気焔を吐くところがあるが、「金が何だ。金くらゐ詰まらないものが、世の中にありやあしねえ。」という調子で、だいぶギゴチない。

東京の言葉といえば、福澤先生も江戸の言葉が好きであった。先生は周知の通り、文の平易ということに特別に心がけ、当時の学者としては不似合なほど俗語を取り入れたが、殊に江戸市民の俗語、しかも往々職人の巻き舌調を喜ぶ趣味があって、その著述に幾多の例を留めている。しかし仔細に見れば、先生の文章の江戸子調にも怪しいところはあった筈である。私は子供のとき親しく晩年（六十二から六十八歳まで）[*2]の先生に接したものであるが、先生の言葉については別段の記憶はない。ただ福澤家族の人々は皆な爽かな東京語であったが、先生自身は兄姉とともに大阪で生れて豊前国中津で成人し、長じて後二十二から二十五の年まで再び大阪で修業したのであるから、元来の言葉は大阪弁と中津弁との混合であったろう。それが二十五の年に江戸へ下って、二十八の年に結婚した。その夫人はやはり中津人ではあるが、江戸定府の大身（たいしん）の女（むすめ）であるから、言語、生活様式ともに江戸風であったらしい。私は先生の死後、自分も相当に年を取ってから、この老夫人と幾度も話をしたことがあるからハッキリ覚えている。いかにも上品な江戸の言葉で静かに語る人で、先生の事をときどき「やどが」といったのを記憶している。

先生は元来言語に対して異常の関心を抱き、平生努めてその細かいニュアンスに注意した。その「旧藩情」と題して中津藩における上士と下士との階層的隔絶の実情を叙した社会学的著述の一節にも、二、三の例について、同じ意味を言い現す言葉が上士と下士と商と農とによって如何に違うかを列記して対照する等のことをしたのはその例である。これほど敏感な先生であったから、江戸に出て以来、そうして江戸育ちの夫人と結婚して以来は多分一層、意識して江戸の言葉を学び、これをその文章に取り入れることに努めたと察せられる。先生がときどき塾生を「馬鹿野郎」と怒鳴りつけたことは有名であるが、これも中津や大阪では言わないことであろう。その外にも先生は「ザマア見ろ」とか、イメイマしいとか、筋を言うとか、心のたけを記すとか、江戸らしい言葉をよく使った。しかし、先生が時事新報に載せた「漫言」と題する戯文の中には、ときに故(こと)さらに巻き舌で時事を罵ったようなものがあったが、そのベランメエ調は必ずしもスッキリしたものではない。先生の或る演説の筆記を見ると、云々のことがどうしても「出来られない」などと言ってある。「出来る」「出来ない」とは普通にいうが、「出来られない」とは不思議ないい方である。福翁自伝の或る個処に、金物細工をするのに鑢(やすり)は第一の道具であるが、鋸鑢を造るのは困難だというところで、只の鑢は鋼鉄をこうしてこう遣れば「私の手にもオシオシできるが」鋸鑢ばかりはむつかしいといっている。オシオシは別に押々と書かれている場合もある。多分中津の方言で、前後の関係から、どうやらこうやらというくらいの意味と判ぜられるが、これも東京の者には通じない。

こんな小さな事はどうでも好いが、これも文学史上の事実には違いない。ゲエテも生れ故郷のフランクフルトが在る上部ヘッセン地方の方言が脱けなかったそうである。カアル・マルクスは言葉遣いのことが喧ましかった。後輩のウィルヘルム・リイプクネヒトが文章を書いてはよく叱正されたという。リイプクネヒトはやはり上部ヘッセンの方言が脱けない。マルクスはそれを厳しくいうのであるが、そのマルクスが尊敬するゲエテにもそれがあるので、終に大目に見られることになったという話が、リイプクネヒトのマルクス回想録に出ている。
　ゲエテの訛りが一の話題となるならば、鷗外や福澤のそれについて記すこともまた許されるであろうと理窟をつける。この点牛込の辺隅とはいえ、東京に生れた漱石は違ったと思う。一体東京の子供は兎角人に綽名をつけたり、人の地方訛りの口真似をしたりするが、「坊つちやん」の主人公が盛んにそれをやっていることは読者の御承知の通りである。漱石に惹き着けられてその周囲に集まったお弟子達は、寺田寅彦をはじめ皆な地方出身者であった。その人々にとっては、漱石の人物学殖情誼とともに、歯切れのいい先生の東京語は格別の魅力であったであろう。序でながら、泉鏡花その他における尾崎紅葉も同様であったろうと察しられる。

（『文学界』昭和二十五年一月号）

＊1　一九四八年制作・公開のイギリス映画。ローレンス・オリヴィエ制作・監督・主演。
＊2　福澤諭吉は満六十六歳没。本書では没年を六十七歳、六十八歳としている箇所があるが、数え年の場合、生年も新暦で数えるか否かで違うことによる。

演説

演説は今では誰れもする。しかし明治の始め、日本語では、対話はできても、演説はできないと、まじめに主張する学者もあったのが事実である。

演説という言葉は、英語のスピーチの訳で、この訳語を定めたのは福澤諭吉である。今から九十年前のことで、福澤はそれ等のことを自分で福澤全集の緒言の中に書いている。

「明治六年（一八七三年）春夏の頃と覚ゆ、社友小泉信吉氏が英版原書の小冊子を携へて拙宅に来り、扨云ふやう、西洋諸国にて一切の人事にスピーチュの必要なるは今更ら言ふに及ばず、彼国に斯くまで必要なる事が日本に不必要なる道理はある可らず、……今この冊子はスピーチュの大概を記したるものなり、此新法を日本国中に知らせては如何との話」に、見ると成程新奇の書であるから、然らばその大意を翻訳しようというので、出来たのが明治六（七?）年の『会議弁』であるという。

この小冊子の著者は福澤諭吉、小幡篤次郎、小泉信吉の三人となっているが、この小泉は私の亡父である。

ところが、その小泉は甚だ演説が不得手で、或る席で、或る酔漢にからまれて、演説法を紹介して置きながら、自身演説がへたなのはどうしたことだと、やられて困ったと、これは母が私に語ったことがある。

流石に福澤は演説も巧みであった。私は親しくきいたことはないが、のこっている筆記を見ると、面白い。大声疾呼するという流儀でなくて、座談風の語り方であったが、随分聴衆を笑わせてもいる。演説ぎらいの人は多い。平生沈着冷静と思われている人が、いざ演説となるとアガル例を、私は多く知っている。森鷗外が昔書いた「観潮楼偶記」に、議会での演説が苦になって気の狂った人の例が引かれている。また、

「神経質の人を傷ふは、胸につかへたる演説より甚きものなかるべし。常に発言せむと構へをり、人の先づ我論旨を発し、又は我を嘲らむとする様子あるため、幾度も控へて病を得たる人は少からず。我演説を結ぶために用ゐむとせし語を人に取られて、痙攣の症となりしは、現に目撃せしことあり。」

という或るドイツ人の文を引いてもいる。

その鷗外自身も、演説は得意でなかったようにきく。鷗外の『ゲルハルト・ハウプトマン』一巻は、明治三十九年四月八日の竹柏会（佐佐木信綱の）大会でした講演に出発したもので、それは当時として随分立派なハウプトマン紹介だったと思われるが、当時の講演そのものは単調で、鷗外も気勢があがらず、聴衆はすぐ退屈してざわついたと、聴講者の一人であった小山内薫から私はきいたことがある。

これに反し、漱石の講演は面白かったと、大ていの聴いた人がいう。彼れの長篇『文学評論』は大

学での講義そのままの筆記ではないだろうが、学生相手に十九世紀英文学を語る漱石の態度と語調は親しみ易く、実に気持ちが好い。

すでに何処かで書いたと思うが、私は物を書こうとしてうまく文章が出て来ないとき、漱石の『文学評論』か、そうでなければ福澤の「自伝」を取り出して少し読むことにしている。

この二作は私の頭の凝りをほぐす特効薬である。

幸田露伴は、テーブルスピーチを一度きいたことがある。先年露伴が文化勲章を賜わったときのことである。人々が発起して祝賀晩餐会を東京会館に開き、美濃部達吉、小宮豊隆、木村義雄（名人）等、そうして私自身などが祝辞を述べたが、露伴は起ってそれに答えたのである。

「拙者がこのたび勲章を賜わったにつきまして」という語り出しで、その語調の古風なことが先ず面白く感じられた。

露伴はつづけていうのに、一体全体文学は、褒美をくれるから盛んになるなどというものではない。さりとて汨羅（べきら）に身投げして死ななければならぬというのでも困りますが、云々というので、十分露伴らしい味のある話であった。

どうしてここに演説の話などをするかというと、演説がうまいということは、実に人助けだと痛感するからである。文章はまずければ、読まなければ好いのであるが、演説はそうは行かない。或る席に出ておれば、演説はいやでもきかなければならぬ。そのきかなければならぬ演説が、簡潔で、要領を得て、しかもその上面白いと来れば、人はどれほど助かるか知れない。またその反対ならどれだけ人は悩まされるか知れないのである。
東洋では「巧言令色鮮シ仁」とか、「言ニ訥ニシテ行ニ敏ナランコトヲ欲ス」とかいって、兎角話や演説の寧ろまずいことを手柄にする傾きがあるが、実際下手な長話で無理に人の時間を取るのは或る意味で人権侵害で、不仁これより甚だしきはない、といっても好いくらいと思う。

或る出版社が、人のした演説や式辞の類を集めて一冊の本にして出しているのが、意外によく売れるという。人の演説の紋切型をそのまま真似するのは禁物であるが、どのようにしたら好い話が出来るかを研究するのは、十分結構なことで、多少とも公的生活を持つ人の懈ってはならぬところというべきであろう。

その本の序文を、故辰野隆君が書いていたが、亡くなったので、どなたにお頼みしたら好かろうかと問われ、或る人の名を挙げて推薦したが、頼んで見ると、自分は不得手だといって引き受けてくれぬ。已むを得ず、自ら演説ということについて日頃考えていることの一端を書いて、責を塞がねばならぬ次第となった。演説法というものの輸入に、亡父が多少とも関係した因縁などを考えると、無下に辞すべきではないとも考えた次第であった。

(『文藝春秋』昭和四十年一月号)

福澤先生と新聞道徳

福澤先生の新聞編輯の方針として、先ずいうべきは、その人の目の前ではいえないことを、蔭へ廻って新聞には書く、所謂蔭弁慶(かげべんけい)を戒めたことである。この事を福翁自伝にはこう書いてある。

「……私の持論に、執筆者は勇を鼓して自由自在に書くべし、但し他人のことを論じ他人の身を評するには、自分とその人と両々相対して直接に語られるようなことに限りて、それ以外に逸すべからず、いかなる激論いかなる大言壮語も苦しからねど、新聞紙にこれをしるすのみにて、さてその相手の人に面会したとき自分の良心に恥じて率直に述べることのかなわぬことを書いていながら、遠方から知らぬ風をしてあたかも逃げて回るような者は、これを名づけて蔭弁慶の筆という、この蔭弁慶こそ無責任の空論となり、罵詈讒謗(ばりざんぼう)の毒筆となる、君子の恥ずべきところなりと常に戒めています。云々」(「老余の半生」の章)

これは操觚者(そうこしゃ)の守るべき不変の鉄則である。記者が紙上において私怨を晴らし、或いは私恩に報ずることもまた同断と知らなければならぬ。

先生はかく戒め、先生を戴く当年の時事新報の信用が断然他紙にぬきんでたことは、世人も争わなかったが、しかし先生といえども、長年の新聞経営の間に苦汁を呑まされることがなかったのではない。先生はこういう精神でも、部下の記者が過失をすることは、時にはあった。先生の書簡集を見ると、そういう場合、先生がいかにその過失を重大視して、誠実鄭重に陳謝する用意を持っていたかを窺うことが出来る。一例を引く。

明治二十二年十二月二十五日の時事新報に「十五万円の買ひに十万円の売り」と題する記事が出た。それは伊藤博文がその品川の邸宅を岩崎に売ったことを記したものであるが、その中に、岩崎が十五万円で買おうといったのに、伊藤が十万円で売ったという文言がある。今日見れば、ごく無害の記事で、幾分伊藤の寡慾をほめたようには読まれるが、それ以上別に差支えのある記事とは思われぬ。けれども、岩崎関係者が読めば、岩崎が伊藤に媚を献じ、伊藤がこれを斥けたように書かれたと、感じたかも知れない。殊にそれが事実と違っていたから、一層不快であったであろう。

慶應義塾を出て、三菱の要路にいた荘田平五郎は、それを不快として手紙を書いて先生に抗議した。荘田は先生の高弟の一人である。従って、この抗議をするのは、荘田としては相当の決心を要したことであろう。荘田の手紙に、

「此不快の感覚を御耳に入れずして打過候は不淡泊と存候に付態(わざ)と打明け申上候間」といってある。

先生はこれに対して直ちに記事の非を認め、翌日の紙上に、原(もと)の記事の約一倍半の字数を費した訂正記事を掲げさせた。一方、荘田に対しては、即日実情を説明するとともに鄭重に陳謝の意を表した。先生の十二月二十五日の書翰全文は左の通りである。

「華翰拝見仕候。過日は御来訪被下誠に久々にて拝眉、欣喜不過之、風邪中不気分にて何も御構不申上失敬御海容可被下候。扨今日の時事新報紙上に伊藤の屋敷云々の義、実は老生も今朝これを見て、怪しからぬ事を記したるもの哉と存じ、午後新聞社へ参り、先づ其出処を尋ねて何とか可致と存居候折柄、豊川（良平）氏も来社して其談に及び、直に取調候処、何でもないつまらぬ探訪者の報知を、社のつまらない雑報記者が其まま紙に載せ候事にて、今更これを叱りても糠に釘、いたし方無之、依て豊川氏と相談如何にして之を取消さんと様々方案を講じ候得共、単に大間違と云ふ方却て事の真面目を表して無毒ならんとの義に一決し、則其趣向にて明日の紙面に記す事に致し置候。岩崎君に対しては実に新聞紙の徳義を破りて無申訳次第、呉々も御詫申上候計に御座候。世の中に馬鹿ほど恐ろしきものは無之、斯る不都合を仕出して今日に至り、何と譴責しても不都合は不都合にして、駟も舌に不及、唯今後を警しむるのみ。将た岩崎、福澤の間は君子の交云々の来諭、御念被為入候御事痛入候得共、右紙上の間違は福澤の与り知らざること猶ほ岩崎君に異ならず、今朝の驚駭は両者共に同一様ならん。日々万般の記事、社説丈けは老生の知る所にて、今日までは其責に任ずる積りなれ共、雑報の些末迚も一々老眼力の達すべきにあらず。刊行の紙面を見て是れはと胆を潰すことは毎度有之候得共、何分にも力に及び不申、唯平生記事の鄙陋ならぬようにと、大体の注意を加へ、過誤あれば之を再せざるよう申付る外無之、其辺は何事業にても大抵同様の義、あしからず御了解被下度奉願候。何れ其中拝顔万々可申上候得共、不取敢拝答まで、匆々如此御座候。　頓首

二十二年十二月二十五夜

諭吉

荘田様梧下

これはただ一例に過ぎないが、新聞主宰者としての先生平生の用意は充分ここに窺われる。この手紙につき、その文言もであるが、殊に私の注意を惹いたのは、先生が翌日の紙面に原の記事の一倍半の字数を費して取消の意を明らかにさせたことである（この始末は石河幹明『福澤諭吉伝』第三巻二四七―二五〇頁に詳記されている）。取消は、今日の新聞も出すことは出す。けれどもその出し方が大概の場合いかにも不承々々という形が見え、なるべくなら読者の目に触れないように意を用いたのではなかったかと、思わしめるほどのものが多い。原の記事と同じだけの紙面を費す取消の如きは、普通に殆ど見ることがない。況や一倍半の字数を費すをや。そんなら一切鄭重な取消はしないのかというと、或る種の威力の圧迫を受けると、それをする。これに反し無力なる一小民の取消要求は相手にされず、片隅の小活字で片付けられるというのが実情ではないか。果たして然らば、新聞はその本来の使命に背き、強い者には弱く、弱い者には強いと評せられても、弁解の辞を持たぬであろう。福澤先生の教訓とその実践は、今にして憶い、鑑みられねばならぬと私は深く思う。

序でながら記すと、慶應義塾出身者多しといえども、書翰集に現れる限り、門下生で正面から福澤先生に抗議したものは荘田平五郎ただ一人である。彼れが岩崎の信倚を受け、三菱において重きをなしたのも故あるかなと思われる。同時に、これを見ても、誤謬の記事で迷惑した場合その人自身か或いはその友人が新聞雑誌社に抗議することが如何に大切であるかが思われる。そういう場合日本人は兎角ひそかにブツブツ言うばかりで、正面から理非を明らかにすることに、充分力を致さない憾みがある。それは当人自身の不利益であるばかりでなく、また文明市民の義務を懈るものというべきである。

（『実業之世界』昭和二十七年一月号）

国民的反省と自重

一四九八年ポルトガルの航海者ヴァスコ・ダ・ガマがアフリカ南端を回航してインドのカリカットに達し、東西交通の海路が開けてからこのかた、アジアの国々は相次いで西洋強国の力に侵されて、長い間にその植民地、または半植民地になって行った。この間にあって、ひとり日本が例外の国として、よくその独立を全うすることができたのは、真に慶すべく、誇るべきことであったと、これは幾たびでもくり返して、私はいいたい。

どうして日本ひとりがよく例外の国になり得たのであったか。それについては、いろいろと説明はできるだろうが、アジアの諸国民の間にあって、日本人が特に進んで西洋の技術学問思想を取って学ぶ英知と気力とを持つ国民であったという一事は、看過さるべきではあるまい。日本人よりもさきに西洋諸国民と接触したシナ人が、おくれてそのことに目覚め、今やマルクス・レーニン主義という西洋思想を取入れて、――さらに昨日は向ソ一辺倒という言葉まで唱えて――国民的再生に努力しつつある眼前の事実を見るにつけても、その感は特に深きものあるを禁じ得ないのである。たしかに日本国民はよく他に学ぶ国民であった。ただしかし同時にわれわれは認め、かつ反省しなければならぬ。

たしかに、日本人はよく他に学ぶ国民であったし、今もあるけれども、同時に日本人中のあるものが、ひたすらに時流の追随を急いで、往々自尊自重を忘れたことも、また否めないのである。明治の初めのころ、何事にも文明開化を唱えて、西洋心酔が一世の風をなす観があったとき、福澤諭吉はあの『学問のすゝめ』の中で「開化先生」の軽薄を戒めたことがある。福澤は当時西洋文明導入の第一の先達として認められた警世家であった。その福澤にして、なおこの警告の必要を感じたといえば、当時の風潮のどれほどのものであったかも推察されるであろう。

福澤はそこに（『学問のすゝめ』第十五編に）仮りに東洋西洋互いにその風俗を取りかえたならば（たとえば西洋人はよく入浴するのに、日本人の浴湯は月に一、二回であるとか、または西洋人が鼻紙を用い、日本人はハンカチで鼻をかむとか等々のごとく）開化先生は果たしてなんと評するであろうかと、仮想例を設けて、面白可笑しく嘲罵をほしいままにした。当時一部の日本人に自国日本の歴史を顧みず、また自国の過去を侮って恥ずるところを知らぬ風のあったことは、心ある外国人の異様とし、また苦々しくも感ずるところであったと察せられる。

明治の初め、日本に来て、滞在ほとんど三十年に及び、わが国民上下に多大の信用を得たドイツ人内科医ベルツは、その日記の明治九年十月二十五日の条下に記して、こういっている（岡義武著『近代日本政治史』）。

「現代の日本人は自分自身の過去については、もう何も知りたくはないのです。それどころか、教養ある人たちはそれを恥じてさえいます。『いや、何もかもすっかり野蛮なものでした――［言葉そのまま!」』とわたしに言明したものがあるかと思うと、またあるものは、わたしが日本の歴史について質問したとき、きっぱりと『われわれには歴史はありません、われわれの歴史は今からやっと始まるのです』と断言しました。なかには、そんな質問にとまどいの苦笑をうかべていましたが、わたしが本心から興味をもっていることに気がついて、ようやく態度を改めるものもありました。……その国土の人たちが固有の文化をかように軽視すれば、かえって外人のあいだで信望を博することにもなりません。これら新日本の人々にとっては常に、自己の古い文化の真に合理的なものよりも、どんなに不合理でも新しい制度をほめてもらう方が、はるかに大きい関心事なのです」

　これは遠く明治九年に書かれた日記であるというが、一読、それは終戦後の一部日本人について書かれたものではなかったかとあやしまれる。終戦後相次いで現われた、いわゆる進歩主義学者の日本歴史というものを見れば、筆者らはなんとかして自国および自国民の過去を侮りあざけり、それをひとかどの手柄にして、おのが身のあかしを立てることに汲々たるかの如く見える、といったら、それは果たしていいすぎになるか。その人々にもに日本人の父母はあることであろう。また日本人の子もあることであろう。その父母ら、その子らは、自国の過去について、このように歴史を書く人々の心をどのように思うことであろう。

　いわゆる進歩主義者は、みな軽薄なオポチュニスト（日和見主義者）だといったら、それは無論いいすぎである。けれども、軽薄なるオポチュニストは、今日の時世においては、進歩主義者のごとく言論し、行動するということは、さして差支えなくいい得ることではなかろうか。それは証拠資料もあることで、私の平生、特に読者、編集者——別して大新聞、大出版社の編集当局——の留意を促したいと願っているところである。

（『産経新聞』昭和四十年六月十四日）

秋日所感

今年の夏も過ぎた。秋は多事であろう。

夏中、私はたびたび戦時の夏、殊に終戦前年、即ち昭和十九年の夏のことを憶い出した。その前年の春、連合艦隊司令長官山本五十六は戦死し、その夏、サイパンは敵の手に落ちた。私は当時慶應義塾長をしていたが、前年の秋、学徒動員ということが行われて、学生は大半学窓を去り、国内の諸大学は、研究の府としては兎に角、教育機関としては、殆んどその存在を失いかけていた。しかし、その年、私は意外に静かな夏を過ごしたことを憶えている。私は三田の自宅で、読書する日が多かった。

どんな本を読んだかというと、やはり国の運命ということが心にかかっていたからであろう。私はしきりに歴史及び歴史学に関する本を読んだ。国ハ一人ヲ以テ興リ、一人ヲ以テ亡ブ、とか、反対に、一木以テ大厦(タイカ)ヲ支ヘ難シ、とかいう類の古い言葉が、特殊の意味をもって憶い出された。

一方で、トオマス・カアライルは、その『英雄及び英雄崇拝』の中で「王なき民は無(ナッシング)である。民なき王は何物か(サムシング)である」といったが、他方で、トルストイは『戦争と平和』に戦いの勝敗は軍司令官や参謀によっては決せず、無名の兵士大衆によって決せられると説き、自ら計画し自ら命令するナポレオンを、多少戯画化して描いた。

吾々の時代のものは、すでに一応マルクスを卒業しているから、人間が全く自由に自己の歴史を造るものではない、という理法を弁まえている。従って、当然カアライル等の立場に対して批判的である。けれども、反面、歴史の或る瞬間においては、たしかに、或る個人の意志が歴史の水路を動かしたと認めさせる事実がある。第一次大戦、フランス危急の際に、「吾等はパリの前において戦う。パリの内において戦う。パリの後ろにおいて戦う」といって国民を激励した一人のクレマンソオの有無は、たしかに戦勢を左右したといえるのである。一人の山本五十六の存在もたしかに或る程度戦局を動かした。レーニン、スターリン、ヒットラー等のあるなしも、明らかに民族の興亡を左右した。

たまたま当時しきりに歴史書を読んではノートを取った。懐中手帳が出て来たのを見て、私はその頃の自分の心境を憶い出した。私はそこにしきりに偶発必然と、人格的と非人格的、一回生起と反覆持続という、史学上の問題について意見を記しているが、私は一方マルクス流の必然論を肯んじないとともに、或る歴史的変化には法則性のあることを認めた。例えば、私は、人は時代の子であるとは言うもののナポレオンをフランス社会の産物とのみ見る訳には行かぬといい、「一七九四年、テルミドオル月の顚覆後のパリに存したような状態は、ナポレオンの旺盛なる意志の原因ではなくて、その発揮を可能ならしめる原因にすぎぬ。」というパウル・バルトの言を引いている。バルトは有名な『歴史哲学としての社会学』の著者である。

しかしまた、私は社会制度の発展に必然性、法則性のあることを認め、フランスの史学者アンリ・

ベル及びルシアン・フェヴルの論文から次ぎの言葉を引いている。「制度というものは、歴史上において、ハッキリ偶然を制限する不変的要素をなすものであり、制度の発達は、かなり大なる程度において、それ自体法則に服するように見える。」

国の前途、民族の明日が心にかかるとき、人はいつも歴史ということを考える。今までもそうであったし、これからもそうであろう。今年の夏も、私は自然たびたび歴史ということを考えた。明日の歴史を定める政治家の責任、また、政治家の為し得ることの限界は如何。

古来の歴史は、始め多くは君主や政治家、軍人の功業を伝えることに専らであった。

これに対して強く「時勢」ということを説き、一国の治乱興廃は、二、三の人の能くするところでないと切言して世を警めたものは、明治以来福澤先生をもって第一とする。先生は殊にそれを名著『文明論之概略』（明治八年）の中に説いた。抑も楠正成も孔子孟子みな不遇の人であった。その不遇とは何をいうか。それは彼等が後醍醐天皇や周の諸侯に用いられなかったということか。そうではない。諸侯をして孔孟を用いしめず、正成をして死地に陥らしめたものは、別にある。それが即ち「時勢」であるという。

先生はここで政治家の力と「時勢」とを、航海者と汽船とにたとえ、如何なる人物が現れても、船にその馬力以上の速力を出させることは出来ぬ。航海者の任務は、ただこの汽船の機関の力を妨げないで、出せるだけの速力を出させることである。航海者がよしいかに巧みであっても、本来その船が有たぬ力を造ることはあり得ない。「世の治乱興廃も亦斯の如し。此大勢の動くに当て、二、三の人物国政を執り天下の人心を動かさんとするも決して行はるべきことに非ず。況や其人心に背て独り己の意に従はしめんとするものに於てをや。」（右書第四章の一節）

この議論は、一見、政治家の責任を軽くするようにきこえる。しかし、そうではない。なるほど、先生は、航海者がいかに巧みであっても、五百馬力の汽船に五百五十馬力出させることはできぬ、といった。けれども、同時に先生は、航海者の如何によっては、五百馬力の船が五百馬力まで出せないことを認めている。否な、「人の拙には限ある可らず。」航海者が拙劣なら、十日で行けるところに十五日も二十日もかかるかも知れず、或いは極端に至れば、全く船を動かせない場合もあろうと、先生はいうのである。

このことは、吾々に多くのことを思わせる。今日、日本国民は、五百馬力のものが五百馬力出して走っているといえるのか。僅かに三百或いは二百馬力出しているか。更にそれとも殆ど動かずにいるのも同様の状態なのか。そうしてそれは抑も誰れの責任か。

（『産経新聞』昭和三十一年九月三日）

佐藤春夫

詩や詩人について語るということは、私は滅多にないが、佐藤春夫については従来幾度かの機会に書いたことがある。不思議の縁ともいえるが、つまりは私が彼れの詩の愛誦者であったことに帰着するであろう。

佐藤と私が慶應の同窓生であったことは度々書いたが、その外に、彼れは私と同郷人であった。同郷人といっても、私は東京に生れ、東京に育ったのであるが、親は父母ともに紀州の生れで、同じ紀州の新宮に生れた佐藤に対しその点において或る親近を、私の方では感じたように思われる。但し同じ紀州といっても、新宮と、私の父母の生れた和歌山とでは、一方は紀伊の東南点、他方はその西北点の海浜に臨むので、背中合せの両端に離れているが、しかしともに空が明るく、暖潮が岸を洗う南国であることに変りはない。佐藤の「望郷五月歌」は

空青し山青し海青し
日はかがやかに
南国の五月晴こそゆたかなれ

と歌っているが、それは私の父母の故郷にも当るのである。
　私の父は遠く日清戦争の最中に死に、母は私と姉一人妹二人合せて四人の遺児を養育したのであるが、気象は濶達の方で、物事に拘泥せず、これが男で船の船長なら、十三日の金曜日にも構わず出帆したろうと思われるような節もあったが、その母が八十近くなってから頭がボンヤリし出して、折々自分の居処を間違えるようになった。間違えてどうするかというと、その昔父と結婚して十八歳のときに後にして来たその故郷の和歌山にいるつもりになったり、或いは早くその和歌山へ帰りたいといったりするのである。一人の人にとり故郷とはそのようなものなのか。老耄して、時々小児のようになった老母が、死に別れた亡夫のことをいわず、また長年育てた子供のこともいわず、繰り返し繰り返し、六十年の昔に後にした故郷と故郷の父母のことのみ語るのをきいて、私は考えた。東京に生れて東京に老い、いわば故郷を知らぬ私たちが老人になったら（もう老人になっているが）心は何処の方へ馳せるのであろう。そういう、或る感慨をもって春夫の詩を口にくり返したのである。

あさもよし紀の国の
牟婁(むろ)の海山
夏みかんたわわに実り
橘の花さくなべに
とよもして啼くほととぎす

心してな散らしそかのよき花を

佐藤に最後に会ったのは、昨年十二月三日のことであった。佐藤は朝日新聞記者で、平生佐藤に傾倒する齋藤一君を従えて広尾の私の家へ尋ねて来た。彼れは着物によく気をつける人であったらしい。私は衣服のことは分らないが、たしか藍がかった鉄色の羽織、やや淡い色の袴、指に太とい指輪を穿めた好みを面白いと思ったことを憶えている。席に着いて、例によって低い声で、ゆっくり途切れ途切れ語る。

用件は慶應義塾幼稚舎（小学校）が、今年五月に開校九十年の式典を行うについて佐藤に作詩を依頼した、その詩のテーマに択ぶべき福澤の生涯の出来事としてはどの一つを取ったらよかろうか、という相談であった。それに答えた自分の言葉を、私はよく憶えていないが、結局、やはり慶応四年五月十五日、あの上野の戦争の砲声を遠方にききながら、福澤がその日の日課通りウェーランドの経済書を講読して変えなかったというあの事件がそれだろう、ということになった。これは私の方でいい出したのであったか、佐藤の方から言い出したのであったか、兎に角佐藤はすぐに首肯した。——と、書いたあとで、慶應の幼稚舎で印刷させた“Concert”と題する歌集を見たら、佐藤がいい出して私が賛成した、というのが事実であった。佐藤はそれに「有意義な仕事のお手つだひをして」と題して、依頼を受けて作詩した次第を語っている。

「……福澤先生をといふ条件はむつかしいやうでもあるが、何を歌ふべきかと考へ悩むよりはらくであつたかとも思ふ。それにしても福澤先生のどういふところを歌ふべきだらうか。これは先づ小泉信三先生のお教へを願ふことにした。すると先生はお前はどこを歌ふ気かと反問されたから、わたくしは上野の戦争をよそにして授業して居られる先生はいかゞでせうかと答へると、それだ、それが福澤伝のサハリだと仰言つて詳しくそれに就て語り、福翁自伝に因るべしとも教へられた」とある。この対話が吾々の語り合った最後のものとなった。

佐藤の歌は「福澤諭吉ここに在り」と題し、慶應の小学児童に歌わせることを念頭に置いて作られたものと考えられる。左の通りである。

平等自由の　世の中に
独立自尊の　人が住む
世界の日本　つくろうと
若者たちに　呼びかけて
福澤諭吉　ここに在り

とことんやれと　勇み立ち
錦の御旗　押し進め
幕府を伐つと　官軍は

長州薩摩　土佐の兵
上野の山を　攻め囲む

そら戦争が　はじまるぞ
逃げよかくれよ　危ないと
うろたえさわぐ　大江戸に
落ち着いた人　たゞひとり
福澤諭吉　ここに在り

芝と上野は　八キロだ
上野に戦　あればとて
芝新銭座は　別世界
とどろけばとて弾は来ぬ
いつものとおり授業する

立ち騒ぐまい　学生よ
戦する人　多けれど

勉強するのは　我らだけ
この日我らが　なまけては
洋学の道　あとを絶つ

洋学の灯は　消すまいぞ
これが消えれば国は闇
我らのつとめ　忘るなと
十八人を　励まして
福澤諭吉　ここに在り

この詩は信時潔の作曲を得て、五月十九日、渋谷区天現寺橋畔の幼稚舎新講堂で少年少女たちによって歌われた。しかし、作詞者佐藤春夫はもうそれを聴くことは出来なかった。それは偶々(たまたま)彼れの二(ふた)七日(なのか)に当ったのである。

（『心』昭和三十九年七月号）

明治の精神

トインビイ博士*の東京滞在中、或る日皇太子殿下を御訪問することになり、私は渋谷の東宮仮御所へ博士夫妻を同道した。殿下は、夫妻を二階の御居間に引見せられ、安楽椅子をおすすめになり、しばらく様々なお話をなされた。

それは丁度殿下が陛下の御名代として来遊のエチオピア皇帝を羽田飛行場にお見送りになった日の午後であったから、自然エチオピアの話が出たが、博士が御質問にお答えした、その答えの中に、私の注意をひいたことがある。

エチオピアの歴史を語るその間に、博士はエチオピアの進歩のために、日本の明治の建設に働いた「サムライ」のような階級が、対イタリア戦争で多く戦死したことが、損失でありました、と申し上げた。

傍らできさつつ、私は今更のように明治の建設に働いた「サムライ」の役目ということを考えさせられた。実際明治の革新とそれに続く建設は、サムライの知識決断気力によって行われた。無論、町人百姓から全く人材が出なかったとはいえまいが、政府は勿論、民間の事業も、その主導者となったものは各藩のサムライ、殊に下級のサムライであった。今から顧みていろいろの批判はできるとしても、明治が、日本国民の歴史上において、最も光彩ある飛躍期であったことは争いがたい。その明治の指導者たちは、どのような人々であったのか。

明治の興隆は西洋文明の導入によって行われたという。西洋文明とは西洋の科学と技術、そうしてまた西洋の、個人の人格を尊重し、個性の発揮を促す思想である。ところが、この新思想の鼓吹を受けたものは、厳しい封建的教育に養われたサムライの子弟であった。その教育は「忠」の思想をもって貫かれ、廉恥と面目の観念、即ち恥を知る心を鍛えることに終始するものであったといえるであろう。当時、新思想鼓吹の第一人者は福澤諭吉であったが、その福澤自身もまたサムライの家に生れ、サムライであった父の遺訓を身に体して（福澤は幼にして父を喪う）成長したものであった。後年或るとき、福澤は自分が少青年のときに受けた教育を回顧して「読むところの書は四書五経、聞くところの家訓は忠孝武勇、神を畏れず、仏を崇めず、以て壮年に及び」云々といったことがある。また、後年よく人の人物を賞揚するのに「その学問を近時の洋学者にしてその心を元禄武士にするもの」というようなことをいった。

元禄武士とは何か。即ち主君の仇を報じた浅野の家臣大石良雄以下がそれである。

福澤は嘗て『学問のすゝめ』その他のところで、国法の重んずべきこと、私裁（私的制裁）の許すべからざることを説いて、吉良上野介を殺した大石等の行為を難じ、これを赤穂の義士と称するのは「大なる間違ならずや」とハッキリいったのである（『学問のすゝめ』第六編）。それでありながら一方人を賞揚して元禄武士という。表面的に見れば、それは明らかに矛盾である。たしかに矛盾であるが、この矛盾は、福澤の心にいかに深くサムライの家訓がしみ透っていたかを察せしめる。

しかし福澤の場合は例外ではない。明治の指導者は、程度のちがいこそあれ、だれもみな同様であった。だれもみなサムライの家に生れてその家訓を身に体し、何等かの程度においてみな漢籍を読んで、それに忠孝仁義の教えの拠り処を求め、而して後に多くは中年に及んで、主動的にか、受動的にか、それぞれ西洋の学問思想を取り容れて、同じく何等かの程度において、これを身に着けたのであった。その結果として、浅薄な「和魂洋才」の見本のようなものも出なかったとはいえないが、しかし全体としてのその結果は、日本人の精神生活のために有利であったといえるであろう。西洋の個人主義思想は、日本在来の儒教的奉仕道徳に生気を吹き込み、その枯渇と形式化を救うことに役立った一方、当時の日本人にこの教育の備えがあったことは、輸入された個人主義思想が、社会解体的な放肆主義に陥ることを救ったといえると思う。

サムライとは何か。本来語源的にそれは人に仕えるものであろう。仕えるものの第一の道徳は「忠」(ロオヤルティ)であった。徳川三百年の儒学の第一の任務はこの「忠」の思想を系統立てることであったといえるであろう。仕えるといえば、当然主がなければならぬ。その主は当然君侯であるが、君侯たる生きた個人よりも寧ろ永続的生命を持つと考えられた主家そのものであったと見るべきであろう。明治以後、主侯に対する忠誠が天皇に対する忠誠となり、主家に対する忠誠が日本国家に対する忠誠となった。

日本人の尊王思想の由来は遠く、為めにするところがあって強いてこれを浅近のところに求める一部の学者の企ては、恐らくは成功しないだろう。けれども、維新以後における日本人の忠君愛国思想が、一面サムライの道徳の拡充普及として説かれ、また受け容れられたのであったことは争い難い。今日もはやサムライの真似をするというものも、しろというものも、恐らくあるまい。あれば可笑しいだろう。

けれども一つ考えなければならぬことがある。それは、君侯に対する忠、皇室に対する忠を教えられて来た日本人は、それによって忠（ロオヤルティ）そのものの何たるかを知る国民となったことである。過去における忠君の教えが屢々誇張と偏頗とに陥り、そのため往々累を忠君の君そのものにさえ及ぼしたことは、今はだれも認めないものはない。けれども、日本人がロオヤルティの何たるを知る国民となったことは、大きいことである。性格上、友に対し、わが属する団体に対し、或いはわが奉ずる主義に対してロオヤルでないものは、また自分の国に対してもロオヤルでない。ロオヤルティの対象は様々であり得る。けれども、忠そのものには共通なものがある。その心を、日本人は主君を対象とする忠として先ず学んだといえる。明治年間に、新島襄、内村鑑三その他多くの敬虔なるクリスチャンがサムライの子弟から出たことは偶然でないと思う。

明治二十七、八年に日清戦争、三十七、八年に日露戦争があり、それからおよそ四十年で太平洋戦争の敗戦が来た。日露戦争以後において、日本に大学は増設せられ、出版は盛んとなり、更に普通選挙までも実施された。こんな好いことばかりが重なって、そうして国民はあの失敗をしてしまったのである。今日、すべてがあのままでよかったのだとは、だれもいえないはずである。仮りにやり直すとしたら何処をやり直すか。明治の指導者等が受けた教育ということについては、われわれとしてはもはや何も考える必要はないものかどうか。年頭に際し、心にこの疑問の起るままを記す。

(『河北新報』昭和三十二年一月一日)

* イギリスの歴史学者、アーノルド・トインビー。昭和三十一年十月~十一月滞日した。

つむじ曲りの説

何事によらず他に逆らい、人が右といえば左り、白といえば黒というつむじ曲りも厄介なものであるがまた、人のいうことは何でもすぐ従い、殊に権勢者の意を迎えて先棒をかつぐ、素直過ぎる人間ばかりでも国は困ったものである。「長いものには巻かれろ」とか「泣く児と地頭に」云々とか、日本には古来迎合主義の教えが多すぎた。争臣なければ国危うしという。戦争は日本の国民があまりに柔順で、つむじ曲りがあまりに乏しかったために防ぎ得なかったと謂えるであろう。憲法があり、議会があり、新聞雑誌がありながら軍人の横暴を、するままに任せて置いたのは誰れか。立憲国民がこれを制止しないで、一体他の誰れが制止するというのであるか。今となって軍人官僚を攻撃する前に、国民自身にもこれだけの反省はあって好い筈である。

今後、個人としても国民としても、明らかな認識、正しい洞察は何よりも大切であるが、それとともに、時としては曲るつむじも是非用意して置きたいものである。

明治時代のつむじ曲りを数えるとなれば、私は先ず福澤先生に指を屈する。先生を一個のつむじ曲りとのみ見ることは勿論当らないが、先生がよく人が左りに走るときに右を指さし、右に傾くときに左りに曳くということをしたのは間違いなき事実である。それは先覚者警世者として当然の用意でもあった。譬えば船の左りに傾くときに乗客が揃って皆な左りによろけ、右に傾くときに右によろけたら船は顚覆するであろう。その際船の安全を思う幾人かのものは、故らに衆客と反対の側に動く必要を感ずるであろう。先生の或る場合の議論には明らかにこれに類する用意に出でたものがある。しかしそれと同時に、先生は不羈独立の気象と癇癪から、屢々明治の勢力者に対して本気につむじを曲げた。ひとり自ら曲げたのみならず、屢々あまりにも素直な日本の民衆を腑甲斐なしとして罵った。かの『学問のすゝめ』の一節に平民の卑屈を鳴らして「目上の人に逢へば一言半句の理屈を述ること能はず、立てと云へば立ち、舞へと云へば舞ひ、其柔順なること家に飼たる痩犬の如し。実に無気無力の鉄面皮と云ふ可し」といったのはその一例である。

先生はこの精神を称して或いは「抵抗の精神」といい「瘠我慢の主義」といい、また「曲を被りて之を伸ばさんと欲するの志」ともいった。抵抗の精神という言葉は、先生が「明治十年丁丑公論」と題し、西南戦争の直後、西郷隆盛の志を弁ずるために書いた一篇の文章に用いられ、よく先生の本志を現したものである。

先生はいう。およそわが思う所を行わんとする専制は人間の本性と称しても好いものである。これを防ぐの途はこれに抵抗するより外はない。「世界に専制の行はるゝ間は之に対するに抵抗の精神を要す。」抵抗は文をもってするものがある。武をもってするものがある。或いは金をもってするものがある。西郷は即ち武力をもってしたものであって、その方法はわが思う所と異なるけれども「結局其精神に至つては聞然すべきものなし」と。

先生は西洋文明導入の第一人者であったが、同時に反面において、この文明が無気力懦弱の人間を造ることを恐れた。さればいう。「近来日本の景況を察するに文明の虚説に欺かれて抵抗の精神は次第に衰頽するが如し。苟も憂国の士は之を救ふの術を求めざる可らず」と。同じ頃書かれた『通俗国権論』という小冊子の一節でも、先生は人間如何なる不義理をしても、どんな恥をかいても必ず畳の上で病死すると決したならば「即日より其生は禽獣の生となり又人類の名を下す可らず。孟子巻之四告子の篇に義と生と二者兼ね可らず、生を捨てゝ義を取るの論あり、就て見る可し」といった。

有り来りの解釈によって先生を功利主義者、実用論者とのみ見ている批評家は、これを読んで意外に思うであろう。しかしこれが福澤先生の真面目であった。

しかし「文明の虚説に欺かれて」次第に抵抗の精神を失うことは何時の世においても戒めなければならぬところである。それは目前一日の安きをぬすむ心から発する。また義を見て敢えてすることを懶しとする心と相通ずる。わが心の命ずるところに耳を傾けることを厭う心とも接しているであろう。

何事によらず、他に逆らい、一々異説を唱えるつむじ曲りが互いに角目立つ世界も有り難くないが「目上の人に逢へば一言半句の理屈を述ること能はず、立てと云へば立ち、舞へといへば舞ふ」柔順なる人民ばかりでは国の前途は心細い。今にして先師福澤諭吉先生を憶う。

（『夕刊中外』昭和二十四年五月二日）

孤忠の精神

孤忠の臣という言葉はいかにも古めかしく、今では時候違いの感がある。しかし孤忠の精神そのものは、独り今日のみならず、何時の世においても忘れてはならぬものであると思う。それは無気力なる大勢順応と反対のものである。不遇の人を顧みぬ薄情と反対のものである。ただ権勢と利禄の在るところに追従する無節操と反対のものである。それは利害を顧みず、自ら信ずるところを守り、安んじてそれに殉ずる精神である。古い君臣の関係は固(もと)より過去のものであるが、団体に対し、主義に対し、朋友に対する忠誠、殊に悲境における忠誠の価値は、何時の世においても変るべきものではない。

コナン・ドイルの作に「伯父ベルナック」と題する歴史小説がある。時はナポレオンがイギリス侵入を企てた十九世紀の初頭、主人公は国を逐われたフランス大貴族の嗣子たる一青年である。もとより少年相手の読物に過ぎないが、その中に、幾人か少数のフランス貴族が、悲境においてブルボン王朝の旧主を見捨てず、イギリスの亡命地で、流離の廃王に忠勤をつくしたことを記し、主人公の口を藉(か)りてこれに敬意を表した一節は、私の同感をもって記憶するところである。

王はフランスを逃れて海峡を渡り、ロンドンの南方ケント州の一隅に行在所(あんざいしょ)を置いた。少数の最高貴族はこれに従い、或る者は剣術、或る者は語学を教え、或る者は飜訳者、或る者は庭園師となって僅かに口を糊しつつ主君に仕え、ブルボン王朝の光栄を分ったものはまたその没落をも共にすべしと思い定めて、ナポレオン朝廷の恩賞と優遇の誘惑を顧みなかった。作者はこの人々の孤忠を賞し、主人公をしていわしめた。「かの流竄の王の薄暗い部屋々々は、ゴブランの壁掛けやセエヴルの陶器に優る或物を以て飾られた。……私はフランスの歴史が示し得る高貴なる中の最も高貴なる人々に対して脱帽する。」

私はこの十数行の文字を快く読んだ。

それは直ちにフランスの旧制度（アンシャン・レジイム）を可とするものではない。また共和制を非とし、ナポレオン帝政を非とするものでもない。それはただ権勢と利禄とのためにわが守るところを変えない精神に対する賞讃に過ぎぬ。同じ作者はまた共和主義、ナポレオン主義のため、あらゆる逆境の下に操守を変えない人物に対して同様に脱帽したであろう。

六十年前福澤諭吉先生は「瘠我慢の説」と題する一篇の文を作って、旧徳川幕臣たる勝海舟、榎本武揚の維新前後における進退を議し、瘠我慢の精神よりして、二人が明治の新政府に仕え、得々として前日の敵国たる薩長藩閥の士人とともに名利の地位に就いたことを攻撃した。先生はかの漢の高祖が丁公を戮し、清の康熙帝が明末の遺臣を排斥し、織田信長が武田勝頼の臣小山田義国を誅し、豊臣秀吉が織田信孝の臣桑田彦右衛門を処刑した事例を引いて、「東洋和漢の旧筆法に従へば、氏（勝海舟）の如きは到底終を全うす可き人に非ず」と極論した。

固より勝、榎本その他の幕臣の進退については、人によってそれぞれ見る所があるであろう。「瘠我慢の説」のみが独り万世の公論とせらるべきものでないことは、私も認める。しかし福澤先生が当年第一の進歩主義者であったことは、何人もこれを争わない。そうしてその先生に瘠我慢の説があり、瘠我慢の精神は私のいう孤忠の精神と最も多く相通ずるものであることを思えば、進歩と保守とその主義の如何を問わず、何時の世にも、いずれの国でも、この精神の忘らるるべきでないことは充分に察せられる。

明治二十二年八月、東京開府三百年の記念祭が催された機会にも、先生は憤るところがあって、「東京三百年祭」の一文を時事新報に載せた。明治二十二年八月二十六日は、天正十八年八月朔日、徳川家康が江戸入国のその日から数えて正に三百年に相当することが飽くまで明白であるに拘らず、当時一部のものは、明治政府が徳川幕府に代ったものであることを思い、これを憚り、故らに徳川家康の名を称することを避けんとする形が見えた。先生はその卑屈臆病を悪んでこの一文を草したのである。その一節はいう。

「現政府は徳川政府に代りしものにして徳川の事とあれば一も二も先づ禁句にして、其趣は徳川時代に豊臣の事を言はず、豊臣の日に織田の沙汰は禁句なりしが如く、今日の明治時代に徳川談を催し、殊に其祖先を祭るなど申しては何となく憚り多しとて微妙の処に邪推を運らし、小心翼々他人の意を迎へて自ら会釈したるものには非ずやと我輩も亦邪推を運らして之を疑はざるを得ず。左りとては賤丈夫の臆病にして日本男子の事に非ず。」

事はすでに六十年の昔しに属し、当時、人が明治政府を憚って旧政府の美を称するに躊躇した実情は、もはや今日想像することも困難である。しかし卑屈の小人があらぬところに権力者の意向を忖度し、小心翼々これに迎合せんとして却って人を誤り、国を誤る惧れのあることは、昔も今も変りはない。

孤忠の精神はまたこの卑屈と反対のものである。

（『改造文藝』昭和二十四年七月号）

抵抗の精神

少しひまがあって九州に旅行し、南下して鹿児島まで行って見た。そこで多く今でもきくのは西郷隆盛談である。私も自然旅中しばしば考えさせられた。西郷隆盛とはいかなる人か。

西郷の人物とその明治維新、西南戦争に果たした歴史的役割について、今どきの型通りの解釈をすることは何よりもたやすい。けれども、恐らく話はそれだけでは片づかないであろう。そこになお、歴史上に「人」が勤める役割の不思議と微妙について多くの問題がのこる。

維新の変革、官軍の東征において、西郷は明らかに江戸の敵であり、征服者であった。しかもこの征服者は、江戸（次いで東京）の市民にただに憎まれなかったのみならず、恐らく彼等の間において最も人気のある英雄となった。上野公園に立つ彼れの巨像に対し、市民は何の反感を示さなかったばかりでなく、この一像は、多分東京市中に立つ他のいずれのものよりも市民に好感を抱かれているといえるであろう。歴史上の人物について虚実とりまぜた逸話が伝えられるのは何時ものことであるが、西郷に関するそれには、悪意を感じさせるものがない点において、一つの例外をなしているように見える。

この魅力は何処から来るか。西郷は今のいわゆる知識人とはおよそちがったタイプの人物であった。自然、知識人タイプの歴史家が持ち合わす物差しや衡りは、西郷を測量するのに適しないかも知れぬ。

ここに一人の福澤諭吉がある。福澤が明治の革新指導に果たした役目と、明治十年、叛乱士族の頭領となった西郷のそれとは、正面衝突すべきもののように見えるかも知れない。しかもその福澤は、叛乱の当時から、これを率いた西郷の心事に深い同情を寄せ、世を挙げて非難攻撃を浴びせたその当時において「明治十年丁丑公論」と題する一文を草してその思うところをいい、西郷を弁護した。福澤は時の政治が窮極西郷を死地に陥らしめ、死なしめたことを非難し、文を結んでこういった。

「西郷は天下の人物なり。日本狭しと雖も、国法厳なりと雖も、豈一人を容るゝに余地なからんや。日本は一日の日本に非ず、国法は万代の国法に非ず、他日この人物を用るの時ある可きなり。是亦惜む可し。」

福澤が西郷を弁護する根本の論拠は何処にあるか。そこに有名な「抵抗の精神」という言葉が出て来る。抵抗の精神という言葉は、近頃もしばしば使われるが、私の知る限り、最初にこれを用いたのは福澤で、その場所は右記「丁丑公論」の緒言の一節であった。

福澤はいう。人としてわが思うところを行わんと欲しないものはない。ということは、専制を欲しないものはないということである。それは個人も政府も変りはない。だから政府の専制は咎むべきではないが、それを放置すれば際限がないから、そこで抵抗の精神というものが大切となる。然るに近来日本の実情を察するに「文明の虚説」に欺かれて、抵抗の精神は次第に衰えて行くようである。

苟（いやしく）も国を憂うるものは、これを救う手段を講じなくてはならぬ。抵抗の法は一でない。文をもってするものがあり、武をもってするものがあり、更に金をもってするものがある。「今、西郷氏は政府に抗するに武力を用ひたる者にて、余輩の考とは少しく趣を殊にする所あれども、結局其精神に至ては間然すべきものなし。」

福澤は当年の文明主義唱道の第一人者であったが、しかもその福澤は、いわゆる「文明の虚説」が無力軟弱の日本人を造ることを最も憂えた一人であった。すでに明治八年刊行『文明論之概略』の結論の章においても、彼れは日本の独立が目的であって、文明はそのための手段だ、といいきったのであった。その同じ章において福澤はまた、明治維新の変革の後、古い君臣の道徳は廃せられて、新たにこれに代わるべきものはまだ立たず、人は「討死（うちじに）も損なり、敵討（あだうち）も空なり、師（いくさ）に出れば危し、腹を切れば痛（い）たし。学問も仕官も唯銭のためのみ、銭さえあれば何事を勉めざるも可なり」というダラケタ気分になっていることを憂えている。彼れはその実情を形容して人民は「恰も先祖伝来の重荷を卸し、未だ代りの荷物をば荷はずして休息する者の如く」であるといった。それは右の、抵抗の精神の衰頽云々と関連して読むべきものであろう。しかし、すべての議論の根本において、福澤が西郷の人物を信じ、これに好感を寄せていた事実は文面にも行間にも十分に察しられる。後年はじめて福澤全集が刊行されたとき（明治三十一年）福澤はその緒言中に西郷が福澤の『文明論之概略』を子弟にすすめたと伝えきいたことを満足をもって記している。一方、西郷はまた西郷で、その人に与えた手紙の一節（明治七年大山彌助あて）に福澤の書を読んで「実に目を覚まし」たといい、色々の人の国防論、いずれも結構ではあるが、「福澤の右に出るものこれあるまじく」と思う、といったのである。この二人は遂に相あう機会を得ずに終わったのであるが、その間互いにおのずから相通ずるものを感じたのであったか、否か。

しかし、福澤は終始徹底した合法主義者であり、その立場からして、世論にさからって赤穂四十七士の仇討を難じ、また、強盗を捕えて手ずから制裁することさえ許し難いと論じたのであった（『学問のすゝめ』）。その福澤として、叛乱の首領西郷隆盛を弁護するのはもとより容易のことではない。

人はそこに福澤の矛盾を指摘するの易きを取るか。或いはさらに別に見るところがあったであろうことを察すべきか。矮人（わいじん）矮人を解し、巨人巨人を知る。歴史の解釈、人物の評論の容易でないことを、私は今さらのごとくに感ずるのである。

（『産経新聞』昭和三十五年十二月五日）

「徳教は耳より入らずして目より入る」

「徳教は耳より入らずして目より入る」とは、福澤諭吉の言葉である。いうまでもなく、その意は、耳に結構な説教を聞かせるよりも目に実際の善き行いを見せる方が大切だというにある。戦争中も兎角指導者の説教が多すぎて、実行が伴わなかった。吾々も年少者に対する場合、どうかするとお説教をし勝ちである。福澤の言葉は時々憶い起こして反省の料とすべきものであると思う。

伝記や文芸作品を読む必要はここにもある。人は当さに如何にあるべきか、について哲学書を読んで考えることは無論大切であるが、伝記や小説を読む間に、主人公の言動に対して、人間はこうありたい(またはこうありたくない)と感ずることは、往々一層痛切なるものがある。孔子の言行録として論語の価値は不朽である。シェクスピア、ゲエテ、トルストイ、ドストエフスキイ等々の作品は素より徳教のために読まれるのではないが、しかも作中人物が自からにして読書を動かすことは、往々遥かに哲学宗教の書に勝るものがある。

論語の中にも、孔子の日常を見て巧みにこれを描き出した章が幾つかある。例えば、孔子が弟子達と雑談していたときのことであろう。子路、冉有、公西華に、順々にその抱負を問うと、それぞれ政治外交についてのまじめな抱負を述べる。最後に曾皙に問うと、それまで傍らで瑟をときどき鳴らしていた曾皙は、楽器を舎いて対えて、自分の思うところは三君とはちがうと遠慮したところ、構わないから言って見よといわれ、それならばとていった。「暮春ノコロ、春服既ニ成ル、冠者五、六人、童子六、七人、沂ニ浴シ、舞雩ニ風シ、詠ジテ帰ラント。」晩春の頃、仕立ておろしの春着を着て、五、六人の若い者や六、七人の少年たちを連れて沂水の温泉に入浴し、舞雩の雨乞台で一休みして、鼻歌でもうたいながらブラブラ帰って来たいという意味であるという（穂積重遠『新訳論語』に拠る）。きいて、孔子は喟然として歎息して、「ワレハ點ニ与ミセン」、自分は曾皙に賛成だ、といったという。

この一節は別段深遠な解釈を下すには及ばないことであろう。吾々もこちらを先生と呼ぶ後進の友達と、胡坐をかいて、生涯の中にやって見たいと思うこと、或いは好きなもの嫌いなものについて話し合うことがよくある。この一節が描く場面もこれに比すべきものであろう。そうして国を治め世を済う志の成らぬ、失意の人である孔子が、悠遊自適を願う曾皙に、自分も賛成だと歎息していった心持ちは、よく分るように思われる。

総じて偉人の言行には、吾々に、及び難しと感ぜしめるものとともに、偉人もまた吾々と同じ人間だと感ぜしめるものとがある。前者が吾々を訓え励ますことは勿論であるが、後者もまた吾々に親愛を感ぜしめ、力づける。その点において、人の伝記を書くものは、何よりもその人を活き活きと描くことが大切で、強いて欠点のない、立派なものに仕上げることは、実物らしくない、看板のペンキ画を描くようなもので、却ってその真価を傷つけるであろう。一体一人の偉人が出ると、兎角末社亜流というものがそれを取り囲む。その連中は本尊をあがめる余り、成るべく立派なものにこれを塗り上げようとする。その仕上げは、その亜流の趣味や器量以上には出ないから、その人によって伝えられた本人の面目は、往々実物とはちがう、生気のないもの、または不自然なものになってしまう。ソクラテスを伝えたプラトオの如きは例外中の例外で、多くの場合、本尊は弟子によって祭り上げられるとともに、人を惹き着けない、つまらぬものにされてしまう嫌いがある。在来の儒者の論語の解釈にも、随分それがあったと思う。他の多くの伝記類を読むと同じ態度をもって論語を読むことは、却って孔子の真面目を知らしめる所以であろうと思う。

私は福澤諭吉門下の者で、直接間接その影響を受けている。自然福澤の弟子の間にも、知らず識らず福澤を祭り上げる嫌いがあり、その肖像にへたにペンキを塗る恐れもある、現に自分もその一人として常に自ら戒めているのである。また真情流露、言いたい事を言い大手を振って明治の日本に濶歩した福澤としては、こんな取扱いは迷惑であろう。

話は少し横へそれたようであるが、徳教は耳より入らずして目より入るということは、即ち人に言をもって説くよりは行を示せということである。それを受ける方からいえば、言葉を聴くよりも実行に学べということであろう。この頃未見の一青年が手紙をよこして、人はいかに生くべきかの問題に対し、哲学的疑問を出して来た。私はそれに対して哲学的に答える素養が足りない故もあるが、しばらく哲学書を措(お)いて文学書を読んではどうかと答えたく思った。如何に生くべきかについて、抽象的に思索することも大切であるが、また人はいかに生きたかの実例を、文芸作品の中に見出すことも、その人の助けになるであろうと思ったのである。私はそのとき文学書のことだけ考えたが、優れたる伝記も当然同じ役に立つであろう。私は福澤の多くの著作を、その言葉まで諳んじているものであるが、屢々『福翁自伝』やその書翰集に現れた福澤の「人」を更に一層尊敬する。徳富蘇峰は決して福澤に対するよき批評家ではなかったが、しかもなお往年福澤を論じた文の一節に、「世人は言高く行卑し、翁は則ち之に反す、云々」といったことがある。「徳教は耳より入らずして目より入る」との言は、或る意味ではまた福澤自身に対しても当るといえるのである。

(『済寧』昭和二十四年十二月号)

徳教のこと

「徳教は目より入りて耳より入らず。」

これは福澤諭吉の言である。まことに耳に十の善言を聞かしめるは、往々目に一の善行を見せしめるに如かぬこと、正にこの言葉の通りであろう。しかもなお、人に人の履むべき道について説くことの、啻に廃すべからざるのみならず、愈々努めて意を用いなければならぬことは、この福澤の言葉にも拘らず動かし難い。すでに徳教は耳より入らずということそれ自体が、大切な教えのよき言葉であることを思わねばならぬ。

人は当さに如何にあるべきか。当さに何をなすべきか。これについての教えをきかんと欲することは、常に人の衷心からの願いである。古来聖賢の教えというものも、多くは人類の誠実なるこの求めに応じて発せられたものと見て好いのである。徳教の興廃は結局わが民族の興廃である。それは何も人に意想外の事を説くのではない。人の心の奥にひそみ、或いは睡っているものを呼び醒まし、或いは鼓舞して力づけるに外ならないのである。

例えば「人にせられんと欲する如くその如く人にもせよ」といい（馬太伝）、或いは「義ヲ見テセザルハ勇ナキナリ」という（論語）。誰れもこれをきいて意外とするものはない。またこれに対して何故と問うものもない。ただ、げにもと首肯くのみであろう。而してかく人に、げにもと首肯かせることが大切なのである。徳教の要義はここにある。

徳教は耳より入らずと言った福澤その人が、実は終生筆舌をもって徳教を説き、説いて已まない人であった。抑も福澤諭吉とは如何なる人ぞと問えば、それは明治の日本における最も偉大且つ雄弁なる説教者（教えを説く人の義）であったとすることは、今日異論なきところであろう。明治匆々、福澤の意を用いた著書の一は題して『童蒙教草』（明治五年）というものであった。これは洋書にもとづき、児童のため道徳を教え、また美事善行の実例を挙げて示した一篇の修身書であって、実は英語のモラル・サイエンスを訳して修身論としたのも、福澤その人であった。福澤の遺した修身の著述は、徳教は耳より入らずと言いつつ徳教を説く言葉をもって満ちている。

教育勅語は、人の人として、市民国民として、履むべき道について、東西聖賢の教えの要旨を簡勁なる文字をもって約説したものであり、措字用語の間、起草者の苦心の一々察せらるることにおいて、終戦後俄か造りの法令の類とは日を同じくして談るべからざるものであったが、今日の時勢において、君主自ら道徳の師たることに対して*議論があるとすれば、今強いて争うべきではない。さればとて、政府または国会が代ってこれを説くというに対しては、必ず異論があるであろうし、またあるべきが当然である。寧ろ私は古今の聖賢その人々をして、直接彼等自身の言葉をもって説かしめて人に聴かせるという方法を講じては如何と思う。

前に私は聖書と論語とからそれぞれ一句を引いて掲げたが、ひとりこの両経典のみに止まらず、取って今日の青少年児童を教うべき言葉を、古今を問わず偉大なる人類の教師に求むれば、それは無数であろう。例えばかのカントの、愈々思いて愈々尊ときものは二つ。「わが上なる星空とわが内なる道徳律とがそれ」や、近くは福澤の「独立の気力なき者は国を思ふこと深切ならず」云々も、私としては皆なその中に入るべきものと思う。

重ねて言えば、教育勅語に代るべきもの云々は、よく話題に上ることであるが、私は政府または国会が直接道徳の教師となることは、理において非なるのみならず、たとい企てても出来ないことであると思う。けれども、文政の局に在るものが、徳教を興すことに便宜を施設する上には当然多くの当然為し得べきことがある。政府或いは政治家が自ら壇上に教えを説くのは役目外であるとしても、偉大なる人類の教師のために演壇を設け、聴衆を集めることは、当然して好い筈である。具体的に例えば心の正すべく、道の履むべきことに関する精神的偉人の教えの言葉を仮りに百カ条選び、これに生徒学生の程度によって平易高尚両様の註釈または例解を附けたものを編纂し、これを学校教師に授け、教師はその時に自ら感ずるところ、好むところ、或いは信ずるところに従って、右諸カ条の凡べて、または或る者を取って、任意キリストにより、孔子により、ソクラテス、カント、福澤、エマソン、カアライルに拠って、人の如何にあるべきか、何を為すべきかについて説くということは如何であろう。固よりこれをもって万全とするのでなく、ただ学校における徳教の一助たらしめんと期するに過ぎないが、方今生徒は勿論、一部教師の新旧古典に対する不学不案内の事実は、寧ろ意想外のものがあり、而してその古典の不知が、知らず識らずの間に彼等に自信を失わせ、彼等を道徳上の虚無主義者たらしめていることを思えば、如何にもしてこの欠陥を埋める方法をと思わざるを得ないのである。

まことに福澤が戒めた通り、実行の伴わない説教ほど無力のものはない。けれどもこの戒めは、徳教そのものの無用を説いたものと誤解すべきではない。徳教のことはまことにむずかしいが、むずかしいとて失望すべきではない。唯物史観は人の行為の責任を物質的環境に転嫁するように見える。人は常に己れの道徳的責任を問われることを好まないから、責任を恐れ、或いは力行を厭う、道徳上の虚弱児童ともいうべきタイプのものは、正にその理由から、往々唯物史観に隠れ家を求めんとする傾きがある。しかしそれを看破することは、少しも難事ではない。徳教の重きを知るものは、この種の否定的言説の多く顧みるに足らないことをも知るであろう。

（『毎日新聞』昭和二十六年二月三日）

＊　教育勅語は昭和二十三年の国会決議で失効したが、第二次大戦の講和条約締結を前にして文部大臣天野貞祐が教育勅語に代わるものの必要性を指摘し、議論が起こったことを指す。

福澤先生が今おられたら

私たち慶應出身のものが仲間同志で、或いは広い世間の人から、よくきかれるのは、もし福澤先生が今日おられたら、どういうことを説かれたであろうかということです。先生は明治三十四年、即ち今から五十六年前の一九〇一年に六十七歳でなくなったのでありますが、その先生がもし今いたら果たしてどういうことを説かれたであろうかというのです。無論簡単には答えられませんけれども、まずこんなことはいえるのではないかと思われることを私なりにいって見たいと思います。

福澤先生の常に志すところは中道即ちまん中の道であったといえると思います。それ故、世間が右に傾きすぎると思うときには左りを指さし、左りにかたよったと思うときには右の方にひきもどすということを常に考えたようでありました。しかも先生は言い足りないよりは常に言いすぎる方の評論家でありましたから、従って、先生の議論の局部々々だけを見るとしばしば極端な言葉を吐いていますが、しかし先生の常に見失わない方針は適度の中道ということであったといえると思います。

西洋の言葉に、曲った弓を真すぐにするため、これを反対の方に曲げるということがあります。福澤先生の期するところは何処までも弓を真すぐにすることにありましたけれども、その時々によって先生がそれを或るときは一方に、他の時は反対の一方に強く曲げるように見えたことは事実でありました。そんなら先生の言うことはその時々の情勢によってちがったのかというと、たしかに違いました。但しその違い方は、時の情勢に迎合或いは雷同したのでなくて、それに逆行したのです。

私がよくいう譬えですが、船が暴風に遭って右左りに傾くとします。その時船客が、そのたび毎によろけて右左りのふなばたになだれ寄るということであれば、船の動揺は一層ひどくなって、或いは船はそのために顛覆するかも知れません。その時、船客中に幾人か、足許のたしかなものがいて、他の船客と一緒によろけてころげ廻らず、己れの位置にしっかり足を据えておれば、船の傾斜は少なくて済み、それによって船は顛覆の危険を免れるかも知れません。或いは船の動揺と船客のよろけ方があまりにひどければ、足許のたしかな、風にも波にもおどろきあわてるようなことのない、幾人かのものが、多数の船客とは反対の方向に身を傾けることも、随分船の安全のために必要でありましょう。

世の中の風潮も同様であります。世論といい或いは世の風潮というものも、それが動くのは、勿論動くべき原因があって動くのではありますが、しかし同時に、よろけ易い船の乗客と同じようにこの風潮の動きに雷同迎合し、或いは先きを走ってこれを誇張するものが多いので、世論の動揺も常に必要以上にその幅が広げられる危険がしばしばあります。程度のちがいはありますけれども、何処の国でも知識人というものは本を読み、神経が鋭敏で、且つ何時も時勢の尖端から後れまいと努めるものでありますが、正にそれ故に彼等はこの世論の動揺の幅を大きくする方に動くように見えます。前の船の乗客の譬えでいえば、知識人というものは、概してよろけ易い階級であるといって好いでありましょう。

福澤先生は正にこれと正反対のことをしました。先生の議論の重点はたしかに時の情勢によって移ったといえますけれども、先生の動きかたは迎合的雷同的でなくてその逆でありました。

先生は疑いもなく広い知識の持ち主でありましたけれども、今日の言葉でこれを知識人と呼ぶのが何となくふさわしくない感じがするのはこのためであろうと思われます。

一、二の例を引いてそれをお話しして見ましょう。

個人人格の尊重、身分と男女の別を超えて人間を人間として尊重すること、これは福澤先生の終始変らぬ主張であり、確信でありました。従って先生は当然明治における民権論の首唱者の一人でありましたが、さて民権論が日本全国に拡がって来ると、先生は今度は民権とともに国権の重いことを説き出しました。明治十一年六月に、先生は『通俗民権論』という小冊子を書きましたが、それを書き了えても、すぐには出版せず、更に『通俗国権論』という同じくらいの小冊子を書き上げた上で、二つを同時に出版するように図らいました。これはひとり民権のみが盛んになって、外に対して国権が衰えるというような結果になってはならぬからとの用意に出でたものであったことを、自ら記して明らかにしております。

また、明治二十七、八年の日清戦役に際しては先生は口に筆に、そうして当時としては人を驚かせるほどの多額の私財を投じ、力を尽して戦勝のため士気の昂揚のために働きましたけれども、戦後において、人に先んじて国民の戦争熱を心配したのも、また先生でありました。

先生が国民の戦争熱を憂いた手紙、それは明治三十年八月六日付けでお弟子の日原昌造という人に与えたものですが、これは先生の数多くの手紙の中最も意味深きものの一つと思われるので、私は今までたびたびそれを引用しましたが重ねてここにそれを紹介します。日原はその人物識見を認められ先生の晩年において最も先生の信任を得た一人です。

先生の原文は候文で書かれていますが、私はそれを今日の口語体に訳して読んで見ます。

「(前略)

慶應義塾も金が次第になくなりました。どう致したらよろしいか。考えて下さい。金がなければやめにしても構いませんが、さて世の中を見渡すと随分心配すべきことが少なくない。近いところでは、国民が戦争に熱中して始末に困ることがあるでしょう。遠いところでは共産主義及び共和主義の無責任論を生ずることとです(先生は原文では英語を使ってコムニズムとレパブリツクの漫論を生ずることなりといった)。これは恐るべきことであって今から何とか人心を転ずる工夫がなければならないが、さて政府などには迚(とて)もこんなことに心配するものはいない。そんなこととこんなことを思えば、慶應義塾をのこして置きたく、ツイ金が欲しくなるのです。これも年寄りの煩悩でしょう。云々」

この手紙の日付は前に申したように明治三十年八月六日であり、その翌年の九月二十六日に、先生は脳溢血を発していますから、この手紙は健康なる福澤諭吉の生涯の最終期において書かれたものだといってよろしいでありましょう。その最後に近い手紙において先生が国民の戦争熱と共産主義共和主義かぶれを心配したということは、特に注意し、また記憶してよいことであると、私は思います。

但し共産主義といっても、ロシヤ革命は、この手紙が書かれてから二十年後の出来事でありますから、福澤先生は今日のような共産党や共産主義は見ていなかったわけでありますが、先生の危ぶみ心配したことが何であったかということは少しも察するに難くない。要するに先生は軽率過激な革新論を日本のために心配したのであります。

但しここに注意しなければなりません。福澤先生は日本のために心配したといいましたけれども、先生が憂いたのは何処までも軽率過激の急進論であって、社会の進歩そのものではありません。人間の自然に対する一層の支配、人間を手段としてでなく、常に人間そのものとして尊重する精神の一層の貫徹、という意味における進歩に対しては、福澤諭吉は常に第一の友でありました。ただ、常に人権人格の尊きを思い、従って常に法と秩序の重んじられなければならぬことを教えた先生の、何時も願うところは、秩序ある進歩、秩序ある進歩ということでありました。この一事をここに私は特に強調したいと思います。

天は人の上に人を造らず、人の下に人を造らずという言葉を先生が引いたことは有名ですが、この言葉の教えるところが人間尊重の精神であることは申すまでもありません。かく日本人に人間尊重の精神を鼓吹した福澤先生は、また未来における人智の進歩ということに対して無限の信頼を寄せていました。明治八年に出た『文明論之概略』は福澤先生の最も苦心して書いた名著ですが、その一節に先生はこんな意味のことを説いています。人間精神の発達は無限である。万物には必ず定まる法則がある。無限の精神をもってこの定めある法則を窮むれば、天地間の事物一切、みなこれを人間の精神の中に据えてあますものがなくなるであろう。この階段へ至れば人間の智とか徳とかいってその境を争うこともない。恰も人天並立の有様なり。何時か必ずそういう時が来る。「天下後世必ず其日あるべし」と先生はいいました。

福澤先生の著述は非常に大量に上るもので、文字を数えれば数百万字に上るでありましょう。その数百万字の中、先生の予言者的情熱と気魄とを感じさせまたその格調の高さの人を打つことにおいて、私は常にこの一節の文句を挙げて第一としているものであります。そうしてこれをもって推して考えて見れば今日の原子力問題などについても先生の態度はこれを想像するに難くないと思います。先生が科学と人類に求めるところは「愈々進め愈々知れ」の一語に尽きると思われます。

数年前（一九五四年）私はニュウヨオクのコロムビア大学創立二百年の祝典に参列しましたが、その席上有名な物理学者ラビ博士は「科学と大学」と題する講演をしました。その一節に博士は「人類の問題の解決は、もし解決があり得るなら、より多くの理解、より深き洞察、より大なる能力、簡単にいえば、より少しの科学でなく、より多くの科学に存する」といいました。それは私の同感に堪えないところであります。今日或る人々は、科学が果たして人類に幸福をもたらしたか否かの疑惑に悩まされており、それは十分同情すべき疑惑であるということができます。しかしながら一たび物を知った人類は、もはやこれを知らぬ昔に還すことはできません。問題はただ前進によってのみ解決される。吾々が無知に帰ることでなく更に多くを、更によく知ることによって問題は解決される。それは人間の自然に対する支配を愈々進め、人を人として尊重する思想を愈々進めるということの外にはありません。
福澤先生が今おられたらそれをいうであろうと、私は信じます。
（ＮＨＫ第一放送　昭和三十二年十一月二十三日放送）

Ⅲ

福澤諭吉を語る——人と著作——

父としての福澤先生

福澤諭吉先生は子煩悩の父——或いはそれ以上であった。先生を、日本が生んだ最も賢い人の一人とすることには今日誰れも異存ないと思う。しかし、子供は、先生のアキレス腱であった。先頃出た先生の『愛児への手紙』（岩波書店）の解題に、私は「この書簡集は子を思う親の真情を、その賢さと痴かさとを併せ露呈したものとして、人の親たるものの心を打たずには措かぬであろう」と書いた。この書簡集は、先生が明治十六年から二十一年へかけ、アメリカ留学中の長男次男に与えた手紙百三通と関係書簡類とだけを収めたものであるが、さらにそれ以外の手紙で、わが子に与え、またはわが子のことに関して書かれた多くの手紙を併せ見れば、この感は一層強められる。

私が親しく見た福澤先生は、最後の数年、即ち数え年六十二から死ぬ六十八までの先生であった。私は八歳乃至十四歳の子供であったから、素より先生に対し何の特別の興味もなく、私の遊び友達であった先生の愛孫の一人がそう呼ぶのに釣り込まれて、自分も先生のことを「おじいさん」と呼んだことが想い出されるぐらいのもので、ほかに大した記憶はない。無論人の父としての先生を観察したことなどはない。ところが、今、私は六十七で、当時の先生の年を過ぎつつある。そうして子供（二人の娘）は学校を出てすでにそれぞれ家を成しているので、先生の手紙やその他を読み返しつつ、幾分自分は卒業したような気持で、父としての福澤先生を回想するようになった。

先生は文久元年（一八六一年）年二十六のとき、江戸で、同藩士（中津奥平藩士）土岐太郎八の二女錦と結婚した。錦は十六であった。福澤の家禄は十三石二人扶持、土岐の方は二百五十石、加俸五十石の上士であったから、これは当時としては不釣合の縁組みだったわけで、土岐がいかに青年の先生に望みを嘱したかを察せしめる。それはとにかく、結婚の翌々年長男一太郎が生れ、二年の後次男捨次郎が生れ、それから続いて、長女、次女、三女、四女、五女が生れ、それからまた三男が生れ、四男が生れた。そうして先生は二十八のときに生れた長男から四十八のときに生れた末子の四男に至るまで、すべて合せ九人の子供の幸福のために、事毎に喜憂し、およそなし得る限りの心遣いをしたのである。

福澤夫人は、前記のように三百石取りの上士のお嬢様である。それに、土岐は江戸定府であったから、藩邸で、江戸風に育てられた筈である。この夫人と比較すれば、中津で育ち、大阪で修業して江戸に出て来た先生は、国侍だったわけである。それに先生は、性来気まめで、活動的世話好きで、自分でもいう通り鄙事に多能だったから、家事の労務も厭わず手を出したらしい。夫人は、私が親しく見たときは五十二歳以後だったが、上品な物静かな人で、歯ぎれの好い江戸弁で語ったその言葉や声は耳にのこっているが、あまり忙しく動き廻る姿を見た憶えはない。福澤家における夫妻分業の詳しいことは勿論知らないけれども、家庭における先生は普通の家長よりは遙かによく働く夫であり、父であったことは確かである。子供の教育についても、先生は普通の家で母親が担当する部分にまで進出して世話をやいたように見える。厳父慈母というのも一の教育上の分業とすれば、福澤夫人が慈母であったことは変らないとして、先生は厳父でもあり、同時に母親の領分まで手を出して子供の世話をやく慈父でもあった。われわれの標準からいえば、世話をやき過ぎたともいいたいぐらいである。

先生の子を思う心については、先ず維新当時、先生が日本の前途を悲観し、わが子に亡国民の辱しめを受けさせまいために、これをキリスト教の僧籍に入れようかと、考えたという話がある。

前記の通り、先生の長男一太郎は文久三年、次男の捨次郎は慶応元年に生れた。明治維新の政変が起ったとき、先生自身は三十五で、数えて六歳と四歳と二人の小児を抱えていたわけである。この政変の後に日本はどうなるのか。その日本でわが児の行く末はどうなるのか。先生は維新政府を、頑冥な攘夷論者の政府だと考えていた。こんな乱暴者に国を渡せば亡国は眼の前だと、かねて思っていた。その心配が事実となった。その時の気持を、先生は後年福翁自伝の中にこう語っている。

「そのときの私の心事は実に寂しいありさまで、人に話したことはないが、いま打ち明けて懺悔しましょう。維新前後むちゃくちゃの形勢を見て、とてもこのありさまでは国の独立はむずかしい、他年一日外国人からいかなる侮辱をこうむるかもしれぬ、……実に情ないことであるが、いよいよ外人が手を出して跋扈(ばっこ)乱暴というときには、自分はなんとかしてその災を避けるとするも行く先の長い子供はかわいそうだ、一命にかけても外国人の奴隷にはしたくない、あるいはヤソ宗の坊主にして政事人事の外に独立させては如何、自力自食して他人のやっかいにならず、その身は宗教の坊主といえば、おのずからはずかしめを免るることもあらんかと、自分に宗教の信心はなくして、子を思うの心より坊主にしようなどと種々無量に考えたことがあるが、三十年の今日より回想すれば恍として夢のごとし、云々」

幸いにして先生の憂慮は当らず、明治時代に日本の国力は躍進した。子供が外国人の奴隷にされる心配はなくなった。

そのつぎに先生の心を悩ましたのは、子供の洋行の問題である。先生は、自分は前後三度洋行して、外遊の教育上の価値を具さに知っていたから、子供も、少なくも男子は、是非洋行修業させなければならぬと、夙くから思っていた。しかし、先立つものの金がない。困ったことだと思っているから、金が欲しい、金が欲しい、ということを、平気で人の前でも話していたという。明治の初年、やはり長男が七歳、次男が五歳の頃、「横浜のある豪商」が学校を起こし、その世話を先生に頼みたいと考えた。ところが、先生は子供を洋行させる金が欲しい欲しいといっているから、それを人からでも聞いたのであろう。或る日先生を訪ねて、学校の世話を頼むについて月給を出すといっても取りもしまいが、今から他日二人の子供が成長するまで積み立てて置けば、元利合せて留学費を弁じ得るだけの元金を、今ここですぐ差上げても好いが、この相談はどうだろうと申し出た。先生の方では、先生自身の言葉でいえば「こっちはモウ実に金にこがれているその最中」だから、即座に応諾したいところであったが、考えるところがあって結局ことわった。ことわりはしたが、この誘惑を斥けることは容易でなかったと、先生は後に自伝の中で告白した。いろいろ考えた末、先方の申出を「ていよく礼を述べて断りましたが、その問答応接の間、私は眼前に子供を見てその行く末を思い、また顧みて自分の身を思い、一進一退これを決断するにはずいぶん心を悩ましました。」

この話は先生の『福翁百余話』中の「大節に臨んでは親子夫婦も会釈に及ばず」という一文中にも記され、右の「豪商」が高島嘉右衛門であったことも、今では分っているが、公人としての進退のあれほど厳正で明快であった先生が、この場合このように決断に悩んだというのは、子故に迷う先生の一面を示したといえるであろう。誰れもわが子の行末のことは思うが、五歳七歳の小児のためにその将来の洋行費の心配をする父親は、例外的だといえるであろう。

幸いにして先生は、翻訳著述の収入が格外に豊かであったため、後に四人の男子を四人とも洋行修業させることが出来た。その長男次男の米国留学中に与えた手紙を集めて一冊にしたものが、前記の『愛児への手紙』である。その通信の回数も驚くべきものであった。右の書簡集に収められたのは（即ち保存されていたものは）百三通であるが、先生自ら語るところによれば、両児の留学六年の間に、便船毎に書いた手紙の総通数は三百何十通に上るということである。明治二十一年、この両児の帰朝に際しその歓迎の祝宴で、先生の高弟小幡篤次郎がこのことに言い及び、「五年半の月日に三百余通の文通は、恰も一週間に一度の文通なり。二君は此文通に接し、恰も膝下に在りて親しく其言容に接するの思ありしならん。猶ほ一週七日の間に、六日は米国に在て勤学し、一日は帰省して父母姉妹と面話して団欒の楽を得たるが如し。懇到親切至れる者と云ふ可し」といったのは正に同感である。恐らくどこの親もこの真似はできないだろう。

その手紙の内容は多岐多端であるが、遠方にいるわが子を思う言葉は、切々として、かき口説くという趣きがある。両児が出発するとき、先生は二人を戒めて、修学中に日本に何事があっても父母の命ずるまで帰るに及ばず、「父母病気ト聞クモ、狼狽シテ帰ル勿レ」といったのであったが、船が出帆すれば、すぐ詩を作って

烟波万里孤舟裡　烟波万里孤舟ノウチ
二子今宵眠不眠　二子今宵眠ルヤ眠ラザルヤ

といい、二人の留学が一年半になると、早くもその帰国を待ち侘びて、「他人の子が洋行すればいつの間にか直に帰国する様に見ゆれ共、扨て自分の子、然らず、毎月毎日指を屈して計れば壱年半も中々長し。唯貴様の生涯の利益の為めと思ひ、辛抱して相待ち居り候」という次第であった。（送り仮名は私の附けたものがある。小泉。）日本の旧劇には、よく母親がこのようなことを言い、父親がそれを叱る場面がある。先生の家では父母の分業が行われず、先生自ら夫人の分までも、――或いは夫人以上に、――担当した観がある。

留学した二人の息子の弟の方は活潑で、社交にも遊戯にも巧みであったが、兄の方は内気で、読書が好きで、物事を考え込み、また思いすごしもする性であったと見える。従って、この兄の方が先生に心配をかけている。右記のように、この長男は、何事も陽性で積極的で、従って何よりも人と交ることの好きであった先生自身とは、およそ反対の生れつきであったといえるであろう。先生は、その自分とは違った傾向のわが子の性質をよく見ぬき、如何なる親も及ばぬ愛と心遣いとをもって、絶え

ずこれをいたわり、叱り、励ましたことが、その手紙に見えている。さらに洋行の三年ほど前、先生がこの長男に与えてその短所を戒めた覚書きようのものが、やはり右の書簡集に収められており、それはよくこの子とその父の性質を示している。それに曰く、

「人ニ交ルハ馬ニ乗ルガ如シ。某人ニハ交リ難シト云フハ某馬ニハ乗ラレヌト云フニ異ナラズ。騎馬達人ノ眼中ニハ天下悪馬ナシ。諭吉ハ小少ノ時ヨリ緒方（大阪緒方洪庵の塾）遊学中今日ニ至ルマデ、顔色ヲ変ジテ人ト争論シタルコトナシ。其間随分不愉快ヲ覚ヘタルコトハアレドモ、夜モ寝ラレヌ程立腹シタルコトナシ。又如何ニ難渋スレバトテ私ニ愚癡ヲ鳴ラシタルコトナシ。汝ノ母モヨク承知ノ事ナラン。」

「汝ノ後来ヲ案ズルニ、人ト交ル事ノ拙ニシテ、自カラ不平ヲ抱キ又随テ人ニ不平ヲ抱カシムルコト多カル可シト懸念唯此事ナリ。謹テ忘ル、勿レ。」

さらにその文の始めに

「活潑磊落、人ニ交ルノミナラズ、進テ人ニ近接シテ、殆ド自他ノ差別ナキガ如キ其際ニ、一片ノ律儀正直深切ノ本心ヲ失ハザル事」

といったのはわが子への訓戒であるとともに、先生自身の完全に実践し得たところであった。

二人の息子の弟の方は有名なマサチュウセッツ工科大学に入り、兄の方は久しくニュウヨオク州イサカのコオネル大学に学んだ。先生が、息子がコオネル大学で日本人一人きりで淋しがっているから、貴君（或いは貴君の兄弟）も渡米して、コオネルへ入学して、下さらぬかと、二人まで人にすすめた

手紙が、続福澤全集（第六巻）に載っている。流石にこの時は、先生も「実は老生が子を思ふの私情に出で候事にて甚だ如何は敷き中条なれ共」と言い訳している。このことは一度私は前に書いたことがある。

さらに子供の病気を案じた手紙や文章は、すぐには数えられないくらいある。長女さとが腸チフスで重態に陥りようやくとりとめたときの手紙がある。明治二十二年さと二十二歳のときである。

一通は当時神戸在勤の次男捨次郎にあてたもので、病症の経過を記し、本人は「病中心淋しく頻りに父母兄弟を慕ひ候に付き、病床の妨げにならざる限りは近づきて面を見せ居り候。」医師は必ず凌ぐべしというけれども、「唯々骨肉の目を以て見れば心配の情に堪へず、家内一同眠食の時も忘れ茫然騒然致すのみ」と書いてある。さらに一通は四十日余り後、故郷にいる二人の姉に与えたもので、それには「已に十月三十一日より十一月一日にかけ誠の峠に昇り、今にも臨終かと存候。私共夫婦は昼夜の別なく看護致し、前後も分らぬほどの心配に有之候処、云々」。

また次男捨次郎が鉄道事故に危うく遭難を免れたときの手紙がある（明治二十四年）。「扨鉄道の危険何とも恐ろしき次第、会社全体の幸不幸は姑く擱き、貴様一身の仕合せ実に歓び申候」（そこで前年県令某の遭難のことを引き）「万々一も貴様の身に右様の事もあらんには、父母兄弟は如何可致哉。昨夜より毎々申出しては歓び居候」といってある。

前記長女の病中、先生は世間の子のない人が羨ましいという意味の詩を作ったが、それは先生の真情の声であったろう。その詩の巧拙は私には全く分らないが、左の通りである。

昨夜炉辺談笑親　昨夜ハ炉辺談笑親シム
病床今日看酸辛　病床今日酸辛ヲ看ル
家門多福君休道　家門福多シト君イフヲ休メヨ
吾羨世間無子人　吾レハ羨ム世間子ナキノ人

先生の子を思う心はこのようなものであった。そうして、福澤門下の人間としては少しいい憎いが、先生はわが子を思うとともに、しばしばわが子のことのみ思う嫌いもあった。前に挙げた、自分の息子がひとりで淋しがっているから、君も渡米してコオネル大学へ入ってくれないか、といったのも、随分勝手な話だが、この類のことはいくつか書簡集から拾うことが出来る。

明治十九年の暮、先生が次女、三女、四女の三人を横浜山手の或る女学校に入れようとして、人に交渉を頼んだ手紙がある。それはキリスト教の学校で、校則として日曜日の外出を許さない。先生はそれは尤ものことだが、自分の娘は当分の間例外にしてもらいたい、といった。

文面は左の通り。

「又校則に日曜日は用事あるも外出六ヶ敷よし。是れは聖教校に然る可き事なれども、入校当分は折々帰宅致させ度候間、毎月四度の日曜の内隔日曜日には帰宅致させ度く、即ち土曜の午後に横浜より東京に帰り、日曜一日在宅、月曜の朝帰校致させ度く、斯く致して次第に校風に慣るゝに従ひ、遂には帰宅を要せざるにも至るべし。此処はエキセプションと致し度く存じ候。」

この始末はどうなったか、きいていない。しかし、もし校長が、何故福澤家の令嬢だけは他の家の娘と違う取り扱いをしなければならないのですかと、意地悪く質問したら、使に立ったものは、赤面しなければならなかったろう。

また、これは子供ではないが、孫の一人が、慶應義塾の幼稚舎（小学校）の試験の日に、風邪を引いて発熱して出られないといって、煩悶しているが、何とか考えてくれないかと、舎長（校長）に依頼した手紙もある。全快の上一寸試験だけ受けるという工風はないものか、「子供の事ゆゑ相成る可くは其気を挫かぬやう致し度く」（年不詳、坂田實宛書簡）といってあるが、これは慶應義塾内で絶大の尊敬を受けた先生としては、塾内では殊に意を用いなければならぬ筈のことではないか。もしも先生の一言で、福澤家の子や孫が、塾内で例外的の取扱いを受け得るとしたら、教員の志気は忽ち頽れるであろうし、子や孫その人のためにも、それは決して好いことではない。

福澤先生の出所進退の厳正とその私生活の清潔とは一点非の打ちどころのないものであった。何人も人にこれ以上を望むことは出来ない。ただひとり子供は、右の幾つかの引用が示す通り、先生のアキレス腱であった。私は父の代から先生の教えを受けたもので、素より先生のこの一面を指摘して楽しむものではない。さりとて勿論それを讃美するものでもない。ただ、この偉大な日本人の風貌を伝えるとすれば、この凡べての面を描くべきだと思う。

私の目にのこる先生の面影の一つは、薄暗い、大きな寺の本堂で、七つ八つの小児と十二、三に見える少年の手を両手に曳いて、焼香壇に進む、羽織袴の偉大な恰幅の先生の姿である。それは、今から六十年の昔、明治二十八年の夏、麻布善福寺で、先生の女婿中村貞吉の葬儀の行われた当日の光景である。先生に手を曳かれた少年の兄の方は、右に、風邪を引いて試験を受けられないといって煩悶したという、孫の愛作、弟は、私の遊び友達であった壮吉である。それを見ていた私は、八歳の小児で、母に命ぜらるるままに、袴を穿いて、会葬者の間に硬くなって坐っていた。

児孫の愛に、時としては溺れたといえる福澤先生にとり、何よりの幸福は、その四人の息子、五人の娘がみな健かで、先生の後に残ったことである。ただ一つの悲しみは、先生の長女、即ち前に腸チフスの重症で先生を心配させたそのさとの嫁した夫の中村貞吉が、肺結核で死に、若い妻と二人の子をあとにのこしたことである。先生は、人の弔慰に謝し、

「兼て不治の難症と覚悟は致し居候得共、扨て斯く相成り候上にて娘を始め児孫の悲哀を見れば、今更断腸に不堪、御推察可被下候」

といった。善福寺の本堂で、二人の孫の手を曳く先生は、今の私には、人の親の悲しむ姿として憶い起こされる。先生に信ぜられた弟子の一人であった私の父小泉信吉は、その前年の暮に死んだ。私の母は、右の中村さとと年頃も近く、親しい間柄であった。母がまだ何も分からない八歳の私に、袴などを穿かせて善福寺に会葬させたのは、先生の平生の恩顧を思うとともに、自分も新しい寡婦として、その友の悲しみを察してのことであったと思う。

（『婦人公論』昭和三十一年一月号）

教育者緒方洪庵

幕末の偉大な医学者、蘭学者緒方洪庵が、文久三年に亡くなって正に百年、去る三月三十一日、大阪の毎日記念サロンで記念特別講演会が催された。私も講演者の一人であったが、急にさしつかえのため出席できず、ノート一篇を司会者の手許に送って当日会場での朗読を依頼した。左記のものがそれである。

緒方洪庵は福澤諭吉の師で、福澤は洪庵を終生の恩師とし、緒方洪庵大先生として晩年その伝記を書くことも考えつつ果たさなかったと伝えられていますから、福澤門下のものにとっては、洪庵の百年忌は格別の意味を有するといわねばなりません。父の父は祖父であるが、師の師は何と呼んでよいか。私ども慶應の古いものにとっては緒方洪庵という名は常に特別のひびきをもつというのが事実であります。したがって、このたび洪庵逝去百年の記念会が催され、私にも出て講演をするようにとの御依頼を受けましたことは望外の喜びであり、即座にお引き受けした次第でありました。ところが、はなはだ不幸にも、二、三日来、不快のため静養を要することとなり、会の主催者にたいしてはまことに申訳ない次第ながら、洪庵に関しての考えを紙に記して差し出し、会場で読んでいただくことにいたしたいと存じます。違約の段は、主催者にたいし、御来聴の皆様にたいし、幾重にもお詫び申し上げたく存じます。

緒方洪庵は偉大なる医師且つ医学者でありました。しかし、医学そのものについては、私は全然不案内で、何も申すことはできません。ただ私どもの驚歎にたえないのは、緒方の塾から――即ちいまもこの大阪の北浜三丁目に保存されているあの緒方の適塾から――あのように多くの人材が出たことであります。即ち大村益次郎といい、橋本左内といい、大鳥圭介といい、佐野常民といい、長与専斎といい、そうして福澤諭吉といい、これらはみな日本の一流人物、あるいは超一流の人物であります。もしもこれらの人物が欠けたならば、明治の歴史――少なくともそのある部分は――書き改められなければならなかったろうといっても、はなはだしい誇張ではないと私は信じます。

どうしてこれほどの人材があの適塾から出たのでありましょうか。あの北浜の適塾の建物は、御覧になればわかりますが、間口六間ばかり、門も何もない町家づくりの家屋にすぎない。この、図書館も、研究室も、体育施設もない、私立の学塾から、どうしてあれだけの人材が出たのでありましょうか。

思うに、第一は、人物が緒方洪庵という人にひき寄せられてここに集まったからであります。人物を認め、人材を重んずることを漢語で才ヲ憐ムという。緒方洪庵は実に才を憐む人でありました。先頃慶應の学生が私を尋ねてきての話の間に、どうして福澤先生の門下からあれだけ多くの人物が出たのであろうか、と問いました。私は答えて曰く、それは福澤先生が青年が好きだったからだ、たとえはよくないかもしれないが、犬や金魚の好きな人、またよくわかる人のところへは、いつとはなしに逸品が集まる、人物もまた人物を認め、人物を尊重する人のもとへは、いつとはなしに、また何故ともなく集まってくる。先生は正にそういう人であった。青年の好きでない人、青年に興味のない人は、ほかの職業を選ぶがいい、教育者には適さない、といいました。そのとき私は別に緒方洪庵を念頭においてはおりませんでしたが、今にして思えば、この言はもっともよく洪庵に当たるのではないかと思います。

福澤はその自叙伝中に、緒方塾入門の後、腸チフスにかかったときこのことを語っています。福澤はその時はまだ外から塾へ通学していたのでありました。洪庵は毎日見舞いにきて注意を与えましたが、薬の処方は自分ではせず、他の医師に託するから承知せよ、といったというのであります。元来医者がわが子の病を治療するとき、とかく処方に迷って、ああでもなし、こうでもなしと、中途半端な処置をすることが往々免れがたいときいておりますが、福澤の病をみる洪庵は正しくそれであったのでありましょう。福翁自伝のその一節に「緒方先生が私の病をみて、どうも薬を授くるに迷うというのは、自分の家の子供を療治してやるに迷うと同じことで、その扱いは実子と少しも違わないありさまであった。後世だんだんに世が開けて進んで来たならば、こんなことはなくなってしまいましょう。私が緒方の塾にいたときの心持は、今の日本国中の塾生に比べてみてたいへんに違う。私は真実緒方の家の者のように思いまた思わずにはいられません」云々。

この一節の文は短いけれども、緒方の人物および緒方塾師弟の関係について多くを語ると、私は考えます。そうしてそれが偉大なる教育者の第一の資格要件であると信じます。

けれども、話はこれだけではない。青年を愛し、その才能を認めることは教育者第一の資格ではあるけれども、そのすべてではありません。今日たとえば各大学の運動部長、または寮の舎監等に、しばしば青年を愛するとともに、また青年から純粋の敬愛を受けている人の例を聞きます。けれども、洪庵にたいする当時の塾生の関係は、それとは少し違う。洪庵の場合は、青年をひきつける恩愛とともに、彼等を威圧して低頭させる或るものがあった。いうまでもなくそれは彼れの学識であります。

当時、緒方塾には諸国から英才が集まっていた。単に英才であるのみでなく不羈磊落（らいらく）、一筋縄では縛られない豪傑が集まっていました。その乱暴書生どもが、大阪市中に現われては乱暴気ままにふるまって、ずいぶん人にも嫌われたらしいのに、一たび洪庵の前に出ればみなおとなしく頭を垂れた。それは洪庵の全人格の力だといってよろしいが、第一にいわなければならないのは洪庵の学識であった。どんな高慢ちきな生意気な了見の人間でも、現実竹刀をとって立ち向かえば、太刀打ちできる相手かどうかはすぐわかる。当時の緒方塾にも自信の強い、生意気書生も多かったでありましょう。その生意気どもが、洪庵の前には頭が上がらなかったのであります。

緒方の塾では、下から上まで学力によってクラスを分けて、その最上級生は時々直接に洪庵から講義をきいた。福澤もその一人でありましたが、その講義の印象を自伝の中に、例の活き活きした言葉をもって語っています。こういっている。

自分も洪庵先生の講義聴聞者の一人であったが「これを聴聞するうちにもさまざま先生の説を聞いて、その緻密なることとその放胆なること実に蘭学界の一大家、名実ともにたがわぬ大人物であると感心したことは毎度のことで、講義終り塾に帰って朋友相互に『きょうの先生のあの卓説はどうだい。なんだかわれわれは頓に無学無識になったようだ』などと話したのはいまに覚えています。」

これが福澤の接した、学者としての緒方洪庵であります。福澤はもとより天稟の学才に富み、不羈独立、たやすく人の前に屈する人ではない。その福澤にこういわせたとすれば、洪庵その人の学問識見がどれほどのものであったか、また福澤その他好学の青年の上にどれほどの力をもっていたか、想察すべきだといわねばなりますまい。

およそ教育は愛なくしては行われない。すぐれた教師はよく愛撫し、またよく愛の鞭をふるう。けれども大学教育は愛のみでは行われません。未知のものにたいする渇きに燃え、すべて現存の事物にたいする不満になやむ青年には、愛をもって撫し、愛をもって鞭うつとともに、さらに学問によってその渇きを医さねばなりません。これは昨日も今日も明日も、大学教育に求められるところであって、大学長および大学教授は教育者であるとともに学者であり、教師であるとともに研究者であることが要請される。そのことは今日も幾度でも憶い起こされなければならぬと信じます。

緒方洪庵は、当時の日本として最高の程度にこの資格を具えた人でありました。教育者緒方洪庵という課題の下に私のいいたいことは、圧縮すれば、このようなことに帰着するのであります。

洪庵歿後百年の間における医学の進歩は驚異的でありました。洪庵その人の学識そのものは、今日から顧みて後れていたものも多くありましょう。それはすべての学説というものの運命であって、やむを得ぬところであります。洪庵が医師としてもっとも奮闘激戦した敵は天然痘とコレラでありました。しかもこの二つの病は、今日日本の国土ではすでに撃滅されております。昨年コレラが日本に上陸しかけましたが、たちまちこれを水ぎわで殲滅したのは、いかにも痛快な、見事な成績でありました。しかしながら、事の成るは一日にして成るにあらず、今日この成績を見るにつけても私どもは今更のごとく先人の苦心ということを思わざるを得ません。妄りに個々の成敗をもって功を論じてはならぬ。進歩はただ苦心そのものの中から生まれてくるのであります。緒方洪庵歿後の百年を顧みて私は特にこの感を切にする、という言葉をもってこの偉大なる学界の先人にたいする深い尊敬の心をいいあらわしたいと思うのであります。

（『産経新聞』昭和三十八年四月二十二日）

大隈重信と福澤諭吉

早稲田大学は近くこの秋（昭和三十七年）創立八十周年の式典を行うという。日本の学芸の進歩及び人材育成にたいする同大学の貢献を知るものは、心からこの盛儀を祝することであろう。私もその一人であるといいたい。

早稲田大学と慶應義塾とは様々の場合に並び称せられ、互いに対立者（ライバル）と見られている。しかし、過去に遡ってその創立の始めに至れば、早稲田大学の出生と慶應義塾の創立者たる福澤諭吉との間には浅からぬ因縁があるのである。今を去る八十年の明治十四年の十月、時の明治政府の中枢人物（少なくともその一人）と見られた大隈重信は、突然辞表の提出を迫られて政府から逐われた。同時に、明治二十三年を期して国会を開設するとの詔勅が発せられた。そうして九年後にその通り実行された。それが世に明治十四年の政変と称せらるるクーデター類似の一事件である。

野に下った大隈は、翌明治十五年、立憲改進党を起こし、他方、東京専門学校を設立した。これが早稲田専門学校となり、次いで早稲田大学となって今日に至ったことはいうまでもない。もしあの政変がなかったら、早稲田大学もまたなかったはずである。そうしてその政変は、大隈と福澤とに対して起こされたと、いえばいえるものであった。

大隈は何故に逐われたのであるか。当時伝えるもののいうところによれば、大隈は民間人と相通じて政治的陰謀を企てたという。そうして共謀者の第一は福澤諭吉、これに次ぐものは岩崎彌太郎らであったという。それはもちろん大隈、福澤の否認するところであるが、当時上層部のある者がこの「警報」の真実を信じたことは事実であったらしい。真相は果たして如何。当事者はみな死んで久しいが、史料によってその輪郭を察することはできる。

徳川幕府の倒れたその跡に当然薩長、あるいは薩長土肥の藩閥専制政府が組織されたが、これにたいして、やがて人民の参政を要求する民権運動が起こってきたのは自然の経過であった。政府は各地に相次ぐ叛乱、ことに大規模な明治十年の叛乱（西南戦争）の鎮定に成功したが、十一年五月、中心人物として明治政府を重からしめた大久保利通が暗殺されたことは、国会開設運動の気勢を煽ったと察せられる。

ここに大久保亡き跡の政府で、もっとも有能かつ進歩的な政治家であった大隈重信、伊藤博文、井上馨の三人は、進んで国会をひらくという決心を定め、明治十三年の暮れの一夜、福澤諭吉を招いて世論指導の協力（公布日誌と称する新聞発行）を求めた。後に大隈が人に語ったことばをかれば「福澤先生に国論の指導を頼み輿論の力をもって薩摩の頑固連の鋒先を挫」こうとしたのである。これよりさき福澤は、幕末明治初年の『西洋事情』以来、『学問のすゝめ』『文明論之概略』『民情一新』等々を著し、日本でもっとも影響ある第一の著作者と目されていたから、この人選はもっとも当然のものであった。

福澤は当夜諾否をいわずに辞去したのであったが、つぎの機会に、井上が「容（かたち）を改めて」政府は国会をひらく決心だと打ち明けたので、驚き喜んで即座に受諾を決し、そうして新聞発行の準備にとりかかったという。この間、福澤は大、伊、井三者提携の堅いことを信じつつも、なおこれをたしかめたこともあったが、保証をきいて安心していたといっている。

ところが、国会開設の議は捗らず、一方、堅く相盟約したはずの三人の伊藤、井上は、大隈と離れることになる。そうして、伊藤は、十四年の十月十一日、参議西郷従道とともに大隈邸にのり込んで辞職を勧告するという始末になった。翌日大隈は辞表を懐にして参内しようとしたが、警衛者に遮ぎられ、皇族の首席であった有栖川宮熾仁（たるひと）親王の邸に参ると、ここでも門衛に拒絶されて入ることができない。まるで罪人の扱いであったと後々語っている。

一方、大隈の辞職とともに、慶應義塾出身者で政府の官吏であったものは、福澤の縁故者であるとの故をもって、ほとんどいっせいに罷免された。矢野文雄、犬養毅、尾崎行雄らの氏名がその中に見える。福澤自身も逮捕を免れぬとの警報も伝えられたが、これは事なくして終わった。しかし、当時福澤が身の危険を感じたのは事実であったと思われる。

伊藤、井上は何故に大隈とはなれたのか。両者は大隈が同志をだしぬき、独走急進したことを不満としたようである。独走ということについては、あるいは多少理由があるように見える。自信の強い大隈は、必ずしも伊、井二人と歩調を合わすことに力（つと）めなかったかも知れない。しかし、福澤、大隈は勿論納得しない。福澤は大隈罷免の翌々日（明治十四年十月十四日）伊藤、井上連名あてで、長文実に六千五百字に及ぶ手紙を書いて、その違約を責めた。それは今福澤の書簡集に収められているが、福澤の解するところでは、伊藤、井上ははじめ大隈とともに国会開設を決心したのであったが、政府部内の保守主義者「薩摩の頑固連」が有力で、形勢不利と見て、大隈一人を捨てて、変節転身したというのである。

大隈も同じことをいっている。その要旨を記せば、相談して国会開設をいよいよ実行しようとしていると、反覆の多い何某などという男が裏切りをして報告したものと見え、「吾輩が福澤と謀反を企てたというような問題になって来たので、伊藤、井上は腰を抜かしてしまって手を引き……遂に吾輩が一人その事件を背負ってしまった……」

それは大隈、福澤にとって生涯の最も深刻なる体験であったろう。福澤の心に刻まれた不快は、その晩年の著作である福翁自伝などにも窺うことができる。大隈も己れを、讒言によって退けられた菅原道眞に比しているのを見れば、その心事は察することができる。二人は同じ船で乗り出して、思わぬ旋風の起こるに遭い、わずかに溺没を免れたともいうべき災難を共にしたのである。

ただここでいわなければならないのは、大隈の場合、彼れはその遭難の故に一大学校の創立者となり得たことである。禍福はあざなえる縄とは、いい古された言葉であるが、今日早稲田大学の校庭に佇んで、それを埋める学生と周囲の校舎を眺めるときに、私はこの言葉を思わざるを得ない。大隈は福澤と謀って国会開設を企て、一朝にして失脚して失意の人となった。しかし当年の政治家は伊藤も井上も三條も岩倉もみな過去の人として記録されるのに、ひとり早稲田大学あるによって、大隈はいまも現在の人である。

十四年の政変は明らかに大隈の失敗であった。しかし、いま大隈を地下に起こして、いまもなおあの失敗を悔むかと問うた場合、大隈は果たして然りと答えるだろうか。私ははなはだこれを疑うものである。

一方福澤は政変の翌年、自ら単独独力をもって時事新報を起こして、終生何人の援けも何人の拘束も受けず、言わんと欲することを言わんと欲する言葉でいった。それは遙かに福澤の性に合ったことであったろう。私には特にそう思われる。

（『産経新聞』昭和三十七年十月八日）

日原昌造と小泉信吉

日原昌造といっても今日もう知る人は少ない。慶應義塾の故老の中でも親しくこの人を知るものは数えるほどしかないと思われる。しかし、慶應義塾の創立以来の人物を数えるときにはこの人を逸することは出来ない。日原は福澤諭吉が終始、殊にその晩年において、――恐らく誰れよりも――信頼尊重した後輩であったように見える。

福澤はその晩年、殊に明治三十一年の大患（脳溢血）以後、心身の衰えるとともに、人と世の行く末のことを様々に憂えることも深く、同時にその憂いを分つ人を数えてその乏しきを歎ずることも多かったように察せられる。その頃（明治三十三年）、慶應義塾はその主義とする新道徳綱領を世に宣布する抱負をもって「修身要領」を発表したが、その立案起草についても福澤はしきりに心を労し、頼むべき人は少ない、というようなことを漏らしたらしい。明治三十二年暮、福澤の長男一太郎は、父に命ぜられて、山口県長府に住む日原に手紙（十二月十三日付）を書いた。その一節にいう。

「或日老父の私に向て云ふやう、『斯る評議に提議を乞ふ可き人物は、小幡兄弟（篤次郎、甚三郎）、日原、小泉（信吉）を以て第一と為す。小幡甚三郎及び小泉は今や地下の人にして致方もなし。日原さんが出て来て呉れゝば実に悦ばしいが如何であらうか。此身が自分で手紙を書く可き筈だが、情ない哉、病の為めに之も為し得ず。お前、小幡さんの所に行て此身に代て日原さんへ手紙を出すやう頼んで来い。尚ほお前からも手紙を出せ。』と親しく命令あり。云々」（この手紙は日原の長男謙吉から筆者に寄託せらる。）

それで日原は綿服粗帽、遙る遙る長府から上京した。福澤の喜びは想察されるが、その日原が帰郷しようとすると、福澤は哀しみ、泣かんばかりにこれを引き留めたことが、その日原の明治三十三年一月九日付で、友人桂彌一に与えた書簡に見えている。

「……朋友の勧めのみなれば無理にも断り帰国の途に就くべきなれども、福老翁の如きは殆ど落涙して、是非今少々滞京いたし呉れよとの事に付、先其意に任せ」云々とそれにある。（この手紙も筆者保管）。

明治三十三年五月九日、福澤は図らずも皇室から巨額の恩賜を受けた。その金額五万円は当時としては世人の驚く大金であり、御沙汰書には、多年に亙り泰西の学を講じ、教育著述の功績の尠なからざるを賞する旨が記されてあった。福澤は感激して下賜を受け、即座にこれを慶應義塾の基本金に寄付した。そのとき日原は時事新報に「福澤先生の恩賜に就て」と題する一文を寄せたが、その終りに近く、

「即ち今回帝室よりの恩賜金は、先生多年の功績を賞せられ老後を慰めんとの聖旨に出でたるものなれば、其渥き思召に従ひ先生自ら養老の資に供するも一点の非難ある可きに非ず、否な啻に非難な

きのみか、吾々塾員全体の心情を叩けば寧ろ斯くあらんこそ本望なるに、然るに先生は聖旨の渥きに感激せられ、尚ほ一層後進の為めに竭し以て此洪恩に報ひ奉らんとて、即日直に恩賜の金員を其儘義塾の基本金に加へられたりと云ふ。我帝室の恩徳と云ひ先生の高義と云ひ、明治聖代の美事として特筆大書以て永く後世に伝ふ可きものなり、云々」

といった。それは宛かも日原が「塾員全体の心情」を代っていう趣きがあり、当時人もまたこれを許して異しまなかったように見える。

然るに、ここに意外であるのは、これほど慶應義塾塾員（義塾出身者）の間に重きをなした日原が、慶應義塾の出身者ではなかったことである。日原は直接慶應義塾には学ばず、ただ慶應義塾出身者であった小泉信吉（著者の父）に英学を学んだ関係からして進んで福澤と師弟の間柄となった人であり、筆者に標記の題目が課せられたのもまたその事によると思われる。日原の伝記としては、私は従来何も見ていない。ただ一つ福澤諭吉伝の著者石河幹明が、その福澤伝の一節（第三巻二六二ページ以下）に掲げたものがある。それにはただ「日原昌造君は山口県豊浦郡長府の人にして慶應義塾同社先輩の一人なり。明治の初年大阪に出で義塾の長老小泉信吉氏に就て英書を学び、後東京に来りて義塾の教師となる。」としてある。今その生年月日を詳にしないが、同じ文に明治三十七年、五十三歳で歿したとあるから、逆算すれば、嘉永四年（一八五一年）の生まれとなる訳で、福澤より若いこと十八歳、小泉より若いこと二歳である。その日原が大阪において小泉に英書を学んだのが事の始めであるという。

一方小泉の方の履歴を顧みると、小泉は慶応二年十八歳のとき和歌山藩の留学生として江戸に出て福澤の塾に学び、同四年慶應義塾の名称が定まったときに定められた日課表によれば、この時すでに教員の列に加わって文典素読を授けている。四年の後、小泉は官立の学校の教授となった。太政官日誌を見ると、明治四年の部の第五十七号に、八月二十二日付をもって小泉信吉、阿部泰蔵、田中芳男、伊藤圭介の四人に対し文部小教授の辞令が発せられている。更に間もなく小泉は小教授として大阪開成所在勤を命ぜられたことが記録されている。今、日原が大阪で小泉に就いて学んだというのは、この時のことでなければならぬ。その小泉と日原が、大阪を去って上京したのは何時のことか判明しないが、いずれにしても小泉はここに一人物のあることを知ってこれを福澤に紹介し、福澤はその人を認めて、直接の慶應義塾出身者ではないにも拘らず、始めから特に日原を厚遇したように見える。

明治十二年、小泉は福澤の旨を受けて、中村道太等とともに横浜正金銀行を創立してその副頭取となったが、日原は他の幾人かの慶應義塾出身者とともにこれに随って入行した。今日正金銀行の後身たる東京銀行に保存されている記録によれば、日原の入行の日付は明治十二年十二月二十四日である。

翌々年、小泉は正金銀行の行務を帯び、日原を伴って海外に赴き、ロンドンに滞在した。この滞在中に福澤が小泉日原両人宛てで出した書簡が二通（明治十四年六月十七日及び七月八日付）福澤書簡集に収められている。これより先き、その年の始め以来、福澤は一つの問題を持っていた。それは時の政府の進歩分子が抱いていた国会開設の企てを言論をもって援けると約束して準備しつつあったことである。ここに進歩分子といったのは大隈重信、伊藤博文及び井上馨の三名である。

これより先き、時の民権運動は漸く力を加えつつあったが、政府部内の進歩主義者であった右の三者は、早く国会開設に意を決し、その国論指導のために新聞紙（公布日誌）発行のことを福澤に托することを図り、福澤はそれを承諾して、ひそかにその準備を整えていたのである。この企ては結局破綻し、大隈と伊藤井上とは相疎隔して、大隈一人が政府から放逐されると同時に、政府は明治二十三年を期して国会の開設を約束するという結果を生んだ。所謂明治十四年の政変なるものがそれである。

福澤は右の約束を、門下生中の極く少数のものに打ち明けた以外は秘密を厳守した。福澤がこのことを、小泉とともに、いわば慶應義塾の外来者であった日原にもらしていたことは、すでにその頃福澤がいかに日原を重んじていたかを察せしめるものである。前記六月十七日付、小泉と連名宛て書簡の一節に「御出発前極内々御話申上候一条は未だ発表不致、弥プリンシプルを見定て後に着手可致覚悟、小幡阿部（泰蔵）矢野（文雄）抔へ相談致居候。何分大変革と申は容易に行はれ不申、心配の様子、併（し）事の方向に至ては少しも変動するにあらず、御安意可被下候」といったのは即ちこのことであり、福澤は小幡阿部等の塾の長老とともに日原にも「極内々」に話していたのである。

さて小泉は日原をロンドンにのこして帰朝し、日原は次いでロンドン支配人心得を命ぜられ、二十年七月、サンフランシスコ支配人に転じ、二十四年三月、ニューヨーク支配人となり、同五月、これを免ぜられ、七月辞表を提出して依願免職となり、爾来郷里に退隠して世に出でず、自ら鋤鍬を手にして農耕を事とし、傍ら西洋の新聞雑誌新刊書を読むことを怠らなかったという。晴耕雨読という言葉はあるが、日原の場合は、勝手元の土間に机を置き、晴れた日と雖も農耕に倦めば土足のままその卓子に就いて書を読み、文を草したと伝えられている。

一方小泉は日原をロンドンにのこして帰朝したが、当時横浜正金銀行の内外には波瀾が多く、記録を見れば、副頭取を辞して、また選ばれ、また辞する等の曲折があった後、大蔵省に出仕し、次いで慶應義塾長に選ばれ、辞して日本銀行に入り、日本銀行から再び正金銀行に帰っている。しかし、小泉が二度目に正金銀行に入ったときは、入れ違いに日原の辞して故郷に帰るときであった。

三年ばかり後、即ち日清両国の開戦した明治二十七年の暮、小泉は病んで、十二月八日横浜で死んだ。その二日前、福澤が東京から見舞に来て、小泉の宅で筆を執って、病状を日原に報じた手紙が、書翰集に収められている。総じて日原と通信するとき、福澤は頻りに小泉の消息を伝えた。前に引いた小泉日原両名宛ての書簡はいうまでもないとして、その外に福澤が日原宛ての書簡に小泉の名を挙げることは屢々である。小泉が塾長就任を承知したから安心してくれといい（明治二十年十月十三日付）、塾も小泉の就任以来「次第〱に面目を改」めた、塾のことでも行く行くは君の尽力を煩わさざるを得ない、と「小泉氏と竊（ひそか）に語合」っているといい（二十一年三月二十三日付）、更に箱根温泉滞在中、小泉も来て同宿したが、去って沼津に往ったと報じ、小泉の大酒を憂い、朋友間に心配して意見するものも一再ならずあるが、「今度こそは是れ切り〱と申て又々始まる、誠に困りものなり」と嘆ずる（明治二十六年八月二十四日付）如きはそれである。それ等の書簡は、日原小泉の親交を示すとともに、またこの二人の福澤に対する関係をも語る。福澤と小泉との関係については従来伝えられているところもあり、筆者が語ったこともある。日原についてはその何処を認めたのであったか。

一言にしていえば、その学問人物を重んじたというに帰するが、日原は平生学問を好んで常に読書を怠らず、その文章にはたしかに一家の風があって、屢々福澤の賞讃を受けた。日原はその銀行に勤務して海外に在るときも、また帰朝して故郷に退いた後も、屢々豊浦生または在ボーストン生の名をもって福澤の主宰する時事新報に寄稿した。福澤はその寄稿を喜び、或いは、時事新報のためのみを謀れば、日原のロンドン在勤の長きを願うといい（明治十七年十一月十九日付）、毎々の寄稿「紙上に光を生じ難有奉存候」といい（二十一年八月十七日付）、「三編共に快痛……就中政党論の如き、頓と人の気の付かぬ所なり。何卒今後も御閑の節は御執筆奉願候」といい（二十二年二月二日付）、「書中の立論甚妙なり」（二十六年八月二十四日付）という等、文章に喧しい福澤が、日原の文に対しては常に優良点をつけた。

しかし、福澤が真に日原において重んじたのはその文章ではなくして、彼れが名利を求めず、常に自ら信ずるところをいい、いうところを行って苟も枉げないその操守にあったことは、いうまでもない。彼れが銀行を辞して故郷に帰ったその動機は何処にあったか、筆者は父母にもそれを問うたことはない。或いはそこに多少隠遁をもって高しとする東洋趣味も感じられるように思うけれども、しかし明治二十年代の日本において、当時最新の洋学を身に着け、勢望盛んなる福澤諭吉の信重を受け、しかも明治政府の一支柱であった長州藩の出身者でありながら、飄然として故郷の田園に帰るということは、少なくも名利に恋々たるもののすることではない。このような気象の人物が、福澤を始め慶應義塾内外の人々から自ずからなる畏敬を受けたのは当然であったろう。

しかし、このような風格の人物が人に狷介の印象を与えることがあったのも意外ではない。日原が小泉とともにロンドンに滞在した明治十四年の頃、日本人留学生の中に和田垣謙三がいた。和田垣は後に帝国大学の教授となり、経済学の講義を担当したので、筆者には同学の先輩に当たるのであるが、或るとき会合で逢うと、和田垣は筆者の父小泉信吉とロンドン留学時代に会って交わったといって往事を語る間に、「あの時貴方のお父さんと一緒に、日原という、人好きの悪い人がいましたが、どうしました」といった。日原が和田垣に与えた印象はこのようなものだったのであろう。

時のロンドン総領事は園田孝吉であった。日原はこの園田とも相容れなかったという。然るに、園田は廻り廻って、後に横浜正金銀行頭取に選ばれた。日原が卒然ニューヨークから帰朝し、辞表を呈して故郷へ去ったのは、園田の下に勤務することを好まなかったからだ、と語ったものがある。それを私に語ったのは、嘗て日原の下僚であって、後に正金銀行の取締役となった巽孝之丞である。巽はサンフランシスコ支店において日原の下に勤務し、かねて小泉の遠縁でもあり、その平生に徴してよく日原の心事を知るものと思われるが、その巽の語るところによれば、日原はサンフランシスコ支配人時代、毎日銀行で、仏文英訳、英文仏訳の練習ばかりしていたという。そうして、他方しきりに時事新報に寄稿する。「豊浦生」または「在ボーストン生」が誰れであるかはすでに人に知られていたであろう。日原は結局銀行家タイプの銀行家ではあり得なかった人と思われる。

筆者の疑問は、長州出身の日原がなぜ官界に行かずに、慶應義塾の人として終始したかということである。日原の父素平は毛利藩士で、食禄は高くなかったが、藩主の駕籠廻りを勤めた士族であったという。そうして、慶応四年（明治元年）、日原は長州の軍隊とともに北越に遠征して長州の戦争に参加したという（日原の長男謙吉の談）。この遠征軍の参謀は、同藩士で、後の元帥たる山縣有朋である。山縣旗下の官軍が長岡を攻撃して、河井継之助の率いる藩兵の果敢なる抵抗に遭い、散々に苦戦したことは、当時山縣の詠じた、

あだまもるとりでのかゞり影ふけて夏も身にしむ越の山かぜ

の一首とともに有名であるが、日原もまたこの苦戦部隊の一兵員であったのか。しかし、北越は結局平定した。長州藩兵は戦勝者として凱旋し、日原もその一員であった筈である。そうして明治政府は薩長二藩を二大支柱として組織された。薩長二藩の青年は、ここに功名の新天地の開けた感覚をもって前途を望み見たのではなかったか。

明治の初め、慶應義塾に学ぶ青年には、三つの集団があったと伝えられる。豊前中津藩のもの、紀州徳川藩のもの、そうして越後長岡藩のものがそれであった。

中津の青年等が福澤を慕って上京したことは、当然としてすぐ首肯ける。長岡の青年は明らかに敗残失意の人々の群であり、この政治上の敗者が、福澤の新しい学問と思想に頼っての報復或いは再起を思う心事には十分諒察すべきものがある。和歌山藩の青年が多く慶應義塾に学んだについては偶然の事情もあるが、兎も角も紀州徳川藩は幕府の親藩であって、維新の変革における得意者ではない。

ひとり日原の属した長州藩は、得意者中の得意者である。北越陣における日原の指揮官であったと考えられる山縣有朋はいうまでもなく、すでに木戸孝允があり、大村益次郎があり、下って伊藤博文、井上馨、皆な日原にとっては同藩の先輩である。もし日原の才能学問をもって官界に志があったなら、それを達することは甚だ容易であった筈のように見受けられる。然るに、その途を択ばず、同学の友である小泉に随って銀行に入り、また早く田園に帰臥して悠々自適の一生を終えたのは、如何なる心事によるものであったか。不羈独立を愛するのはその生まれながらの天性か。或いは学問によって養い得た見識によるものか。更にまた、その親友の師であり、己れ自身の師でもある福澤の生活態度にひそかに私淑するところがあってのことか。それは最早誰れに問う由もない。

筆者の父が死んだ後も、母は日原と音信を絶たず、日原はまた上京すれば、必ず尋ねて来て、小児の筆者と母と日原と三人で、横浜久保山の墓地に小泉の墓詣りをしたことなどもあるが、小児にとっては、この粗服炯眼にして不愛想な老人は親しみ難い人であった。日原が死んでもうやがて六十年であり、当年の小児であった筆者は、歿年の日原よりも更に十数年の老人になった。今幾種かの関係書類を再閲し、また記憶にのこるその人を追想すれば、日原昌造はたしかに福澤門下において前後を通じ最も異彩ある人物の一人であったことが、更めて感じられる。

（『福澤諭吉全集』第十八巻附録　昭和三十七年）

明治の民・国権論

明治百年は明年に迫った。

今この百年を顧みれば、記して後世に伝えるべき事蹟は一々数え難いが、特筆して語るべきものはといえば、私としては明治五年政府が学制を発布して、日本国民みな文字を知るべし——「必ス邑ニ不学ノ戸ナク家ニ不学ノ人ナカラシメン事ヲ期ス」——との抱負を明らかにしたこと、明治六年徴兵令を定めて、有事の日は、国民みな武器を執って自国を衛ることを定めたこと、そうして明治二十二年憲法を発布し、翌年第一帝国議会を召集して、国の立法はすべて国民より選ばれた国会の議決するところによるとしたこと、を挙げたい。

右の国会開設以来、今日まで七十六年、日本国民にして日本国会の現情に対して満足申し分なしというものは稀れであろう。しかもなお、明治二十三年（一八九〇年）における日本の国会開設は、全アジアに新例を開いたものであって、国民自らその選挙する議員によって立法を行う一事において、日本は久しくアジアにおけるただ一つの例外国であったのである。不満は不満として、吾々としてこの一事は知らなければならぬ。

わが国会開設は、それに先だつ自由民権論、国会開設運動に促されたものであった。その民権論は、多く人権天賦の思想にもとづき、土佐出身の政論家馬場辰猪の『天賦人権論』(明治十六年)の如きはその代表的なものであった。

ただ、ここに注意すべきは、当年の内における民権運動は、また外に対する国権擁護の愛国運動と結びつくものであったことである。明治八年板垣退助が自由民権団体の全国連合体を造ったときの如きも、彼れはそれに命名して愛国社としたのであったが、後にそれを再興したとき「我輩此社を結ぶの主意は、愛国の至情自ら止む能はざるを以てなり」といい、またこれによって「天皇陛下の尊栄福祉を増し、我帝国をして欧米諸国と対峙屹立せしめんと欲す」といったのであった。

前記馬場辰猪の師福澤諭吉の如きも、はやく民権論を唱え、国会開設の急ぐべきことを主張した一人であったが、しかもその所論を吟味すれば、福澤は民権のために民権を唱えず、むしろ国権のために民権を唱えたといっても好いほどに見える。福澤がはやくあの『学問のすゝめ』の中で、一方には、天は人の上に人を造らず、人の下に人を造らずと唱えた他方、「独立の気力なき者は国を思ふこと深切ならず」と切言するのを見れば、彼れはこの場合、個人独立の気力をば、国民国を思う心の源として尊重するものであるかと察せられる。事実福澤はその後の著述において「内安外競」、すなわち日本国民の内に和して外に当るの急要なるを説き、民権論者が内に争うことに急であって、往々外にたいする日本の国権を忘れることを強く戒めたのであった。

馬場辰猪は幕末、明治初年福澤の塾に学んだ後、イギリスに渡航し、久しく滞在してもっぱら法律学を修めた。その留学中、ある機会に福澤が馬場に与えた手紙が保存されているが、その文言はいかに福澤が馬場に望みをかけたかとともに、日本の国事を憂える福澤の真情切々たるを察せしめる。福澤の書翰の今日保存されているもの前後合せておよそ二千通、その中について明治七年十月十二日付をもって、ロンドン滞在の馬場辰猪に与えた一通は、もっとも引用に値するものの一つであろう。それに曰く

「(前略) 方今日本にて兵乱既に治りたれどもマインドの騒動は今尚止まず、此後も益持続すべきの勢あり。古来未曾有の此好機会に乗じ、旧習の惑溺を一掃して新らしきエレメントを誘導し、民心の改革をいたしたく、迚(とて)も今の有様にては外国交際の刺衝に堪え申さず、法の権も商の権も日に外人に犯され、遂には如何ともすべからざるの場合に至るべきやと、学者終身の患は唯この一事のみ」

「民心の改革は政府独りの任にあらず、苟(いやしく)も智見を有する者は其任を分て自から担当せざるべからず。結局我輩の目的は我邦のナショナリチを保護するの赤心のみ」

「……日本の形勢誠に困難なり。外交の平均を得んとするには内の平均を為さゞるを得ず。内の平均を為さんとするには内の妄誕を払はざるを得ず。内を先にすれば外の間に合はず、外に立向はんとすれば内のヤクザが袖を引き、此を顧み彼を思へば何事も出来ず。されども事の難きを恐れて行はざるの理なし。幾重にも祈る所は身体を健康にし精神を豁如(かつじょ)ならしめ、飽(あく)まで御勉強の上御帰国、我ネーションのデスチニーを御担当なされたく」

右に「ナショナリチを保護する」という言葉が用いられている。ナショナリチの語は、今日は普通

国籍という意味に用いられているが、辞書を見れば国民的独立の意味もあり、右に福澤のいわんと欲する真意は十分に察せられる。

馬場は帰朝の後、板垣退助の自由党に参加したが、志あわずして別れ、一たび拘禁せられ、後米国に渡り、病苦貧窮の中に明治二十一年フィラデルフィアで客死した。後八年、その追弔会の谷中天王寺に催されたとき、福澤は悼詞一篇を作ってその人を惜しんだが、その文はいま福澤諭吉全集（第十九巻七八八頁）に収められている。

福澤はそこに馬場が年十七歳始めて土佐から出て慶應義塾に入学したとき「眉目秀英、紅顔の美少年」であったことを追懐し、しかもこの少年がひとり美貌の人であるばかりでなく「天賦の気品如何にも高潔にして、心身洗ふが如く一点の曇りを留めず」といい、さらにその人が志を達せずして客中不帰の客となったことを憾み、ただその形体は亡びてもその「生前の気品は知人の忘れんとして忘るゝ能はざる所」だといった。

それはすでに七十余年の昔語りとなったが、いま明治百年を迎えるに際し、民権と国権のために苦闘した明治の志士の事蹟もふたたび新たに回顧せらるべきであろう。

（『産経新聞』昭和四十一年二月二十八日）

福澤諭吉と北里柴三郎

今日はわが医学上細菌学上に貢献の大きい北里研究所創立五十年の記念講演会ということで、この機会に福澤諭吉と北里柴三郎という題で講演をする機会を与えられましたことは、私の最も名誉とするところであります。

福澤諭吉は申すまでもなく日本の思想史上の巨人であります。一方北里柴三郎もまた医学史上殊に細菌学上逸することの出来ぬ大きな存在であります。

福澤ののこした足跡として形に現れているものとしては、申すまでもなく慶應義塾があります。北里ののこした有形の記念碑としては第一に今日五十年の歴史を担う北里研究所があり、そうしてまた神宮外苑外に聳(そび)え立つ慶應義塾大学医学部があります。然るに、もしも七十余年前に福澤が北里を知り、北里が福澤に知られるということがなかったら、即ちこの二人の人物が遭遇することがなかったら、北里研究所は或いはなかったかも知れない。慶應義塾医学部というものも、なかったでありましょう。少なくもあの時に創設せられ、あのような陣容をもって出発する医学部というものはなかったでありましょう。従って慶應義塾そのものも今日とは違ったものであったに違いない。人は歴史の産物でありますが、また歴史は人によって造られる。それは世界歴史についても、一国の歴史についてもいわれることでありますが、学問教育の歴史についてもまたそれがいわれます。それは当り前で、今更事新しくいうまでもないことでありますが、今北里研究所創立五十年という機会に逢えば、人の遭遇ということについてあらためてその感を新たにせざるを得ないのであります。

福澤は一八三五年に生れ、一九〇一年六十六歳余でなくなりました。一方北里は一八五二年に生れ、一九三一年東京に歿しました。その福澤に知られたのは一八九二年、福澤五十八、北里三十九歳のときのことであります。この時福澤は北里の人物を知り、その不遇に同情して、彼れのために私費をもってささやかな研究室を建設して北里に提供致しました。今を去ること七十二年であります。これがあの伝染病研究所の起原であり、五十年前その伝染病研究所から、いわば飛び出して今日の北里研究所というものが発足したのであります。

北里柴三郎は肥後国の生れであります。前述の通り、一八五二年に生れました。始め軍人となることを志したということでありますが、後に転じて医学を学ぶことになり、熊本医学校に学び、オランダ人マンスフェルドに特に教えられしところが多かったと記されています。明治七年、二十二歳のとき東京に上り、東京医学校に入って学んだ。これが後の帝国大学医学部である。明治十六年、三十一歳にして医学部を卒業し、内務省衛生局に入り、局長長与専斎（ながよせんさい）の下に雇として勤務することになった。長與は有名な大阪の蘭方医緒方洪庵の門より出でて、日本の衛生行政を確立する上に大いに功績があり、緒方塾以来同門の福澤諭吉とは最も相許した親友の間柄でありました。この事は後に北里の進路を左右するが、それは先きの話であります。内務省におること二年、選ばれてドイツに留学を命ぜられ、ベルリンに往き、当時有名な細菌学者ロベルト・コッホの研究室に入った。これが北里の一生を定めたのであります。コッホは一八四三年の生れであるから、北里より九歳の年長者である。始め開業医として働きつつ細菌学上の研究を進め、北里の留学したときにはすでに細菌学の泰斗として世に知られておりました。これまでの北里は、ただ友人同僚の間に認められた一人物でありましたが、彼れの名はにわかに高く世界的ともいえる名声を担うことになりました。それはコッホの下における研究業績によるものであります。

北里の業績としては、殊にその破傷風菌の純培養成功と、それにつづく血清療法の発見が大なる功績として世界の学者の認めるところとなりました。更に北里が、当時コッホの発表したツベルクリン療法の発見に参加してこれを助けたことは、人の注意をひいたと察せられる。一八九〇年コッホが万国医学会で予報したツベルクリンの発見は、当時の一大センセーションでありましたから、そのコッホの信任厚く、ツベルクリン発明の業にも参加した北里が世の注目をひいたのも、当然でありました。当時、北里はすでに一たび延長した留学期限が切れて、コッホの下での研究を続けることが出来なくなったとき、尽力するものがあって、特に明治天皇から学資一千円の恩賜がありました。その時の宮内大臣の御沙汰書というものを見ると、こうあります。

在独逸留学内務省技手医学士北里柴三郎儀同国に於て専ら肺癆治療法研究中の所、昨今留学期限満期に付尚継続講究せしめ度き旨を以て学資下賜の儀出願の趣及上奏候処、特旨を以て金壱千円下賜相成候条厚き御趣旨を奉体して其の効果を得べき様示達可有之此段相達候也。

明治二十三年十一月十一日

とあり、北里の結核治療法研究というものは特別に人の注意を引いたことが察せられるのであります。なおツベルクリンが発表されると、それは世界の問題となり、わが文部省でも、東京大学と謀って当時欧洲在留中の東京大学教授、宇野朗、佐々木政吉及び助教授山極勝三郎をコッホの許に派してツベルクリンの原理及び応用を学ばしめようとしたところ、コッホは三人に面会して来意をきき、「日本政府は予の許に日本政府衛生局の北里の居ることを忘れているのであろうか」と反問して、宇野等を当惑させたという話が伝わっている（北里柴三郎伝〈北里研究所、一九三二年〉五五頁）。このことは北里に対するコッホの信任を語るとともに、また北里をめぐる人事干係に微妙なものがあったことを察せしめる。

かくて北里は足かけ八年、正味六年あまりの留学を終え、名声を担って明治二十五年五月に帰朝しました。これより先き、ケムブリッジ大学は細菌学研究所を新設せんとするについて、人を介して北里を招聘したいといい、アメリカではペンシルヴァニア大学その他の招聘があったけれども、皆な辞して帰朝したのであります。ところが、帰朝した北里はその盛んなる名声にも拘らず、甚だ手持ち無沙汰でありました。というのは、日本には北里の知識と経験を生かすべき研究所がないのであります。当時伝染病研究の必要は漸く感ぜられ、研究所設立のために尽力するものはありましたが、その進行は捗々しからず、北里は、貴重なる研究資料を持ちながら、空しく日をすごすという有様で焦慮に堪えず、去って英米に赴いてその研究をつづけようかと考えた模様であります。

北里の上司の長与衛生局長はこれをきいて、北里に、一度福澤諭吉を訪問することをすすめ、北里がそれに従って福澤を尋ねたのが、この両者相知る発端であります。その月日は明らかでありませんが、明治二十五年の秋の一日であった筈である。北里は後日の談話に、長与が予め北里のことを福澤に紹介してくれてあったものと思うと語っていますが、事実その通りで、北里のことを福澤に語って頼んだのであります。元来長與は福澤とは、その大阪緒方塾以来の親友で、駿河台の自邸から屢々福澤を三田の宅に訪問して、よく話し込んで泊って来たこともあるようにきいていますが、この時も偶偶ツベルクリンの話になったので、長與はこの新療法の真価について語るとともに、北里が帰朝以来空しく日をすごしていることを語ったところが、福澤はこれに耳を傾け、学術研究の奨励は本来自分の道楽だから、自分の私力で援助の手始めをしようというので、即座に決して、偶々芝公園に自分の借地があるから、そこに必要な家屋を建てて取り敢えず北里に研究をさせようと即座に決したということを、後に長与はそのメモワールに記しています。その話の出来た後に北里は福澤を訪問したのであります。

この会見の模様を、福澤は記して伝えてはおりません。しかし、北里は明らかに福澤に好印象を与えたに相違なく、また北里はここに深く頼むべき先生ありと感じたに相違ない。北里は元来自信が強く、しばしば傲岸という印象を人に与えたらしい。また、愛憎の念も強く、そのために味方とともに敵を造ったこともたしかであるが、この面会のとき以来、福澤には推服し、終生の恩人としてこれを尊敬したことは学問の歴史にも伝えるべきことであります。一方固より福澤が重んじたのは北里の学問であったが、同時に福澤は北里の人物をも愛するようになったと見える。後に明治二十七年、北里は香港にペストが発生すると、北里は青山胤道とともに政府からその視察研究のために派遣されて、ペスト菌の発見に成功し、この菌は北里エルザン菌と呼ばれることになったそうでありますが、この時同行の青山はペストに感染したが、それをきくと福澤は大いに驚き、万一北里を失うことがあっては学問のため取り返しがつかぬ損失である、急いで北里を呼び返すべきであるといって、自ら電文を起草したり、また滞在中の大磯から態々帰京して督促したりして、結局代りの人が往って北里は帰朝することになった。これなどは北里の学問を惜しんだといえるけれども、また北里その人を愛したことは確かである。北里としてはそれをきけば、感激せざるを得なかったでありましょう。

さて日本最初の伝染病研究所の建物は、このようにして福澤の義侠によって出来ました。場所は芝公園の北端御成門の傍、二階建上下六室建坪十余坪の小家屋、同じく福澤のすすめによって富豪森村市左衛門等の寄附によって設備をして、北里の研究は出発しました。やがてこの建物は無償で大日本私立衛生会に提供せられ、次いで国費の補助を受け、更に次いで官立官営に移されたが、常に北里を所長として段々大きなものになったのであります。設備は始めは前記の通り微々たるものでありましたが、やがて芝区愛宕下町に研究室病室が建築せられ、更に後に広大なる白金台町の現敷地に移ったのであります。ところが、端なくも大正三年、即ち研究所が芝公園の小家屋で発足しておよそ二十二年、時の大隈内閣は文政統一、行政整理の理由により、北里等にはかることなしに研究所を内務省から文部省に移管し、追ってこれを帝国大学の管下に移すことを決したのであります。これには当事者としては相当の理由もあったことと思われますが、研究所創立以来の主宰者功労者たる北里の意思が全然無視せられたこと、ことの決定せらるるまで関係者に全然知らしめられなかったこと等によって、それが北里等にヒドイ衝撃であったことは察するに難くない。人が或いはこれを大隈内閣による毒殺などと評したのも故なきにあらずと思われる。

北里は直ちに意を決して研究所長の職を辞し、北島多一、志賀潔以下所員一同同じく職を辞して北里に殉じました。ここに北里のひとり細菌学者としてでなく、長として人を率いる感化力を認めることが出来る。前にもいいましたように、北里は容易く人に下らず、敵も味方も造るタイプの人でありましたが、私が今回顧しても当時北里の部下が一斉に北里と進退を共にしたその行動は、珍らしいものであったと思います。そうして北里はその私費をもって今の三光町の地に北里研究所を起し、それが今日創立五十周年を迎えるという次第になったのであります。

この事件が起りましたとき、福澤はすでに亡くなって十数年であり、従って北里は福澤の説をきくことも、援助を受けることも出来ませんでしたが、しかし北里は、この時かねての福澤の教訓によって助けられたといっています。その次第はこうです。

福澤の義俠によって出発した伝染病研究所は、始め私立のものとして出発し、次いで国費の補助を受け、最後に国有国営に移されたのでありますが、そのとき北里は、福澤にその可否を相談した。福澤はこれに同意しましたが、二、三日後に北里を呼んで注意した。官界の空気はいつ変るかも知れないから今から用心して金をためて置け、といったというのです。福澤は、右の通り、北里のために研究室を建てて提供するとともに、北里の診療を求める結核患者のための病院を建てた。それが広尾の養生園（只今の研究所附属病院）であります。今は街の真中になってしまいましたが、当時は古川の流れに臨む閑静な場所で、福澤はこれに土筆ケ岡養生園と、名まで自分でつけたのであります。この養生園が創立匆々以来非常に繁昌して、病院設立の資金は、福澤と森村とが出したのでありましたが、北里は間もなくその借金を返済することが出来たということであります。福澤が北里に注意したのは、他日万一の用意のために、この養生園の収入から蓄積をして置けということなので、果たして右に御話した次第をもって北里が伝染病研究所を去ったとき、彼れは幸いにも独力をもって北里研究所を起すことが出来た。これが北里が福澤の教訓の賜ものと称する所以であります。

それから三年後、大正六年慶應義塾が新たに医学部創設を決しました。このとき北里が欣然として慶應義塾の請を容れ、多数の学者を率いて参加して、自ら医学部長の職に就いたのは、至極自然の次第であります。当時北里が演説して、自分は福澤先生の門下ではないが、恩顧を蒙ったことは門下生以上だ、といったのは当然と思います。

そこで最後に福澤と学問の奨励ということについて一言したいと思います。

福澤は人智の進歩ということに限りなき信頼を寄せた思想家であります。福澤に有名な『文明論之概略』と題する名著があります。明治八年の著述でありますが、福澤はそこに文明とは智徳の進歩だといっている。しかし、徳は昔から今日まで不動であるから、動いたものはただ智であるという。そうしてこの智の進歩の前途に対して福澤は非常に明るい望みをかけた。そのとき福澤の念頭にあるものは自然科学或いは精密科学でありました。

ところで、その科学の進歩を促すについて福澤が考えたのは、学者の飼殺しということでありました。飼殺しという言葉は甚だよろしくないが、その意味は結構なものです。即ち或る研究所を設けて、何人かの学者を選んでその所員にして、何の注文も、要求もしないで、ただ研究費とその生活費だけは保障する。あとは学者のしたいようにさせる。研究したければ研究する。したくなければしない。そんな無規則では乱雑に陥るだろうというかも知れないが、決してそうでない。学者の研究におけるは、酒のみの酒におけるが如きものであるから、止めようとしても止められず、自分でやめようとしてもやめられるものでない。傍から兎や角拘束するのが一番いけないのだ。さてそのようにするにはどのくらい金がかかるか、というと、福澤は十人の学者を所員とするものとして、生活費一人年額千二百円、外に生命保険料年二、三百円、合せて一万五千円、研究費年額三万五千円である。合せて毎年五万円である。さてかく年に五万円を費しても途中で死ぬものもあろう。更にやめるものもあろう。或いは怠けるものもあるかも知れぬが、十人の中三人でも五人でも成果を挙げることができれば、それで結構だ「一人の学力能く全世界を動かすの例あり。期する所は唯その学問の高尚深遠に在るのみ」とこういうのです。

これは学生に向ってした演説でありますが、福澤は学生に向って、自分はこのような夢を描いたこともあるが、畢竟痴人の夢で実行は望まれない。ただ諸君は年も若いから、これから大金持ちになるかも知れない。金の使い途に困るようなことになるかも知れない。そのようなときに、昔慶應義塾でこのような話をきいたと思い出して、何か面白い企てをするなら、自分は大いに喜ぶのみならず、死んでも草葉の蔭からその美挙を賛して感泣するかも知れぬ、といいました。この演説は「人生の楽事」という題の文として福澤諭吉全集に収められています。

この福澤の学者飼殺しの説というものは福澤の持論で一朝夕のものではありませんが、この演説はやはり北里を知ったことによって刺戟されていると思います。今この演説の日付を見ると、それは明治二十六年十一月十一日としてある。福澤が北里を知ってこれを応援しようと決心したのが前年の秋、あの芝公園外の研究所が出来たのが前年の暮で、福澤は十二月二十一日の「北里博士の栄誉」と題する時事新報社説の中にその事に触れている。従って、彼れが翌年の秋、学生に向って学者飼殺しの説を述べたとき、北里のこと、更に北里に対する自分の応援のことは彼れの念頭に往来したものと考えて好いと思います。

福澤の考案は、まだ日本では実行されていません。しかし、外国にはあります。あの米国プリンストンにある高等学術研究所 Institute for Advanced Study はそれであります。これはアメリカの富豪 Louis Bambergers 及びその妹 Felix Fuld の寄附によって出来たもので、一九三〇年創立、一九三三年開所とありますが、この案を授けたものは、有名な教育学者 Abraham Flexner であります。フレックスナーは、学問の卑近なる実用主義を排して、しきりに「無用なる学問の用」ということを唱えた人であり、右のバンバーガー兄弟に寄附をすすめてこの研究所を設立させ、自ら最初の所長となったのであります。この研究所では講義の義務も課目制度もなく、研究者はここに来てただ「考えて」いれば好いのだということで、その恐らく最も高名の所員はアルベルト・アインスタインであり、現在の所長は有名なロバート・オッペンハイマーであります。フレックスナーの最初の考えでは所員は終生ここにいて、ただ考えていればよいとされたようですが、現在では一定の期間所員となり、期過ぎて他に出て行く場合が多いようで、湯川秀樹その他の日本の学者がここに聘せられた場合も、そうであったときいています。そうして、多分この方が実際的でありましょう。福澤を地下に起してこの研究所のことをきかせたら、彼れは必ず首肯しバンバーガー兄弟に深く敬意を表することであろうと信じます。

福澤と北里に関する講演はこれをもって結びたいと思います。御清聴まことにありがとう存じます。

（北里研究所創立五十年記念講演　昭和三十九年十一月五日）

一夕話

——福澤と物理学——

四月十二日（昭和三十年）、日本学士院の例会が終った後、同じ上野公園の精養軒で、会員の懇親会が開かれた。よく晴れた日の夕であった。上野の花を観るということは、私には、何年ぶりだったのか、憶い出せない。精養軒の庭の八重桜、露台から見下ろす、不忍池畔の柳の色は目に快かった。明治以来の古色を帯びたこの西洋料理店は、学士院などの集会にはふさわしい会場であろう。

日が暮れて、五十人ばかりの来会者は、抽籤できめた、それぞれのテエブルの席に就いて、会食した。食後、院長の山田博士（三良）が起って、簡単な挨拶をし、次いで、指名されて、八木秀次、中村清二、私、南原繁の諸氏が、この順で、短いテエブル・スピイチをした。勿論予期しないことで、誰れも用意はなかったが、私は偶々（たまたま）、その日の午後の第一部会で（学士院は人文科学の第一部と、自然科学の第二部とから成る）、山田博士がした談話の中に、福澤諭吉が学士院の初代院長であったことについて語ったのと、私のすぐ前に指名されて、中村博士がスピイチをしたことから思いついて、次ぎのような話をした。

三、四年前のことであった。休暇でアメリカから帰っていた湯川博士が、コロムビア大学へ帰任するのを送るため、山田院長が少数の人を、本郷の東大の隣りの学士会館の午餐に招いたことがある。主賓以外の客は右の中村博士、湯川氏の実兄小川芳樹博士、朝永振一郎博士という顔ぶれで、いずれも物理学方面の人々のみであり、人文科学のものは、主人の外には、私一人であった。私が特にこの集まりに招かれたには理由がある。

湯川博士の父君は、該博をもって聞えた理学博士小川琢治氏、その養父なる人が、古い慶應出身の小川駒橘（こまきつ）氏、そうして、この小川翁が、私の父と同藩（紀州徳川）、同窓の親友であった。私は子供のときのことをよく憶えている。五十数年前、私たちは横浜の桜木町、今はドックになっているあたりの海岸に住んでいたが、小川家と私の家とは隣同士で、親類同様の親しい間柄であった。当時まだ角帽の大学生であった、後年の小川博士を、私の家の者は皆な心易く「琢治さん」と呼んでいた。私が特に山田院長に招かれたのは、こういう古い関係からで、主賓の希望によるものだということであった。

小川翁は、当時横浜正金銀行におり、後にも一、二の銀行に関係したと承知しているが、割合早く、養子琢治博士の任地である、京都へ退いた。私の母は、その後も、亡夫の親友である小川翁との音信を絶たず、大正元年、私が始めて西洋留学に出かけるときも「小川さん」には暇乞いして行けと命じたので、私は汽車を京都で降りて、小川家を訪い、神戸から船に乗った。それは、その年の九月、明治天皇大葬の直前のことで、京都はひどく暑かった。尋ねた家がどの辺であったかも、今憶えていない。小川翁は、亡友の子である私に何か言ってくれたに違いないが、憶えていない。琢治博士は、明け放した座敷に胡坐（あぐら）をかいて、快談した。たしか、刀剣の話をきかされたように思う。また、自分は経済学のことは知らないが、福田さん（徳三）は頭のよさそうな人ですな、といったのを憶えている。その時、少年また小児であった、今の小川博士、湯川博士は家にいたのであったか、どうか、全く私の注意を惹かなかった。

今考えて見ると、この小川翁も平生読書を好み、明治初年の慶應出身者によく見る、半分教師半分実業人というタイプの一人であったようだ。自然家庭で、湯川博士その他の孫たちにも、福澤先生について語ったことと思われる。学士会館の食卓での話題は、自然に先生の上に及び、福澤先生と物理学というような題目について、私は席上の人々から問いを受けた。私は有り合せの知識で答えたが、それは大要次ぎのようなものであった。

福澤先生は物理学について非常に深い興味を抱き、その進歩の将来に無限の明るい希望を寄せていた。先生は終始物理学の要用を説き、在来漢学者の自然観察の迂濶疎漏を攻撃したばかりでなく、幕末——明治初頭、まだ西洋物理学を知らない当時の日本民衆に、物理学の初歩を教える目的で『窮理図解』という、平易な画入りの物理書を著したこともある。考えて見ると、先生は生来合理的実証的に物を考える傾向の人であったが、この性来の傾向を特に強めたものは、先生の青年時代の手工労働の体験であったろうと、いつも私は思う。

当時各藩の貧しい下級士族の間には、扶持米の不足を補うため、内職に手工生産を行うことが一般に行われた。豊前中津藩の小士族であった先生も、その必要を免れなかったばかりでなく、先生は元来そんな仕事が好きで、進んでそれをしたということである。単に器用でしたというのでなく、チャンと他所の仕事場へ通って技術を習い、鋳掛けや刀剣の細工をしたり、また下駄を作ったり、桶の輪替などをしたという。この体験は、先生の興味と注意を特殊の方面、即ち生産技術、労働用具、生産原料という方向に鋭くさせたと思う。例えば、先生が二十五で、始めて大阪から下って、江戸に入ると、すぐ品川に近い、沿道の田町あたりの或る家で、小僧が、自分たちの夢にも考えなかったことだが、鋸の鑢の目を叩いて拵えているのを見て「さてさて江戸は途方もない工芸の進んだ場所」だと思って、感心したということが「自伝」に書いてある。これなども、先生にかの体験があったればこそで、普通の武士や漢学者には、気の附かないことであったろう。先生は後年、若い頃の仕事場仲間の一人にやった手紙の中に、当時様々の手細工を学んで「金銀銅鉄の性質を知」ったのは「生涯の一大所得」だといったことがある。たしかに一大所得であったと思う。

自然の物質や力は、説教や呪文で動かす訳には行かぬ。これを使うには、必ず法則によらなければならぬ。この法則の精妙に対する驚嘆は、この手工労働の間に、先生の心にたびたび新たにせられたことだろうと思う。

これが当然先生を化学物理学に導いた。先生は二十二の年に大阪へ出て、緒方洪庵の適塾に入り、ここで蘭学の実力をつけた。洪庵は医者であるが、その塾には、オランダ語で書かれた、合せて十部足らずの医書物理書があった。これによって、先生は始めて西洋物理学化学を知ったのである。緒方の塾生等が西洋の精密な科学に魅せられて、その実験に熱中し、本を見ては、塩酸、硫酸、アンモニア、ヨヂウム〔ヨウ素〕等を造ろうとして、成功したり、失敗したりした有様は、自伝に面白く語られている。塾長にも推され、元来そんなことに器用であった先生は、仲間の先きに立ってそれをやったことだったろうと想像される。物理学化学の基礎知識は、このようにして得られた。更にまた、帰国の途中大阪に立ち寄った、或る大名の蔵書を借りて、その電気の章を写し取り、それによって、当時最新のファラデエの理論を学び得たことも、そこに語られている。

こういう次第であったから、後に先生が万延元年、二十七のとき、始めて幕府の軍艦でサン・フランシスコに渡ったときでも、また、文久二年に二十九で、ヨオロッパ諸国を歴遊したときにも、勝手が分らず、見当がつかなかったのは、政党政治とか、保険法とか、郵便制度とか、病院救急院盲唖院等々とかの、社会的事物であって、電気や蒸気、その他化学的物理学的産業技術のことは、少しも珍しいと思わず、折角先方で説明してくれても、別段驚かなかったということである。

これについて、後から補って附け加えると、『福翁自伝』に、始めて幕府の軍艦でサン・フランシスコに渡ったことを語るところに、こういってある。(「はじめてアメリカに渡る」章)

「それからまたアメリカ人が案内して諸方の製作所などを見せてくれた。そのときはサン・フランシスコ地方にマダ鉄道はできない時代である。工業はさまざまの製作所があって、ソレを見せてくれた。そこがどうも不思議なわけで、電気利用の電燈はないけれども、電信はある。それからガルヴァニの鍍金(めっき)法(ほう)というものも実際に行われていた。アメリカ人の考えに、そういうものは日本人の夢にも知らないことだろうと思って見せてくれたところが、こっちはチャンと知っている。これはテレグラフだ。これはガルヴァニの力でこういうことをしているのだ。また砂糖の製造所があって、大きな釜（かま）を真空にして沸騰を早くするということをやっている。ソレを懇々（こんこん）と説くけれども、こっちは知っている。真空にすれば沸騰が早くなるということは、且つその砂糖を清浄（しょうじょう）にするには骨炭（こったん）でこせば清浄になるということもチャント知っている。先方ではそういうことは思いもよらぬことだとこう察して、ねんごろに教えてくれるのであろうが、こっちは日本にいるうちに数年の間そんなことばかり穿鑿（せんさく）していたのであるから、ソレは少しも驚くに足らない。」

　これが万延元年（一八六〇年）、先生の数え年二十七のときのことである。

　動かし難い法則の支配、その法則を究めることによって可能とされる、人間の自然制御。ここに先生が無限の魅力を感じたことは、様々の機会、様々の文言でいわれている。化学物理学に次いで、先生は、西洋の経済学倫理学を知った。人文諸科学の中、最も法則的なものは、経済学である。自然科学上の法則と社会科学上の法則の異同は、後に喧ましい議論を喚び起こしたが、先生が始めて読んだ西洋の経済学教科書類は、極めて素朴に、自然界に行われるのと同じ性質の法則が人間の経済生活を支配することを認めるものであった。すでに西洋の自然科学の精妙に驚いた先生にとり、社会人事もまた、動かし難い定則に従うとの説は、恐らく驚嘆すべきものであったろう。後年当時のことを回想して「ポリチカルエコノミーは実に面白く、その精密なること着々意表に出でて恰も我々に固有する漢学主義の心事を顚覆したり」といった言葉は、それを語っている。

経済学倫理学書とともに、先生は西洋の史書を読んだ。固より先生は自然科学と社会科学とを同一視したとはいえず、また決して科学と歴史とを同一視したと見るべきでない。けれども、科学性を喜ぶ先生には、歴史もまた恣意と偶然とのみの支配するに任されず、その経過に或る法則性があるとの主張は、格別魅力のあったことと察しられる。トオマス・バックルの『英国文明史』のいうところは即ち正にそれであって、先生の大著『文明論之概略』(明治八年)は多くのその影響の迹(あと)を示している。

後年先生は自伝の一節に、西洋にあって東洋儒学に欠けているものは「有形において数理学と、無形において独立心」だといった。先生の説明をきけば、数理学とは数学のことでなく、精密な科学、主として物理化学であったと解される。右述の通り、先生は物理化学の方法を直ちに社会人事に適用したとはいえず、勿論認識と実践の領域を混同するものでもない。しかし、それにも拘らず、先生は物理化学の業績を讃嘆し、その進歩に信頼し、社会的事物の考察上においてもそれに倣わんとする或る傾きがあったことは、看取される。そういう意味で物理学は、福澤先生の思考全体に、根本的な影響を与えたといえると思う。

私は大体こんなことを、これよりも更に不整頓な言葉で話したが、気がついて見れば、物理学者を前にして物理学について語っている訳なので、こいつはいけない、と思ってやめた。

食卓を離れてから次の間で休んでいると、嘗(かつ)て慶應義塾に学んだことのある上野直昭氏[*1]がやって来て「福澤先生は物理学が好きだったかも知れないが、吾々が塾で教わった物理学は、ヒドイものだったなあ」といった。全然同感だと私は答えた。

次ぎに坪井誠太郎博士[*2]が来て、福澤先生の学者の飼殺しという説は、最もわが意を得たものだといった。私も同感だ、といった。これには少し註釈を要する。

「学者の飼殺し」とは学者を衣食の計その他一切俗事の煩累から解放して、思う存分、ただ学理の考究のみに耽らせる、一種の研究所を設けたいということで、これが晩年における福澤先生の生涯の望み三個条の一であった。（他の二個条は、日本人男女の気品を高くして、真に文明の名に愧じないようにすることと及び、仏教とキリスト教とを問わず、宗教によって人心を和らげることであった。）

先生は夙（はや）くからそれを言っていた。明治二十六年十一月十一日、塾生に向ってした演説で、一種の研究所を設け、五、六人乃至十人の学者を選んで、生涯の生活を保障し、主題も方法も、否な勤惰そのものも、一切自由にして、思う存分研究に耽らせて見たいものだというところで、先生は「学者の飼放し」また「飼殺し」という言葉をつかった。それにどれほどの金がかかるかというに、日清戦役直前のことだが、一人の生活費年額一千二百円、生命保険料三百円を加えて、一千五百円、学者十人として、計一万五千円、研究費を三万五千円として、総計五万円であった。

この夢想は、先生自身の資力では出来ず、門下生の中からやって見ようというものも、まだ出ていないが、後年のプリンストンの高級学術研究所（Institute for Advanced Study）は、同じような考えから生れたものであろう。この考えを出したのは、先年しきりに「無用なる学問の用」を唱えたエブラハム・フレクスナア、資金（五百万ドル）を出したのは、ニュウワアクの富豪ルイス・バムバアガア及びその妹（姉?）フェリクス・フルド夫人で、創立の目的は、少数の学者に、ただ「坐ってそうして考える」場所を提供するに在るとされた。アインシュタインはこの所員として生を終えたが、他の学者については、終身でなく、或る一定期間だけここに来て、休息し、回復し、元気を新たにすることが期待されているようである。この研究所は、各国のすぐれた学者を相会せしめる、「智的ホテル」たらんことを期しているともいわれている。

福澤先生は生涯の飼殺しを考えたが、終身会員を選ぶということになると、人選はより困難となるであろう。所属を一定期間として、参加者の範囲を拡げた方が、実際的であるのかも知れない。兎に角、学者に、何の拘束もなく「ただ坐って考えさせる」場所を供するという主旨は、福澤先生を首肯させると思う。


学士院の会合から家へ帰って、念のため福澤の『窮理図解』（窮理学は物理学の旧名）を引き出して明けて見た。

序文の日附けは慶応四年戊辰初秋とあるから、明治元年の著述である。本文は「温気（ウンキ）の事」「空気の事」「水の事」「風の事」以下十章を列ね、あの「膝栗毛」や「浮世風呂」のそれを思わせるような挿絵を入れて、ごくごく平易に自然現象を説明している。

例えば「万物熱を受くれば脹(ふく)れ、熱を失へば縮む」といい、「昔々猿蟹合戦に、火鉢より栗の破裂(ハネイダ)

せしは何故ぞ。栗の皮に籠りたる空気の、熱に膨脹(はれふく)れ、其勢にて皮を吹き破り、猿の顔に飛びかゝりしことなるべし」という類である。

この程度の説明も、当時の日本の民衆にとっては、驚嘆すべき啓蒙だったであろう。

なおまた先生は「引力の事」という章の中に、自然の洪大と微妙とを説いてこういっている。

「抑(そもそも)造化天工の大なること人力を以て測るべからず。一通り考れば日輪は高し、月輪は遠しなど、思ふなれども、前にもいへる如く日輪の外に又日輪ありて、其数幾百万なるを知らず。其遠きことも亦譬んかたなし。恒星の内にて最も近きものゝ里数を測りしに、百万、千万、一億と計(かぞ)へ其一億を七千八百五十合せたる数なり。……洪大とやいはん、無辺とやいはん。これを考へても気の遠くなるほどのことなり。」

「扨(さて)又造化は斯く大なるものかと思へば、又其細(こまか)なる仕事に至ても人を驚かすに余あり。蚤の足に毛あり、蚊の脚に節あるとも、これを見て驚くに足らず。……一滴の池の水を見れば、千百の蟲あり。其蟲の細なること一百万の数を集むるとも罌粟粒(けしつぶ)の大さに及ばず。されどもこの蟲も生て動くものなれば、口なかるべからず、臓腑なかるべからず。其体内脈筋などの微細なることは、更に思案にも乗らざる所なり。」

福澤先生のよく書いて人に与えた句に「愈究而愈遠(いよいよきわめていよいよとおし)」というのがあるが、それは正しくこの造化の至大と至微に対する驚嘆を現したものであろう。この洪大と微妙とに驚きもせず、況(いわん)やこれを究めることなど思いも寄らず、徒らに仁義道徳の教えをくり返す、多数の漢学者は、先生の目には度し難い怠け者に見えたであろう。『窮理図解』の序文はそれをいう。

「昔容儀(カタギ)の学者先生が、君子は細行を勤ず、遠(とほき)を致さば泥(なづ)まんことを恐るなど丶、古人の言(こと)を証拠に持出(もちいだ)して、兎角物事(ものごと)を粗略にし、窮理の学などは、為して害あることのよふにいふものも間(まゝ)少からず、こは己(おの)が田に水を引くといふものにて、勝手に任せ事を少くして身を楽にせんとする趣向なるべし。」これは先生の持論である。

右の文中致レ遠恐レ泥は論語にある言葉で、志あるものは末技に囚われるなとの意味と承知する。それは、それとは反対で、やはり論語にある、鄙事ニ多能ナルことを誇りとした先生の到底肯んじないところであった。そうして、先生の鄙(ひ)事(じ)多能は、内職手工の間に養われたものであるから、福澤の思想傾向は、深くその工作労働の体験に根ざすものであったと、見ることが出来よう。

（『文藝春秋』昭和三十年七月号）

＊1　美学者。慶應義塾幼稚舎を経て、東京帝大卒。東京国立博物館館長等を歴任。

＊2　地質・鉱物学者。東京帝大出身。東京科学博物館（現国立科学博物館）館長等を歴任。

人の噂

福澤諭吉が少壮の頃、子供の教訓のために書いて与えた「ひゞのをしへ」というものがある。明治四年、福澤が三十八のとき、九歳と七歳とになったその長男次男に読ませたもので、半紙を四折にした帳面二冊に、日々一カ条ずつを書いて与えたのだということである。今は、続福澤全集第七巻に収められている〔現在は『福澤諭吉全集』第二十巻〕。その書き出しは左の「おさだめ七条」である。

一、うそをつくべからず。
一、ものをひらふべからず。
一、父母にきかずしてものをもらふべからず。
一、ごうじやうはるべからず。
一、兄弟けんくわかたくむよふ。
一、人のうはさかたく無用。
一、人のものをうらやむべからず。

どれもすぐ分かることであるが、ここに福澤が、わが児に人の噂を禁じたのを、特に面白く思う。人の私事を話題にすることになるのを戒めたのであるか。或いは人が人の私事を語るときの心理に卑しむべきもののあることを嫌ったのであるか。弁解のできない不在者の批判に亙ることを、不当としたのであるか。いずれにしても、人の噂はするものじゃないというのは、好い訓えである。誰れも全然人の噂をしないといえる人はないだろうが、人の噂をすることが、人のみならず己れをも傷つけ易いものであることは、戒めて好いことであろう。

人の噂は蔭口につづく。一切蔭口を利くなというのは無理な註文だろうが、その利き方は中々大事である。「あんな下等な奴はない。僕は大嫌いだ」というようなハッキリしたのは、存外聴き易いが、粘り気のあるのは困る。「私はそうは思わないが、人は色々言います」という類の、慎重遠慮の蔭口は、最も苦が手で、こんなのをきかされた後は、窓を明けて風を入れたくなる。もし人が父母の感化により、人の噂はしないものという教えを身に著けることが出来れば、それは一生の徳であろう。福澤は感ずるところがあって、その子に訓えたものと思う。

福澤の「ひゞのをしへ」のことは、外でも書いたことがあるが、序でながら、福澤の言として特に注目すべきは、そこにわが子にゴッドのことを訓えていること、また、特に時流にぬきんでたと、今において感ずべきは、桃太郎の鬼ガ島遠征につき、戦利品として鬼の私有を掠めたのを非難していることである。

ゴッドのことは、本文の第八にある。それにいう。

「世の中に父母ほどよきものはなし。父母よりもしんせつなるものはなし。父母のながくいきてじやうぶなるは、子供のねがふところなれども、けふはいきて、あすはしぬるもわからず。父母のいきしにはごつどの心にあり。ごつどは父母をこしらえ、ごつどは父母をいかし、また父母をしなせることもあるべし。天地万物なにもかもごつどのつくらざるものなし。子供のときより、ごつどのありがたきをしり、ごつどのこゝろにしたがふべきものなり。」

別の条下で、福澤はまた「てんとうさまをおそれ、これをうやまい、そのこゝろにしたがふべし」と教えている。但しそのてんとうさまなるものは日輪ではなく、西洋の言葉にて「ごつどゝいひ」にほんのことばにほんやくすれば、「ざうぶつしや〔造物者〕といふもの」だといっている。

福澤も、多くの武士と同じく、神のことは教えられずに育った人である。後年の或る機会に自ら自分の生立ちを顧み、「生来士族の家に育せられて世界の何たるを知らず、所読の書は四書五経。所聞の家訓は忠孝武勇、仏を信ぜず、神を崇めず、以て成年に及び」といった通りであったが、しかしわが子を教える上には「ごつどのありがたきをしり、ごつどのこゝろにしたがふべき」ことを知らしめなければならぬと信じたものか。福澤のこの方面の思想を窺う上に、この短章は、特殊の稀少価値を有っている。

桃太郎のことは、「をしへ」の第十条にある。即ち

「もゝたろふが、おにがしまにゆきしは、たからをとりにゆくといへり。けしからぬことならずや。たからは、おにのだいじにして、しまいおきしものにて、たからのぬしはおになり。ぬしあるたから

を、わけもなく、とりにゆくとは、もゝたろふは、ぬすびとゝもいふべき、わるものなり」という。但し桃太郎の遠征が、鬼の兇悪を懲らして、世の害を除くに在るならば、それは結構なことであるが、「たからをとりてうちにかへり、おぢいさんとおばゝさんにあげたとは、ただよくのためのしごとにて、ひれつせんばんなり」という。

大胆卓抜、ひとり当時の人を驚かすに足るのみならず、福澤における法と人権とを尊重する思想の徹底は、実にこの数語に見事な一例を示している。

（『文藝春秋』昭和二十七年九月号）

福澤諭吉書翰（抄）

福翁自伝については既に書いた。福澤書翰はぜひ福翁自伝とともに読ませたいものである。既記の通り、福澤先生は「自伝」で腹蔵なく己れを語っている。しかし先生の書翰では、往々さらに一層自由に露呈された先生の面目を見ることが出来る。先生の人物について、自伝から受けた印象は、書翰によって訂正はされない。しかしいくつかの点で書翰によって幾倍にか強められる。ナポレオンが始めてゲエテを引見したとき、彼れを見て発したと伝えられる Voilà un homme（見よ、人あり）の一語は、すぐ福翁自伝の読者の口に浮ぶものと思う。書翰によってこの感は更に強められる。

福澤先生の書翰は続福澤全集第六巻（昭和八年岩波書店刊）[*1]に収められている。その数は一一六四通、更にこの巻に漏れたもの十六通が同第七巻に拾録されている。更に右全集以後の発見が相当にあるが、不幸にしてその専門学者である富田正文氏の覚書が空襲で失われ、その分についてはいま充分正確な記述をすることが出来ない。元来福澤先生は非常に筆まめな手紙の書き手で、出入りの大工にちょっとした用事を言いつけるにもすぐ自分で筆をとるという風であったから、その六十八歳で終る一生の中に書いた手紙というものは、非常な多数に上り、或いは万をもって数えるに及んだであろうといわれている（石河幹明）。従って印刷刊行せられた書翰は僅かにその一部にすぎないのであるが、しかしこれ等の書翰が福澤先生について語るところは甚だ多い。エドモンド・ゴッスによれば、人の伝記に盛んに手紙を引用することは、イギリスではメエソンのグレイ伝（一七七四年）次いでボズエルのジョンソン伝（一七九一年）あたりに始まったものらしい。日本での沿革については不案内であるが、わが邦現在の伝記の体裁はやはり西洋のそれに学んだものと思う。石河幹明著『福澤諭吉伝』四巻も、著者自ら蒐集整理した福澤書翰を非常に豊富に、有効に使用している。もしこの蒐集がなかったら、あの伝記はあれだけには書けなかったであろう。しかもなおそこに引用せられたものでも、これを更に別の角度から見て解釈すべき余地は充分に残されている。且つ先生は見聞を好み、報道を好む人であったから、その手紙は独り先生その人を示すばかりでなく、時々の歴史的事件と世相の記載として特殊の価値を持っている。私はこの一篇ではただ平生読んで熟知している幾通かを引いて、福澤書翰というものがおよそどんなものであるかを語りたいと思う。

数多き書翰には喜怒哀楽様々の面における福澤先生が現れるが、特にその中に福澤精神の白熱を感じさせるものが幾通かある。明治維新直後、強いて中津奥平藩の俸禄を辞退するために書かれた手紙もその一つである。このことは先日、福翁自伝のことを話したときにも書いたから少し重複するが、手紙は奥平藩の有力者で先生の縁戚に当る服部五郎兵衛に宛てられたもので、日附は明治二年八月二十四日である。元来先生は中津藩士であり、江戸に出て後幕府に召し抱えられて、俸禄百五十俵、正味約百俵を受ける一方、僅かながら旧藩からも扶持（六人扶持）を給せられていたのであるが、維新とともに士籍を脱して平民となり、禄は双方ともに辞退してしまった。しかるに、後更に一年余りして、奥平藩中で福澤の家の名跡を立て、禄を与えるという風説の起ったのは、当時名高い福澤を新たに優遇することが藩の得策であるという考慮から出たものであろう。先生の母もこの風説に動かされてか、先生の呼び迎えるにも拘らず、上京を躊躇するように見えた。手紙はこの時に書かれたものである。その本旨を今の吾々の言葉に直訳すればこうである。

上略。全体この世の中に奥平家で福澤の家を立てるとは何事か。大間違といおうか、大笑いといおうか。すでに天下の大名、自家の封土を保つことが出来ないで、先ず十分一に減禄した。その家来も心あるものなら百姓とか町人とか、思い思い相応の活計に取り附くこそ人たるものの本意ではないか。それもいくじがなくてやはり旧来の知行にかじりついて心ならずもその米を喰い、一日の安楽を貪る者は、これは当人の自業自得で、敢えて傍から責めるにも及ばぬけれども、すでに家来の籍を脱したものを、今更その名跡を立てるとはあまり時候違いの議論ではないか。およそ天下の喰いつぶしで、近くは大名家の邪魔ものといえば世禄の臣が第一であって、それが一人でも減少するこそ天下のため、大名家のためであるのに、その事情を知りながら今奥平様で福澤の名跡をお立て下さるといって、有り難くそれが御受けできるものか、御考え下さい。「利禄は人の欲する所、小生と雖も其禄はほしく思ひ候。独り如何せん、一片の天理、仮令ひ君公一万石の禄を半にして五千石を給せらるゝとも、理を棄て禄を取ること能はず、断然謝絶仕候間、万々一右様の説も御座候はゞ御防被下度、敢て百口を煩し御周旋相願候」。小生は敢えて奥平様を怨むのではなく、ただ世禄を嫌うのみ「功なくして空しく給料を貪る者を悪むのみ。」今後もし自分が奥平家のために労して功があったならば、その時は充分に頂戴する積りであるが「不分明なる理に基き百石や弐百石の世禄を以て一身の面目を汚し世間に一の悪例を遺し候義は、死を守て不致積に御座候」云々。

理義明白、一点の異論の余地もない。かく先生が態度を明示したからであろう。名跡云々は沙汰やみとなった。「理を棄て禄を取ること能はず」。誰れもよく抽象的には弁まえていることであるが、現実にその場合に臨めば多くの人の決断が鈍ぶる。今日までそうであった。これから後もそうであろう。福澤先生は幾度かの機会に、人間こうありたいものだと、今日吾々に思わせる実践の範を人に示した。右の手紙はその一例である。

ついでにいうと、福澤先生は徳川幕府には夙く見切りをつけていたが、さりとて幕府に代った明治政府を、当初においては信用せず、国を亡ぼしかねない乱暴者の寄合いと見ていたから、維新の革命そのものに対しては無論熱情的ではあり得なかった。従って士籍を脱して平民に下るということも、これから新天地を開くという、積極的な希望をもってしたのではなく、むしろその心境は落莫たるものがあったと察せられる。もとより先生が士族の特権に執着した筈はないが、しかも「所読の書は四書五経、所聞の家訓は忠孝武勇」という境涯に人となった身としては、兎も角も幾年か仕えた徳川幕府が、先生の目から見ての無頼疎暴なる攘夷論者に倒されたということは、決して楽しむべきことではなかったであろう。友人の山口良蔵に与えた慶応四年六月七日附手紙は、当時の先生の心事を語っている。「徳川様御名跡も駿河に定り候よし。小生は三月来大病にて引籠、何事も存じ不申、徳川家へ御奉公いたし、不計も今日の形勢に相成、最早武家奉公も沢山に御座候。此後は双刀を投棄し読書渡世の一小民と相成候積、云々」は、決して希望に勇む語気ではない。これは「自伝」に「とてものありさまでは国の独立はむつかしい」と思い「そのときの私の心事は実に寂しいありさまで」あったと告白したのと相照応すると思う。先生はたしかに先覚者であったが、維新の革命当時、廃藩置県その他、僅かに数年後に行わるべき幾多の果断なる革新政策を予見せず、明治政府を一図に攘夷政府と思い込み、暫らくしてはじめて新政府の方針と勇気とを認めたのである。これは福澤先生の観測の誤りに興味を感じて書くのではない。事後に至って顧みれば最も自然必然と思われる歴史の因果系列が、事前においては、いかに卓越した頭脳にも予想し難いことがあるかを示す一例として引くのである。

右の服部五郎兵衛宛の書翰と並べて紹介したいと思うのは、それから二十余年たって、明治二十四年に、大槻文彦[*2]の国語辞書『言海』完成祝賀の会に、先生が伊藤博文の次ぎに祝辞を連ねるのを断わった際の手紙二通である。先生は元来、平生の生活は無雑作を旨とし、淡泊を喜んだが、ひとたび学者の権威ということになると、恐ろしく六ケしくなって、いやしくも学者が政治家の下風に立つような形に見えることをどうしても許さず、如何なる些事をも用心深く気にかけ、その主張は遂に枉げなかった。『言海』祝辞問題もその一例である。

右の言海祝賀会はその年の六月芝公園の紅葉館で催されることになったが、先生は、日本に始めて真正の辞書が出来たといって大いに悦び、当日差支えがあって出席こそできないが、祝辞はお易い御用だとて「大槻磐水先生の誡語その子孫を輝かす」と題する一篇の文を草して、世話人であった富田鉄之助まで届けさせたが、富田の返事によって当日のプログラムを知り、祝辞の順序として先生の名を伊藤博文の次ぎに書いてあるのを見ると、承知しない。同じ日附で更に第二の手紙を書き、祝宴のプログラムから自分の名を除いてもらいたいと申入れた。それらの都合もあるであろうけれども「老生は伊藤伯（後の公爵）に尾して賤名を記すを好まず候間」恐入るけれども福澤の名は取り消して頂きたい。理窟はぬきにして老生は文事に関し今の所謂貴顕なるものと一緒に並ぶのを好まないから、たとえ当日出席を断っても、出席して云々する筈であったといえば、即ち貴顕の後につき、貴顕と一緒に並んだことになる。故に最初から自分の名を除いて頂きたいのである。先刻差上げた文章は独立にて呈したるものであるから、祝宴と無関係に差出したとすれば、それで差支えない。ただこれを他人の文と一緒に紙に掲げるときに予めその体裁を伺いたいのである。「再三小言のやうの事を申上げ、実は老生も心に苦しく、嘸々頑陋なりとの譏も可有之候得共、毎度申上候通り、一身の栄辱にあらず、唯斯文の為めにするのみ。学問教育の社会と政治社会とは全く別のものなり。学問に縁なき政治家と学事に伍を成す、既に間違なり。況んや学者にして政治家に尾するが如き、老生抔の思寄らぬ所に御座候。」（明治二十四年六月廿一日）。

これと同様のことがこの外に、明治二十三年に工学会の臨時大会に出席を乞われたときにも、同二十九年ジェンナア記念祭[*3]の行われたときにもあった。右の『言海』祝賀会のとき、先生は五十八であった。或いはこれを大人気ないと批評するものもあるであろう。しかし私は、明治の時代に一人の大人気ない福澤諭吉があって、身をもって学問を重からしめんとしたことを、後進の一人として有り難く思う。（以下略）

（『文藝春秋』昭和二十二年十二月号）

＊1　現在は『福澤諭吉書簡集』（全九巻、岩波書店）に収められている。
＊2　国語学者。『言海』は日本初の近代的国語辞典。父磐渓は仙台藩の学者で福澤と親交があった。
＊3　イギリス人医学者エドワード・ジェンナーの種痘開発から百年を記念する式典。

福澤先生の著作について

福澤先生の著作は、今凡べて福澤全集十七巻*に収められている。この多数の著作の中何が最も代表的であるかについては幾つかの意見があると思うが、私は矢張り先生自ら己れを語った『福翁自伝』を第一に人に薦めたいと思っている。もし明治文明への貢献という見地から見れば、明治政府のプログラムを指導した『西洋事情』と、封建的屈従に慣れた日本民衆に独立自主の精神を吹き込んだ『学問のすゝめ』とにこそ指を先ず屈すべきであろう。しかし、この二大著述は既にその使命を果たしてしまったから、その意義は今日では歴史的のものになった。吾々はこれ等の書を読んで、あの時代によくこれだけの理解があったものだ、よく思い切ってこれだけの事が言えたものだと今も驚くのは毎度のことであるが、今日の一般の読者に向って、これを無条件に面白い読み物だと請合う訳には行かぬ。その点からいうと、どうしても「自伝」が第一であると思う。

『福翁自伝』は世界の自叙伝文学の傑作の一としてその最高位に置かるべきものだということを、私は度々の機会に言った。ゲエテの『詩と真実』やミルの『自伝』、クロポトキンの「思い出」、或いはまた或る点でルソオの『告白』の如きは、いずれも自伝文学の代表作と許されているものであろう。

これ等と『福翁自伝』とを比較して優劣の順位を定めるなどということは無益の仕業であるが、しかし「自伝」がこれ等の傑作とともに屈指せらるべきものだということは、一度読んだ人なら何人も異存のないところであろう。別段他の者を悪く言う必要はないが、ミルの自伝の如きは先生の自伝に比較すれば、血の気の足りない陰気な読み物である（私はミルの自伝を尊重することにおいて人後に落ちぬ。ただ読み物としての面白さについていうのである）。ルソオの『告白』に至っては、何から何までさらけ出して書いているのが、面白いといえば確かに面白いが、読んで屢々著者その人を軽蔑したくなるのは私一人のみではあるまい。『福翁自伝』に期せずして描き出されている、血も涙もある、濶達自由な偉丈夫の、颯爽たる風貌とは到底比較すべくもない。

難解の漢語を避けて、努めて日本文を平易にするという一事は、福澤先生の最も苦心した事業の一であるが、しかし先生も進んで文語と口語の区別を撤するというところまでは行かなかった。ところがこの『福翁自伝』では、先生は口語体を試みている。勿論これは先生の談話速記に手を加えたものであって、最初から自ら筆を取って書き下ろしたものではないが、先生はその校正に充分の意を用いたものと察せられるから口語体の著述といって差支えない。その叙事の自由なこと、感情の色調を現す用語の適切豊富なこと、またその表現の屢々ユモアに富んでいること、誠に一種の文章の模範とすべきものであると思う。先生は私行方正、約束を厳守し、友誼を重んじ、絶えて女色を近づけぬ、行状の上では、中分のない高徳の人であった。ただ先生に一つの弱点があった。酒である。世に酒好きは多いが、先生のは一通りの豪酒ではない。朝飲んで、昼飲んで、晩に飲むというと如何にも大ゲサのようだが、或る時代は先生は正しくこの文字通りで、酒には全く目がなかったらしい。ここには先生の飲酒の歴史を書く必要もないし、また先生が酒が強かったのをエライというのではないが、品行方正の先生にこの一面があったということは、人に或る興味を感じさせるし、また先生がこの弱点を自白する態度と文章とには、いかにもユモアがあって微笑せずにはいられない。先ずチョットこんな風に書いている。

……まずひととおり幼少以来の飲酒の歴史を語りましょう。そもそも私の酒癖は、年齢の次第に成長するにしたがって飲み覚え飲み慣れたというでなくして、生れたまま物心のできたときから自然に好きでした。いまに記憶していることを申せば、幼少のころ月代（さかやき）をそるとき頭のぼんのくぼをそると痛いからいやがる。スルトそってくれる母が「酒をたべさせるからここをそらせろ」というその酒が飲みたさばかりに、痛いのをがまんして泣かずにそらしていたことは、かすかに覚えています。天性の悪癖、まことに恥ずべきことです。その後次第に年を重ねて弱冠に至るまで、ほかになにも法外なことは働かず行状はまず正しいつもりでしたが、俗にいう酒に目のない少年で、酒を見てはほとんど廉恥を忘れるほどのいくじなしと申してよろしい。

また別の処で自分のことを「上等の酒をウンと飲んで、さかなも良いさかなをたくさん食い、満腹飲食したあとで飯をドッサリ食べて残すところなしという、まことに意地のきたないいわゆる牛飲馬食ともいうべき男である」といい「いい気になって、酒とさえいえば一番先きにまかり出て、人の一倍も二倍も三倍も飲んで天下に敵なしなんて得意がっていたのは、かえすがえすも恥ずかしいことである」とも言っている。

先生の自叙伝から、何も選りに選って飲酒に関する章節を引用しないでも好かろうと言うかも知れないが、先生が自分の私生活をこの調子で物語っているといえば、先生その人の性格も、また「自伝」の叙述のどんなものであるかをも窺うことが出来よう。今日まで私もかなり多くの人に『福翁自伝』の一読をすすめたが、そうして薦めた中には随分一理窟いう人もあったが、読んで面白かったと言わない人は文字通り一人もない。実に珍しい本だと思う。この「自伝」を福澤学者の富田正文君が校訂して岩波文庫本として出すという話をきいているが、出た暁には、必ず私の言葉を証拠立てられるであろう。その速かに実現せられんことを切望する。

福澤先生の著作中、先生自身最も得意のものは何であったろうか。思うに「瘠我慢の説」は、先生自身最も棄て難しとしたものの一であったろう。この一文が維新前後における勝海舟及び榎本武揚の幕臣としての進退を論じ、これに痛撃を加えたものであることは、既に人の知るところであろう。先生が媾和論を主張した勝を南宋の秦檜(しんかい)に比し、また勝榎本二人の共に明治新政府に仕えて甘んじてその優遇を受けたことを攻撃したその説の当否については人々に議論があるであろう。しかし先生がこの二人の進退につき、多年抑えた癇癪を破裂させ、その言わんと欲するところを思う存分この文で吐き尽くしたという点において、先生はこれを書いたあと、さぞ清々したことだろうと想像するのである。先生は自ら「謹んで筆鋒を寛にして苛酷の文字を用ひず、以て其人の名誉を保護する」云々と記しているけれども、中々どうして筆鋒は寛ではない。例えば勝が江戸城を明け渡したのは先ず好いとしても、その後において薩長人とともに新政府に仕えたことは不可解であるといい、「独り怪しむ可きは、氏が維新の朝に曩きの敵国の士人と竝立て得々名利の地位に居るの一事なり。……東洋和漢の旧筆法に従へば、氏の如きは到底終を全うす可き人に非ず」と断じて、漢の高祖が丁公を戮し、清の康熙帝が明末の遺臣を排斥し、織田信長が武田勝頼の臣小山田義国等を誅し、豊臣秀吉が織田信孝の臣桑田彦右衛門を処刑した事例を引用したのは、猛烈と言わざるを得ぬ。またその隠退をすすめる文言の中「武士の風上にも置かれぬ」云々の字を用いたのも先生の烈しい気象を示すものである。

　榎本に対する攻撃の中、榎本自身は立身して面白いだろうが、共に函館に籠城した勇士等の末路を思えば寝覚めはよくあるまいという意味を言っている。「氏が維新の朝に青雲の志を遂げて富貴得々たりと雖も、時に顧みて箱館の旧を思ひ、当時随行部下の諸士が戦没し負傷したる惨状より、爾来家に残りし父母兄弟が死者の死を悲むと共に、自身の方向に迷うて路傍に彷徨するの事実を想像し聞見するときは、男子の鉄腸も之が為めに寸断せざるを得ず。夜雨秋寒うして眼就らず残燈明滅独り思ふの時には、或は死霊生霊無数の暗鬼を出現して眼中に分明なることもある可し。」これは相当きびしい。榎本がこの文の呈示を受け、読んで怒ったというのも尤もである。私は今、勝榎本の進退是非の論を凡べて差控える。ただ福澤先生その人を知るためにこの一篇は是非読んで貰いたいと常々思っているから特にこれを紹介するのである。

　痛烈なる「瘠我慢の説」と好対照をなすものは「旧藩情」である。先生は熱烈な愛国者義憤者であるとともに社会事象の冷静なる観察者であった。この一篇は、この観察力の所産であって、もし今日の目をもって科学的価値の採点をすれば、この小篇が最高位でなくとも、その一を占めるであろう。

「旧藩情」で先生は旧藩士族その者の間における階級的対立を指摘した。先生が直接観察したのは自分の属した旧中津奥平藩の実状であるが、先生は諸藩共に大同小異に過ぎぬといっている。これによると旧中津藩の士族およそ千五百名は上士と下士との二大階級に岐(わか)れていた。上士に属するは大臣から以下儒者、医師、小姓組に至るまで、下士は祐筆、中小姓、供小姓、小役人格から足軽帯刀の者に至るまでのものであって、上士下士それぞれの間にも段階はあったが、この二大群の間には超え難き限界が劃(かく)されていた。その限界というのは

(一) 礼儀、応待、称呼、家屋の建て方、各種の遊戯等の上における特権の異なること、

(二) 上下絶えて通婚せざること、

(三) 禄高の相違から当然貧富を殊にすること、

(四) 一方は経史兵書を講じ、騎馬槍剣を学ぶに対し、他方は算筆を勉めるという如く、教育を殊にすること、

(五) 上士の概して活計に意を労せざるに対し下士が内職によって足し扶持をなすこと、

(六) 外出の服装、言語、宴席の模様その他の風俗を殊にすること、

である。この種の観察は今日では少しも珍しからず、否な却って吾々は、或る意味ではこの流儀の観察に食傷していると言っても好いくらいであるが、廃藩直後の当時においてこの点に着目し、殊に下士の内職の実況、その生産技術、その零細なる資金の運転等について記し、下等士族は却って公務を

内職とする一種の職人というも差支えなくその言葉も或る点上士よりは寧ろ商賈農民に近いことなどを指摘したのは、警抜なる着眼で、後世の社会学者顔色なしと言っても好いくらいである。明治十年先生はこの書に序して「光陰矢の如く、今より五十年を過ぎ、顧て明治前後日本の藩情如何を詮索せんと欲するも、茫乎として之を求るに難きものある可し。故に此冊子仮令ひ今日に陳腐なるも、五十年の後には却て珍奇にして、歴史家の一助たることもある可し」と言ったが、正しく文字通りその通りになった。もし先生をして力をこの方面の著述に専らにせしめたならば、必ず特色ある社会学の大著述を吾々に遺したであろう。

（『学窓雑記』岩波書店、昭和十一年）

＊　「大正・昭和版」『福澤全集』（全十巻、一九二五—二六年、国民図書）と『続福澤全集』（全七巻、一九三三—三四年、岩波書店）を指す。

文字による戯画

前に私は、筆がこわばって、うまく文章の書けないときには『福翁自伝』か漱石の『文学評論』（十八世紀英文学史）を読むことにしている、と書いたことがある。（漱石自身もそんなとき、矢張り人の書いたものを読むと書いている）。この二つは今もって私の持薬で、今も折々服用するが、やはり依然として利き目がある。

最近必要があって福澤のものを、少しかためて読んだが、やはりその刺戟と影響を受けるようである。しかも福澤の文章は、その六十何歳のときに書かれたものであり、今の私はすでに七十代の半ばを過ぎた老人である。これは年甲斐もないと、赤面すべきことであるか、或いは何時までも気が若い、と自ら慰めて好いことであるか。

嘗て引用したこともあるが、慶応四年（明治元年）正月、将軍徳川慶喜は、鳥羽伏見の戦闘に敗れて海路江戸に敗げ還った。官軍は将さに東海東山両道を下って攻め寄せんとするというその時の江戸城や、鼎の沸くような混乱の有様を、親しく自ら見て描き出したものとしては、福翁自伝の一節に及ぶものは恐らくあるまい。それにいう。

「さて慶喜さんが京都から江戸に帰って来たというそのときには、サアたいへん。朝野ともに物論沸騰して、武家はもちろん、長袖の学者も医者も坊主もみな政治論に忙しく、酔えるがごとく狂するがごとく、人が人の顔を見ればただその話ばかりで、幕府の城内に規律もなければ礼儀もない。平生なれば大広間、溜の間、雁の間、柳の間なんて、大小名のいるところで、なかなかやかましいのが、まるで無住のお寺をみたようになって、ゴロゴロあぐらをかいてどなる者もあれば、ソットたもとから小さいビンを出してブランデーを飲んでる者もあるというような乱脈になり果てたけれども……」

幕府の城中で、大名か旗本か知らぬが、ソット袂からブランデーの小瓶を取り出して飲んでいるものもあるということで、倒壊寸前の幕府の紀綱の弛みというものが察しられる。この短い章句はどのような詳細な記述よりも幕府末日の姿を描き出しているし、またその写実、諷刺、可笑味はほとんど十八世紀英国の風俗画家ホガース（William Hogarth）の作品を見るの思いをなさしめる。

そのホガースであるが、この画家のことは実は私は始め漱石の『文学評論』によって知ったのである。例えばホガースの作品の中に当時の議員選挙の乱脈の有様を描いたものがある。その第一図は選挙のための饗応である。その解題をいうと漱石はこう書いている。

「四十人に余る同勢が食卓の周囲やら、部屋の中に各勝手な真似をして陣取つたものである。……室の外部からは反対派の者がしきりに石や煉瓦を投げ込んでゐる。其破片が室内の一人に当つて、其男は将に椅子から倒れ落ちつゝある。他の一人が之を怒つて、椅子を振り上げて窓外を目懸けて今や放り付け様とする。一人は壺の中からザアーツと小便を外の奴へ浴せかけて居る。……最も滑稽なのは食卓に坐つて居る一人で、余り食ひ過ぎて目を廻はして居る。片手に肉叉を握つて其肉叉には牡蠣がついて居る。云々。」（第二編、二、政治）

前記福翁自伝からの引用を見てホガースを思い出すというのは最も自然の連想であることが認められよう。

ホガースを思わせる叙述はまだこの外にもあるが、更にその一つを引く。文久三年（一八六三年）は英国が日本に対し生麦殺傷事件の賠償を要求し、英国艦隊が鹿児島を砲撃し、長州藩が外国船を砲撃した年である。国内の攘夷論は沸騰に達し、江戸市中の風俗も一変した。それを見て福澤は記す。

「当時少しく世間に向くような人間はことごとく長大小（ながだいしょう）を横たえる。それから江戸市中の剣術家は幕府に召し出されて、はばをきかせて剣術大流行の世の中になると、その風は八方に伝染して、坊主までも態度を改めてきた。元来その坊主というものは城内に出仕して大名旗本の給仕役を勤めるいわゆる茶道（さどう）坊主であるから、平生は短い脇差をさして大名にもらったちりめんの羽織を着てチョコチョコ歩くというのがこれが坊主の本分であるのに、世間が武張るとこの茶道坊主までが妙な風になって、長い脇差をさして坊主頭を振り立てているやつがある。また当時流行の羽織はどうだというと、御家人旗本の間には黄平（きびら）の羽織に漆紋（うるしもん）、それは昔々家康公が関ガ原合戦のときに着て、それから水戸の老公（いわゆる烈公）がしじゅうソレを召していたとかいうような言い伝えで、ソレが武家社会一面の大流行。ソレカラ江戸市中七夕の飾りには、ささにたんざくをつけて、スイカのきれとか、ウリの張り子とか、うちわとかいうものをつるすのが江戸の風である。ところが武道一偏攘夷の世の中であるから、張り子の太刀とかかぶととかいうようなものをつるすようになって、全体の人気がすっかり昔の武士風になってしまった。とてもこれでは寄りつきようがない。」

自伝によれば、この剣術大流行の真最中に、武士である福澤が、所持の刀剣を刀屋へ売り払ってしまったというのであるから、福澤の流俗反抗も相当のものであったといえるであろう。但しこの反俗心が彼れをして文字であのような風俗戯画を描かしめたといって好いのであろう。

(『文藝春秋』昭和四十年三月号)

帝室論

先日近藤日出造君*が来訪し、私のポローシャツ姿のスケッチとともに会談記を讀賣新聞（八月二十二日）に出した。

話の間に、近藤君は皇室または君主制の問題を質問し、それに答えて、私は「福澤が『帝室論』を書き、国の中に春のようなあたたかいものがほしい、帝室は万年の春にしてていますね。

……と書いていますね。

わたしはね、福澤とともに、悪を懲らすのが政府で、善をすすめるのが、皇室、皇室のお役目はそういうところにある、と思うんですよ」

といっている。

福澤諭吉の『帝室論』は有名で、私も今まで幾たびか紹介したこともあるけれども、なにぶん八十年前の著述であり、無論福澤の全集や選集には収められているが、今日何万何十万の読者の目に触れているというわけではない。しかし、今の日本で、それはあらためて評価せらるべき十分の価値があると思うので、近藤君との対話をも補うため、重ねてそれについて話したいと思う。

福澤の『帝室論』は明治十五年（一八八二年）の著述である。日本にはじめて憲法が発布されたのが明治二十二年、はじめて国会が開かれたのがその翌年であるから、『帝室論』はそれに先立つこと七、八年のものである。

この明治十五年の頃というのは、当時の薩長藩閥政府と自由民権運動とのはげしい官民衝突の時代であった。その前年の秋、政府内の有力者でもあり、異端者とも見られた参議（今でいえば閣僚）の大隈重信が突然罷免され、同時に一方、明治二十三年を期して国会を開くという詔勅が発せられた。これがいわゆる明治十四年の政変である。

これにたいし、板垣退助の自由党、大隈の率いる立憲改進党は政府を攻撃し、政府も弾圧をもってこれに応ずることになった。この政争の間、当時、官権党と呼ばれた帝政党なるものが組織され、政府と主義を同じうするとて前記の民党と争ったが、その間往々にして自分たちは皇室のお味方をするものであるようにいったり、あるいは反対党を不忠呼ばわりするようなことがあった。福澤はこれを憂い、『帝室論』はこれにたいする警告として著されたのであった。

政争をもって皇室を煩してはならぬ、わが皇室は全日本国民の皇室であって、一部のお味方のものではない、というのが、全篇の論旨であって、書き出しの一句、「帝室は政治社外のものなり。苟も日本国に居て政治を談じ政治に関する者は、其主義に於て帝室の尊厳と其神聖とを濫用す可らずとの事は、我輩の持論」云々は正にその全篇の主旨を明らかにするものである。

福澤はまた、「帝室は新に偏せず古に党せず、蕩々平々、恰も天下人心の柄を執て之と共に運動するものなり」という。いずれも同じ主旨に出たものである。

福澤は更にまた、帝室は「万機を統るものなり、万機に当るものに非ず。統ると当るとは大に区別あり、之を推考すること緊要なり」ともいう。

自ら万機に当たらぬとすれば、皇室の御任務はいずこにありとすべきであるか。そこに前に私の引いた、万年の春云々の句が出てくる。福澤はいう。政治の争いは苛烈なものである。それは火のごとく水のごとく、盛夏のごとく厳冬のごとくであろう。ひとり「帝室は……万年の春にして、人民これを仰げば悠然として和気を催ふす可し」という。一国にこのような緩和し慰撫する勢力のあるのは仕合せなことであって、この功徳は共和国民のあずかり知らぬところである。あるいは君主制を批判してとかくの言をなすものもあるけれども、それは実際政治の困難を知らない「青年の書生輩が二、三の書を腹に納め、未だ其意味を消化せずして直に吐く所の語なり」。

ここに善を勧め悪を懲らし、功を賞し罪を罰するにはいかにすべきやの問題がある。福澤はいう。悪を懲らし、罪を罰することは政府の力でできる。ひとり善を勧め功を賞することは、ただ皇室のみのよくするところである。また西洋の語に「王家は栄誉の源泉なり」とあるが、すでに栄誉の源泉であれば、断じてこれを汚辱と結びつけてはならぬ。「王家は勧る有て懲らす無く、賞する有て罰するなきもの」である。別に伝えらるるところによれば、福澤は警察署や裁判所の建物に菊の御紋章のかかげられることをきらって、しきりにこれに反対したという。けだし警察署も裁判所も人を罰することがある。そのような懲罰の場所に御紋章をかかげてはならぬというのであって、福澤の意のあるところは充分察することができる。

さらに福澤は皇室の任務として学問技芸の奨励をあげ、細目にわたってこれを説いた。要するに学芸の奨励はこれを政府の官省に託することはできぬ、「依頼して望むべきは帝室あるのみ」というのである。

帝室は政治社外のものであるといい、帝室は万機を統べて万機に当たらず、という福澤の主張は、現行憲法が施行せられてすでに十七年の今日においては、少しも珍しいものではない。しかし、八十年の昔、旧帝国憲法すらもいまだ形を成さぬその当時において、すでに福澤がこれを説いたことは、時勢に先んじたものといわなければなるまい。私の紹介はもとより粗描と称するにも足らず、福澤の識見と気魄は原文について見る外ないものであるが、明治十年代にすでにこれを説いたもののあったことを知るのは無用でない。福澤の見解は当時もとより世の定論とはならず、かくては、皇室はただ空名のものとなるではないか、という反対論は無論あった。ただ今度はじめて心づいたことであるが、『帝室論』がはじめて発表された当時、福澤はその普及を図り、講釈師に説いてこれを寄席で読ませたらしい。当時の時事新報に左の広告が出たという。

「新講談広告

六月十五日より日本橋瀬戸物町伊勢本、下谷広小路本牧亭にて、福澤先生立案時事新報社説帝室論を俗解し、通俗新講談の間へ差加、一席づつ演述。松林伯圓演」

ただしその出来ばえと評判がどのようなものであったかは伝わっておらぬ。

なお追記すれば、福澤の『帝室論』はその由来一日のものでなく、すでに明治十二年の『民情一新』の一節にもはなはだ味わうべき章句が見出される。福澤はそこで君主制と民主主義との問題に触れ、この両者を相容れぬもののように考えるのは、考えるものの気が小さいからだ、といっている。曰く、「区々たり世上小胆の人、一度び尊王の宗旨に偏すれば自由論を蛇蝎視して其文字をも忌み、一度び自由の主義に偏すれば国君貴族を見て己が肩に担ふ重荷の如くに思」う。「何ぞ夫れ狼狽の甚しきや。……其愚笑ふべし、其心事憐む可し云々」

これも今日あらためて読み返してよい文句であろう。

（『産経新聞』昭和三十八年九月九日）

＊　政治風刺を得意とした漫画家。日本漫画家協会初代理事長を務めた。

福澤と唯物史観

福澤の学者的天分

或る出版者に、福澤諭吉の『民情一新』（明治十二年）と「旧藩情」（明治十年）とを合せ、文庫本にして出してはどうかと、すすめて見た。その返事はまだきかないが、私がそれをすすめた理由は、福澤の全著作の中でこの二つは、今日史学者、社会学者の目に、特殊の価値があるものとして映じるだろうと、思ったからである。

抑（そもそ）も福澤の著作でその学問的の価値という点から見て、何が先ず推さるべきであるかというに対し、私はよく上記の二篇を挙げる。勿論これが福澤の代表作ではない。明治の思想に影響したという点で、それは『西洋事情』や『学問のすゝめ』や『文明論之概略』には遠く及ばない。『民情一新』という書名すら、今日あまり人には知られていないであろう。「旧藩情」に至っては、福澤の生前には印刷もされなかったのである。しかし、福澤の着眼と考察力の非凡をいうとき、私は、それを証拠立てる作物として右の二つは特に珍重すべきものだと思うのである。

ここに珍重という言葉をつかったが、白状すれば、それにはあまり世間で評判されないから、特に挙げるという気味もないのではない。キャヴィアは、人の知ってる通り、蝶鮫の鮞（はららご）を塩漬けにしたもので、珍味として喜ばれる。しかし、万人の味わうものではない。そういうところから、優れたもので、しかし多数人の好みには適せぬものを、英語で一般にキャヴィアというそうである。自由に飜訳すれば、乙なものということにもなるであろう。私が「旧藩情」と『民情一新』とを挙げるについては、それを学者にとってのキャヴィアとして、乙なものとして、推薦する嫌いはないかどうか、多少反省を要するとは自分でも思う。けれども、それがたしかに美味であり、また十分の栄養価値を持っていることは間違いない。私は平素福澤が終生あまりにも多忙の月日を過ごし、この二書などに示された着眼や考察を、更にその当然の極所まで推し究めて、巨大なる体系的思想産物をのこすに至らなかったことを遺憾とするものである。勿論、福澤があのような世間的交渉の繁多な一生を送る方がよかったのか、それとも、書斎に引込んで、その学者的天分に十分ふさわしいだけの業績をのこす方がよかったのか。それは軽々には断じられない。福澤も或るとき人に、引込んで好きな読書にふけりたいという意味の手紙を書いたこともある。けれども、事実上彼れの環境と性分はそれを許さなかったであろうと思われる。そんな臆測論を進めることは、しかし、無用の余談であろう。私は先ず「旧藩情」と『民情一新』そのものの話をしたい。

ロンドンにおける福澤、マルクス

「旧藩情」では、福澤は、もと自分の属した、豊前中津奥平藩の実情にもとづき、日本の旧制度において、ひとり士と民との間に差別があったばかりでなく、一口に武士と称せられた治者の階級が、実は上士と下士という截然（せつぜん）として隔絶した二つの集団または階層に岐れていた事実を指摘した。また『民情一新』では歴史的変革と技術的発明との関係に着目して「人間社会の運動力は蒸気に在りと謂ふも可なり」といった。

これだけいうと、今日の読者はすぐマルクスという名を思い浮べるであろう。福澤は果たしてマルクスまたはマルクシズムについて何か知識を持っていたか、どうか。私たちが福澤の著作その他について考え得る限りにおいては、福澤がマルクスのものを読み、或いはそれについて聞いていたと見らるべき証跡は全くない。福澤の目に触れた英米の書籍新聞雑誌の紙面では、当時はまだマルクスという名は、知り、または記憶するに値しないものであった。マルクスは、一八三五年生れの福澤よりは十七歳の年長者で、一八四九年から死ぬ年、即ち一八八三年までロンドンに住んだ。福澤は文久二年即ち一八六二年、徳川幕府の遣欧使節に随行してヨオロッパに往き、四月二日（太陽暦四月三十日）、フランスのカレエから対岸のドオヴァに渡った。そうして、五月十五日（六月十三日）オランダ船でテムズ河を下って英国を去るまで、四十四日間ロンドンに滞在したから、福澤は兎に角マルクスと時を同じうして同じロンドンにいたとはいえる訳である。しかし、当時のマルクスは、一般イギリス人にとっては、なきに等しい存在であった。無論福澤がマルクスの著書論文について聞く機会は、皆無であったに違いない。

ただ、ここで少し道草的考証を試みると、当時福澤は、ロンドンでマルクスの嘗ての住居からあまり遠くない地点に滞在したことが、その日記に見えている。福澤の西航記（福澤諭吉全集第十九巻六―六五頁）文久二年四月二日の条で、使節一行がロンドンに着いた記事に「ドーヴルの旅館にて午食し、火輪車（汽車）にて夕第六時竜動（ロンドン）え着。旅館はブルック・ストリート町名カラレージホテル館名と云」とある。このブルックストリートは Brook Street カラレージホテルは Claridge Hotel にちがいない。それは今もロンドンの最高級のホテルの一で、昨年、当時の吉田首相がロンドンで泊ったのもここであり、およそ百年前の昔も、幕府の使節の旅館としてやはりこの館が選ばれた訳だった。このブルック街を、西の方へ、広場を越えて行くと、突き当りはハイドパアク、その手前がアッパア・ブルック街で、昔ここに経済学者リカアドオの邸があったことは、別に書いたことがある。

ところが、この街を東の方へ歩いて行くと、贅沢な買物街で有名なボンド街があり、それを横切って真直ぐに行くと、ホテルから約千メエトルばかりでデイン街（Dean Street）へ出る。これがマルクスが大陸から来て住んでいた所である（始め六九、次に二八番）。この辺一帯をソホオ（Soho）といい、嘗て大陸からの亡命革命家等の潜んだ一廓である。今でも往来や店頭で、外国語または外国なまりの英語を耳にすることが多い。今も決してきれいな町ではないが、マルクスの住んでいたその頃は、もっとむさ苦しい街区であった。その後彼れはロンドンの北のハヴァストック・ヒル（Haverstock Hill）に移ったが、彼れが殊に窮迫したのは、一八六二年前後というから、丁度福澤がロンドンに往ったその頃である。私は嘗てこの時代のマルクスが、マンチェスタアに住んでいた友人エンゲルスに与えた幾通かの手紙を飜訳引用して、ロンドンにおける彼の生活を描いたことがある。偶々その中の一通は、四月二十八日附け、というと、丁度福澤のロンドンに着いた前々日の日附けのものであった。マルクスはそこに細ま細まと借金に責められている自分の窮状を訴えている。それにはこうある。

「ロンドンへ帰って見ると、家主から手紙が来ていて、二十ポンドの残りを受取るため今日尋ねて来ると書いてある。ところが、払う金は一サンチイムもないのだ。僕が四週間留守にした間に、日常の必要のための借金は無論かさんだ。その上に、家主よりもなお至急を要する番外費目が二つある。第一が、ピアノ教師に対する七ポンドで、これは目下の境遇上稽古をやめなければならないので支払を要するのだ。第二に、質屋に十ポンド納めて出して来なければならぬ。そこには子供のものばかりでなく、女中のものも、靴まで入っているのだ。家主が厄介だから、僕はまだいないことになっている。家主が来たら、妻は、僕がまだ帰らないといって切り抜けることになっている。」

こんな有様であった。けれど、当時、どうかして福澤が、今ロンドンにいるカアル・マルクスがこんなに困まっています、と人からきかされたとしても、(今ならビッグニュウスだが)彼れは何も感じなかったであろう。マルクスという名について彼れには何の知識もなかった筈である。

要するに福澤の「旧藩情」や『民情一新』の内容にマルクスの名を想わしめるものがあったとしても、彼れとこれとは無関係に成り立ったもので、福澤は全く自分の洞察と推理によってこれを書いたと断じて間違いない。

ここに福澤の思想の成長の跡をたどって見ると、福澤は、青年のとき、オランダ語によって先ず化学物理学を知り、自然法則の普遍必然性と、それを究める西洋科学の精妙に驚いた。次いで、英語で経済学倫理学書を読み、殊に経済書によって、社会人事にもまた動かし難い定則の支配があることを教えられて感嘆した。これが明治改元前後のことであった。

それから続いて彼れは特別の興味をもって歴史の問題を考えたことが、その著述その他によって察せられる。勿論、福澤は歴史と自然現象とを同一視するものではない。また、将来の歴史的経過に対して、自然科学におけると同様の厳密なる事前予測を下し得ると考えなかったこともたしかである。けれども彼れは、歴史が恣意と偶然の支配に委せられるものと観ることに満足せず、その経過の因果関係に、出来れば、或る法則性を求める方に傾いていた、とは確かにいえるであろう。

そういう福澤にとっては、例えば、偶々一人の徳川家康が現れて三百年泰平の基を開き、偶々一人のビスマルクが現れてドイツの統一が成就したというような記述と説明は、到底満足し難いものであろう。何故に、また如何にして、家康はかのことを、ビスマルクはこのことを、成したかというに対し、家康は家康だから、ビスマルクはビスマルクだから、かのこと、またはこのことを成したといえば、それは答えを与えないのも同じである。因果必然の連鎖を辿らなければ満足しないものは、必ず進んで、家康なり、ビスマルクなりを促して、かのことまたはこのことを為さしめたものは何か。彼等をして能くそれを成し遂げ得しめたものは何か、と問うであろう。

この問いはまた、彼等を促してかのこと、このことを為さしめた事情、またよくそれを成し遂げ得しめた条件は、果してかの特定の個人以外のものには同じ事をなさしめなかったか、どうか、の問いを含む。それを考察すると、当然吾々は、通常世の大勢といわれる一聯の働因に想い到らざるを得ないことになる。世の大勢に着目することは、必ずしも歴史上における個人の役割を否認することではない。けれども歴史的考察の上で恣意と偶然の支配を認めることを肯んじないものは、世の大勢に、より多くの興味を抱く方に傾く。福澤はたしかにその一人であった。

この傾向は、彼れの『文明論之概略』(明治八年)に強く現れる。その一節で、彼れは世の治乱興廃は二、三の人の能く左右するところでないということを力説し、また人の遇不遇ということの意味について語る。楠正成は不遇の人であった。孔子孟子もそうであった。この遇不遇ということは何を意味するか。それは決して後醍醐天皇に用いられなかったということでなく、周の諸侯に容れられなかったということでもない。天皇をして正成を、諸侯をして孔子孟子を、容れしめなかったものが別にある。それが「時勢」である。即ち正成も孔子も不遇であったというのは、特定の君侯に遇わなかったのでなく、要するに時勢に遇わなかったのである。その時勢とは何かといえば、福澤はその時代の人民に分賦する智徳の有様である、という。

福澤はここで政治家の力と時勢とを、航海者と汽船とにたとえ、たとえいかなる航海者が現れても、船にその馬力以上の速力を出させることは出来ぬ。出来るのは、ただこの汽船の機関の力を妨げないで、運転の作用を逞しうせしめることのみである。世の治乱興廃もまたその通りで「其大勢の動くに当て、二、三の人物国政を執り天下の人心を動かさんとするも決して行はる可きに非ず、況や其人心に背て独り己の意に従はしめんとするものに於てをや。……古より英雄豪傑の世に事を成したりと云ふは、其人の技術を以て人民の智徳を進めた事に非ず、唯其智徳の進歩に当てこれを妨げざりしのみ。」という。

そのすぐ前に福澤は、個々の人心の変化は予め測り難いが、長期に亙る大数の動きには一定の法則があると説いた。例えば、天の晴雨は、朝、その日の夕を断言することもできないが、一年を平均すれば、晴天の日は雨天の日よりも多いことを知るようなもので、個々人についてはいえないでも、広く一国についてこれを求めれば「其規則の正しきこと彼の晴雨の日数を平均して其割合の精密なるに異ならず。」これを「スタチスチク」(統計)と名づくといっている。

こういう考え方は、元来「理と数」と「証拠を求める」ことを重んじた福澤として当然到達した結論であったといえる。しかし、同時に、たしかに他人の著書に学ぶところもあった。その最も大きいのは、英国文明史の著者トオマス・バックルであった。固より福澤はこれに負うところの多きをかくさず、前記の統計的方法を説くところにも、バックルの名を挙げている。

トオマス・バックルその他

バックルの本は一八五七―六一年に出たもので、時の進歩的、科学的風潮に投じ、国の内外で非常に広く読まれた。ロシア農民の小屋にさえその訳本が見出されたともいわれている。彼れは歴史を高めて一個の法則科学の域に進めようと企てたが、その書の中に、人類の進歩は智の変化（徳の変化でなく）によるものであることを説き、また、個人の努力は歴史の経過全体の上から見れば、言うに足らず、英雄も畢竟時代の産物に過ぎないことを力説した。その影響の跡は、明らかに福澤の著書について指摘することが出来る。

　バックルは元来有福な家に生れた独学者で、その学問も自己流の嫌いがなかったとはいえない。従ってその文明史も、一般世間の好評にも拘らず、専門学界からは冷やかに迎えられた事実があり、例えば『エンサイクロペディア・ブリタニカ』の「バックル」の項を見ると、版を重ねる毎に、その記事が際立って短くなって行くのが目につく。この評価は恐らくは正当で、たしかに彼れの文明史は厳密な学問的著述とはいい難い節があったであろう。けれども、それにも拘らず、英国文明史は、在来の歴史が帝王や将帥の功業を記録することに専らで、屢々「太鼓とラッパ」の記事に過ぎなかったのに対し、一九世紀の科学主義の立場から発せられた不満と批判の表明として、たしかに有意義の著述であった。福澤が自分の『文明論之概略』の一節で、凡べて日本の在来の歴史は「唯王室の系図を詮索するもの歟（か）、或は君相有司の得失を論ずるもの歟、或は戦争勝敗の話を記して講釈師の軍談に類するもの歟、大抵是等の箇条より外ならず」とし、「概〔点〕して云へば、日本国の歴史はなくして日本政府の歴史あるのみ。学者の不注意にして国の一大欠典と云ふ可し」といったのは、遠くバックルに賛同の声援を送ったものであるといえる。

彼れは王朝の系図調べか、講釈師の軍談に類すると評した在来の歴史を、やはりその頃書いた或る短文の中に、極端な比較をして嘲罵した。

「漢史に云く、周の武王は文王の子なり、殷の紂王を滅して天下太平を致し、在位二十年にして崩ず、太子立つ、之を成王と為すと。又日本の歴史に云く、永禄四年秋九月、上杉謙信一万三千の兵を率ひて信濃に入り、武田信玄と大ひに川中島に戦て勝敗相半すと。」

こんなものが歴史なら、これだって歴史だろうと、福澤の例を設けるには、

「前町の黒(クロ)は斑(ブチ)の子なり、横町の白(シロ)を噛み倒して町内に威張り、其後河豚の胆(キモ)を喰て死す、今の白(シロ)斑(ブチ)は即ち黒の子なりと。又明治九年六月の梅雨に向ふの小溝のこかげから蝦蟇(がま)が三疋飛出して、又此方からも飛出して互に腹をふくらして組んづ結んづ戦ひしが、勝負は慥に分らずと。」

どんな馬鹿でもこれを大切にして耳を傾けるものはないだろうが、周王の歴代も黒犬の歴代も、川中島の合戦も小溝の合戦も、等しく歴代、等しく合戦で変りないのに、一方を大切にし一方を粗略にするのは訳が分らない、といった。

これは嘲罵癖のある福澤の暴言の一例であるが、在来の歴史が、福澤にどれほどの不満を感ぜしめたかは、これを察しなければならぬ。右の文章は、明治十一年に出版された『福澤文集』に収められた「教育之事」二と題する一篇の一節であるが、その文言によって観れば、明治九年の執筆と考えられるから、即ち彼れの『文明論之概略』の附註とも見て好いものであろう。

史学上の個人主義と集団主義

今、歴史家の記述すべき興味の対象を、戦争と平和、治者と被治者、個人と大衆、政治と生活、事件と状態、という風に相対照させて見ると、バックルも福澤も、それぞれの対照における後の者に興味を向けた歴史家であったといえる。そうして、それぞれの後者に着目すれば、即ち平時における被治者大衆の生活における日常の状態に着目すれば、戦争とか革命とかいう非常の事件と、これ等の事件における帝王将相の行動に着目するのに比べて、遙かに恣意と偶然の支配を見ることが少なく、そこに或る不変的、法則的のものの認められることが否み難い。歴史の科学性を強調するものは、当然この一面に重きを措く。コンドルセエ、コント以来の多くのフランスの歴史家、往年ドイツで文化史主義を唱えたカアル・ラムブレヒト等は、皆なそうである。しかし唯物史観を打ち立てたマルクス及びマルクス主義者が殊にそうである。こういう意味で、バックルも福澤もマルクスも皆な英雄豪傑の行動よりは大衆の日常生活に着目する、史学上のいわゆる集団主義者（コレクチヴィスト）であった。仮りに歴史家の興味は個別と変化とに向い、科学者の興味は共通と不変とに向けられるとすれば、これ等のコレクチヴィストは歴史家たるとともに科学者（社会学者）たらんことを期する度合の強いものだといい得るであろう。

福澤の作った漢詩に「読史」と題する一首がある。

史家心匠不公平　　史家ノ心匠公平ナラズ
片眼唯看政与兵　　片眼タヾ看ル政ト兵ト
兵事政談毎喋々　　兵事ト政談ハツネニ喋々シ
不知衣食頼誰成　　知ラズ衣食ノ誰レニヨリテ成ルカヲ

詩としての巧拙は論ずべき限りでないが、その主旨とするところは当時として時流をぬきんでた史学上の識見であって、これをバックルやラムブレヒトに見せたなら必ず大いに満足の意を示したであろう。これが明治十一年の作である（福澤諭吉全集第二十巻四二七頁）。福澤の人間社会を観察し、またその歴史的変遷を考える立脚地は以上のようなものであった。本題の「旧藩情」は右の詩の前年、『民情一新』は翌年に書かれたものである。

「旧藩情」

前にも記したように「旧藩情」は、福澤の生前には公刊されず、死後始めて時事新報に発表され（明治三十四年）、次いで福澤全集に収められたが、書かれたのは、明治十年西南戦争（二月より九月に至る）中のことである。福澤は中津で、旧藩制が廃止された以後においてもなお旧士族の間に門閥観念とこれに対する反感が残っていることを憂い、それを一掃して人心の融和を図ることを願ってこの篇を起草したことが、本文によって察しられる。けれども、今日吾々に興味があるのは、この起草の目的よりも、福澤がそこに旧藩士族そのものの内部に厳しい階級的対立のあった事実を指摘したことである。

福澤が直接観察したのは、中津奥平藩の実情であったが、諸藩ともに大同小異だったということである。それによると、旧中津藩（十万石）の士族およそ千五百名は上士と下士との二大階級に分れていた。上士は大臣（家老）から以下儒者、医師、小姓組に至るまで、下士は祐筆、中小姓、供小姓、小役人格から足軽帯刀の者に至るまでがこれに属し、それぞれの中にも段階はあったが、下士は如何なる功績才力があっても上士に昇進することを許されず、上士下士の大分界は殆ど天然の定則であるかの如く、これを怪しむものがなかったという。そうして、

（一）上士と下士とでは礼儀、応待、称呼、家屋の建て方、各種の遊戯等の上における特権を異にし（例えば、上士の家には玄関式台を構え、下士にはこれを許さず、上士には猪狩川狩の権を与え、下士にはこれを許さぬ等々の如く）

（二）上下絶えて通婚せず（従って、下士である福澤が上士土岐太郎八の女錦を娶ったのは例外中の例外であった）

（三）当然禄高、従って貧富を異にし、

（四）一方は経史兵書を講じ、騎馬槍剣を学ぶに対し、他方は算筆を勉め、居合い、柔術、弓鉄砲棒術を学ぶという如く教育を異にし、

（五）上士は概して生計に意を労さないのに、下士は内職によって扶持米の不足を補い、内職変じて本職に近く、純然たる士族よりは一種の職人となる事実があり、

（六）外出の服装、言語、宴席の模様その他の風俗を異にした。（例えば、上士は外に出て物を買うことを賤しみ、剣術道具、釣竿の外は些細の風呂敷包も携えぬという如く）

福澤は仔細にそれを観察して書いた。およそ健康で病苦を知らないものは、人身の生理病理を意に介しない。同様に、一の社会制度をよく観察し解剖するものは、現状を苦痛としてこれを憤るものの間から出ることが多い。福澤は正にその一人であった。彼れの父百助（ひゃくすけ）は、中小姓として十三石二人扶持（ぶち）を給せられる下士であったが、次男第五子たる福澤の生れたとき、この子が成長したら寺に入れて僧にするといったという。それを、後になって福澤がきき、それは窮屈な階級制度の下では、下士の家に生れた子のためには、僧となる以外には名を成すべき途はないのを考えてのことであったろうと思い、亡父の心事を察して泣き、晩年自伝の始めに「門閥制度は親のかたきでござる」といったことは、しばしば引用されたから、もう今では珍しくない。それにも拘らず、福澤の観察の態度は冷静緻密であって、自分でもいう通り、身を対象から離し、宛かも岸上から舟の運動遅速を望観するように、望観したままを記して、ここに小篇ながら社会学的記述の一の模範を吾々にのこした。

階級闘争歴史観が常識となった今日としては、同じ士族が上下二層に分立した事実に気づくのは、甚だ容易であるばかりでなく、寧ろ陳腐甚だしいものであるかも知れないが、今から殆ど八十年前、藩制廃止の直後において、この事実に着目し、更に下士の内職の実情やその生産技術、その零細な資金の運用等までを記したのは、非凡な観察と称すべきであろう。福澤はこの小冊子に序文を附けたその中に「……此冊子仮令ひ今日に陳腐なるも五十年の後には却て珍奇にして歴史家の一助たることもある可し」といったが、正にその通りになった。遺憾はただ、大衆の日常生活の状態を記述することにこそ歴史家の任務はあると信じた福澤をして、この方面の著述に更に多くの力を割かしめなかったことである。

『民情一新』

「旧藩情」から二年後に『民情一新』が出た。この書で福澤は十九世紀における蒸気船車、電信、印刷、郵便の発明が「民情一新」の原因であることを説いた。

前に福澤は、治乱興廃は二、三の人の左右し得るところでなく、全く「時勢」によって定まることを力説した。しかし、その時勢そのものはどうして動くのか。彼れのいう時勢とは、時の衆民の人心、即ち結局「民情」である。その民情はどうして動くのか。それはそれ自体の内から動くか、或いは人心は人心以外別に原因があって、それによって動かされるか。福澤は『文明論之概略』では、その点まで論及していない。『民情一新』になって始めて福澤は、社会を顚覆し、民情を一新するものは、前記のように、蒸気船車以下の四者（或いはいう、究局は蒸気の一力という）の発明工夫であると説くようになった。

けれども、以上の四者そのものが人心そのものの所産ではないか、と人はいうかも知れぬ。正しくその通りであるが、ただ人間は自分自身の造り出したものによって役せられてこれを奈何ともできなくなるのだと、福澤はいう。マルクスは『共産党宣言』中、自分で造り出した生産手段や交通手段を自ら奈何ともし得なくなったブルジョワ社会を、自分が呼び出した地下の悪魔を、もはや制御し得なくなった魔法使に喩えている。福澤は同じような意味で鷹を生んだ鳩の驚きということを言う。「西洋人が此利器（蒸気船車以下四者）を発明したるは鳩にして鷹を生む者の如し。雛鷹の羽翼既に成れば半天に飛揚して衆鳥を鷙攫し、時としては其所生を嚇すこともあらん。母鳩の驚駭狼狽も亦謂れなきにあらず」と。

福澤はここには単に十九世紀における急激な民情の変化を、上記の四発明に帰しているけれども、更にこの観察を拡充すれば、一般的にあらゆる時代を通じて民情即ち時勢の変化と新技術発明との関係に対して一の歴史的通則を結論し得た筈である。歴史の経過における恣意と偶然の支配を容認することを肯んじなかった福澤の考察は、『民情一新』においてその当然の確定地盤に到達したかの観がある。

けれども、蒸気船車等の発明がかかる人心変動を齎すとすれば、更に蒸気に取って代るべき新しい動力機関の発明が行われたなら、そのものもまた同じく社会変革の作用をなすであろう。福澤が夙く明治二十六年に、蒸気に代る動力として電気が現れ、しかもその発電に蒸気でなく水力を用いそうになったことを「由々しき出来事」として指摘したのは、私の注意をひいた。それは彼れがこの年書いた『実業論』中の一節にある。

福澤は更に飛行機の発明使用の暁を想像して、それが社会的変動の上にどのような結果をもたらすであろうかを推究しようとした。福澤は生前今日の飛行機を知らず、その想像に描いたものは、「人体に羽翼を着る」式のものであったが、それは兎に角、もしこの種の飛行機が普及したなら、社会人事の上にはどんな変化が起るだろうかという問題に、彼れは興味を持った。福澤の書簡集を見ると、年月は明らかでないが、福澤がこの疑問を起こして人の意見を問うた手紙が一通のこっている。問われた相手は、濱野定四郎といい、昔、私も慶應で教えを受けたことのある読書人で、その頃の慶應の教員の例で、昔の漢学者が漢籍なら何でも読んだと同じように、英語で書いてあるものなら何でも読んで、社会科学でも自然科学でも構わず究めるという型の学者であった。常に読書を怠らぬこの濱野に、福澤はよく色々の質問を発したが、この時の文言は左の通りである。

一、物理器械ノ学漸ク進歩シテ人体ニ羽翼ヲ着ルコトヲ発明シ、人々老少ノ別ナク自在ニ空中ニ翔ルコト飛禽（ヒキン）ニ異ナルナキニ至ラバ、左ニ掲グル社会人事ノ件々、今日ニ比較シテ何様ノ変化ヲ致ス可キヤ。

但シ翼ヲ着ケテ空中ニ翔ル其速力ハ一時間凡　里ニシテ、其重キ物ヲ負担スルノ量モ、人々天賦ノ力ニ準ジテ相違アルモ、今ノ人ガ陸上ニ負担スルヨリモ軽重アル可ラズ。又羽翼ノ器械ハ成ルモ、人ノ徳義ヲ変ジタルニ非ズ、此マヽノ人ニテ器械ヲ用ルモノナリト知ル可シ。

一、人間社会運輸交通ノ法ハ如何ナル可キヤ。

○道路ハ如何○鉄道ハ如何○海運ハ如何○郵便ハ如何。

一、衣食住ノ有様ハ如何ナル可キ。

○家屋建築ハ如何○寒暑ヲ防グノ法如何○台所世帯ノ風ハ如何。

……………………

一、政体ハ如何ナル可キヤ、法律ハ何ト変ズ可キヤ、罪人捕亡ノ法ハ如何。
一、学問ノ風ハ如何ナル可キヤ。
一、農業商売製造都テ殖産ノ法ハ如何ナル可キヤ。
尚其外ニ問フ可キケ条ハ多カラン、御考被下度候。（福澤諭吉全集第十八巻九二一―二頁）

濱野がこれに何と答えたか、また福澤自身何かの結論を得たのであったか。いずれも伝えられていない。ただこれによっても福澤の興味と想像力がいずれの方向に向き易かったかは、十分察し得ると思う。そうしてそれは、彼れの、時勢を重視して、英雄豪傑を二の次ぎとする歴史観と、当然の脈絡を持つのである。

再び『民情一新』に回ると、福澤は蒸気以下の四つの者を文明の利器と称しているけれども、この文明の利器が齎すものは静穏でなくて、騒擾であり、その騒擾は今後益々激しくなるものと見た。それでは、これに処すべき途は如何といえば、結局英国流の議会政治により、平穏の間に為政者が交代し、「政権の席上に長坐する弊」なきを期することが肝要である、という。これが全篇の結論である。

この書について注目すべきは、前記のように、機械の発明の歴史推進力を説き、そこに政治的社会的不安が喚び起こされることを指摘したことである。ただこの場合、福澤は蒸気その他の発明によって交通の便が進められ、思想の伝達普及が速かになったことのみに着目し、機械の採用によって生産費が下るとともに、雇主と労働者との階級的隔絶が深められ、失業者の発生、婦女幼少の酷使が促された事実にいい及ばなかったのは、物足りない。けれども、当時の日本における西洋文明導入の第一の先達であった福澤が、同時に、西洋文明必ずしも調和と繁栄とのみをもたらすものでなく、進歩は混乱と相伴うことを免れないで、現に西洋諸国はそれがために狼狽しつつあることをいい、蒸気、電信等々を持つ西洋諸国に屈して国を開いた日本は、また必ず、蒸気、電信等々が喚び起こす社会問題の発生を免れ得ぬと、予め警告したのは、先覚者の名を辱しめぬというべきであろう。

福澤は民情変化の一つの徴候として、英国で、労働者のストライキとて「仲間に結約して其賃銀を貴くせんが為に職に就かずして雇主を要するの風」が盛んであることを挙げ、また、人の著書を引いて、教育の普及が英国で「チャアチズム」[*1]「ソシアリズム」[*2]二主義の流行を齎したことを記している。更にまた、別の人の著書によってロシアにおける思想的不安を叙述し、アレクサンダア・ヘルツェン及びその機関紙『コロコル』の独裁政府攻撃、カトコフの弁駁、虚無党員（ニヒリスト）の皇帝に対する兇行等について語っている。勿論、社会主義、共産主義、虚無主義等の名称が日本の学者の筆に上ったのは、これが最初ではない。明治の碩学加藤弘之、西周等の著述には、すでにその紹介があったけれども、福澤が蒸気その他の発明の輸入がわが国で惹き起こすであろう人心激動の先例としてこれ等の運動に着目したのは、特に記して好いことであろう。

福澤の「旧藩情」と『民情一新』は、このようなものである。その原本を読む人は、ここに福澤の特殊の観察力と非凡な見識とを認めることと思う。それは福澤の全著作の一小部分、しかもごく目につかない一小部分であるが、今日の学者の目に特殊の価値あるものとして珍重されて好いと思うことは、始めいった通りである。

福澤と唯物史観

福澤が唯物史観を抱いていたなどというのは、大仰である。けれども、福澤に右のような著述のあることは、人の興味をひくであろう。前記の通り、福澤は全くマルクスを知らなかったと断ぜられるが、マルクスのいった言葉、即ち従来一切社会の歴史は階級闘争の歴史である、とか、或いは「人間の意識がその生活を定めるのでなく、反対に、その社会的生活がその意識を定める」とか「手磨臼は封建諸侯を有(も)つ社会を生み蒸気製粉機は工業資本家を有つ社会を生む」とかいうような言葉は、必ず福澤に興味を感じさせたであろう。多分福澤を深く首肯させたであろう。

ただ、福澤とマルクスとを並べて読むと、福澤にはマルクスにある形而上学的臭味の全然欠けていることが感じられる。形而上学的臭味といえば、マルクシストは不服かも知れないが、ヘエゲル的形而上学は、その用語のみならず考え方そのものも、最後までマルクスから抜け切らなかった。

ヘエゲルにとっては、世界史は、神の合理的な世界計画の実現過程であり、その経過を支配するものは絶対的な世界精神であった。そういう意味で、彼れは「神は世界を統治する。その統治の内容、その計画の遂行が世界史だ」といった。マルクスはこの哲学から出発した。そうした後にそれを離れ、歴史を支配するものとして、世界精神の代りに物質的生産力というものを置き換えた。ところが、この生産力なるものは、マルクスの場合、往々、ヘエゲルの世界精神の化身かと思われるばかりの神通力を持ち、人類をその最高目標——共産主義——に導くことを予め約束するものであるかのように、取扱われている。

マルクスがヘエゲルから離れたと考えられるその頃にエンゲルスと共に書いたもの（『神聖家族』）の中に「歴史の出生地は天上の雲霧の中」でなく「地上の粗なる物質的生産」の中に求めなければならぬという言葉がある。マルクス自身明らかに当初それを「天上の雲霧の中」に求めた一人であったが、後に至っても、屢々その地上降下は十分でなかったとの印象を与える。福澤はこれに反し、終始地上の人であった。彼れが少年の時に勉強して学んだ儒教に、形而上学がなかったとはいえないが、彼れが特にその方向に興味をひかれた形跡はない。彼れは長じて先ず西洋の自然科学、次いで倫理学経済学を学び、更に次いで歴史を科学的に観ることを試みた。福澤は科学的に確認し得る因果の究明以外のことには興味を動かされない人であったように見える。だから、マルクスが確実に唯物史観に到達する直前、やはり前記『神聖家族』の一節に、私有財産を「肯定」、プロレタリアをこれに対する「否定」として対立させ、この対立が、共産主義において止揚されると、ヘエゲル的に論結したことがあるけれども、この論究方法を福澤に批評させたら、証拠のない架空の思弁だといったであろう。

外でも書いたように貧しい下級士族の家に生れた福澤は、青年時代生計を補うため内職の手工労働に従い、またそれに巧みであった。福澤が後年自ら鄙事多能と称したのは、敢えて孔子の向うを張ったという訳でなくて、実際の事実であった。ひとり生活の実践上のみでなく、学問上の考察においても彼れは常によく鄙事を、即ち衣食住とその生産を、特別の興味をもって観察する人であった。二十五の年に大阪から江戸に下ると、江戸のその入り口で、先ず路傍の店で鋸鑢を製作しているのを見て感心したという福澤は、洋行すればすぐ『西洋衣食住』（慶応三年）を著した。のみならず、その執筆の全時期を通じ、様々の機会に、各種の生産製造工程に関する見聞知識をこと細かに記述した。彼れは終始「地上の粗なる物質的生産」を忘れない人であった。これに比較すれば、マルクスは遙かに哲学者であり、「ドイッチェ・イデオロギイ」を脱却しない人であったといえるだろう。

福澤の漢学の素養は決して浅いものではなかったが、彼れは堯舜（ぎょうしゅん）の治を[*3]、人類の黄金時代とはせず、また今日を、澆季（ぎょうき）の世[*4]とはしなかった。彼れは人類が野蛮、半開、文明（或いは渾沌、野蛮、未開、開花、文明）の段階を昇るものとし、その昇階はひとえに人智の進歩により、そうして今後におけるその進歩も予め測り難いものであるとして、これに無限の信頼をよせた。そうして、その議論はすべて科学的実証の平面上に終始した。福澤が自ら儒学に養われ、而して後にこれを離れてそれを攻撃した趣きは、ややマルクスのドイツ・イデオロギイにおけるものを想わしめる。けれども福澤が謂わゆる東洋流の惑溺を排し、陰陽五行説の妄誕と絶縁したことは、マルクスがヘエゲル的形而上学、またそれと不可分なるヘエゲル的用語惑溺からの離脱に比して、遙かに明確であったように見える。

（『文藝春秋』昭和三十年十一月号）

＊1　Chartism　チャーチスト運動。一八三〇年代後半から始まったイギリス労働者階級の参政権獲得運動。
＊2　Socialism　社会主義。
＊3　中国古代の伝説上の帝王、堯と舜の治世。
＊4　道徳の衰えた乱れた末世。

Ⅳ　福澤諭吉と向き合う

日本の近代化とアジア
——全集発刊に寄せて——

福澤諭吉が死んで五十七年、明治が終って四十六年、福澤の起こした慶應義塾が創立百年を迎える今は、完本福澤諭吉全集を刊行すべき時機として、晩くはあっても早きには失しない。今、明治日本の興隆を子孫後世に伝えるべき記念の殿堂を造営するとすれば、この全集の刊行は、福澤の教えを受けた私たちとして、是非にも担当しなければならぬ部分であるように感じる。

慶應義塾の百年は日本開国の百年とほぼ完全に一致する。いまこの百年を顧みてその前後を比較すると、誰れの目にもつくのは、今日のアジアにおいてそこに一種の捲き返し運動ともいうべきものの行われていることである。百年前には、西洋列強の力が西から東に及んで、遂に極東日本の開国となったのであったが、今日は反対に、東から西への運動が行われている。それは反植民地主義またはアジア民族主義と称せられるものであって、その間多くの行きすぎや脱線も行われているが、兎も角も、前に一たび西から東へ延びた力が、反対に、東から西へ押し戻されつつあることは、誰れの目にも明らかである。アジア諸国民は、今相競うて嘗ての支配者たる西洋強国からの独立を遂げつつある。

この世界史的変動の原因は、一言でいえばアジア諸国民の覚醒であるが、更にこの覚醒を促した原因は何々かと問えば、無論無数と答えなければならないが、しかし、同じアジア人の国である日本の近代化と勃興の実例が、彼等に対して強い発奮の刺戟となった一事は逸すべきでないと思う。明治維新後の改革により、日本の国力は飛躍増進した。日本は先ずシナと戦ってこれを破り、次いでロシアと戦ってこれを破ったが、一のアジア国民が世界の強国ロシアを破ったこと、殊に遠く地球を半周して大挙来攻した大艦隊を、僅かに一日の戦闘により、アジア諸国民の面前で完全に撃滅したことは、多年西洋強国に隷属した彼等に、強い刺戟を与えたに違いない。

こう見て来ると、二十世紀のアジア、ひいて世界の歴史において、日本の近代化と勃興というものが、いかなる役目を勤めたかが改めて考えられる。その日本の近代化であるが、それはいかにして行われ、またその思想上の指導者は誰れ誰れであったか。どうしてもここに福澤諭吉の名を挙げなければならぬことになる。福澤自身も自任するところがあり、日清戦後の或る機会に、維新前後の日本人が専ら自分の著訳書ばかりを読んで文明の新知識を得たのは紛れもない事実であって、自分が「暗に政府のお師匠様たりしことは故老の今に忘れざる所なり」と人に向って放言したことがある。

本来そういう表現は私の趣味ではないが、少し長い年月と広い地域の中に置いて福澤の人と事業を考察するとき、「アジアにこの人があった」と、いうようなことを私はこの頃よく思う。

(『福澤諭吉全集』第一巻附録　昭和三十三年)

富田正文君名誉学位授与式祝辞

今日ここに富田正文君[*]が慶應義塾大学名誉博士の学位を授与せられましたことは、実に塾において前例なき名誉でありまして、公けの意味において、また私の意味において、深くこれを喜びとすることは御列席の諸君みな一つであろうと信じます。

富田君の文勲の偉大なることは申すまでもないところであります。福澤先生の全著作を集め、これを考証し、編纂して後世にのこすことは、これは慶應義塾に課せられた課題ともいうべきものでありまして、塾の同人は多年この一事を思うと常に未済の負債を荷う感をなさざるを得なかったのでありましたが、富田君あるによって、今日の塾のものが先人に対し、また後世に対する負債を果たし得ましたことは、実に目出度い、何よりも盛んなることであり、而して同時に感謝に堪えないところであって、幾たびでもくり返して謝辞を述べなければならぬと思います。塾が今回名誉学位規定の改正までもして、而してその新規定の第一の該当者として富田君を表彰されましたことは、まことに手を拍って快と称すべき美挙と申したいと思います。

聞くところによれば、福澤諭吉全集の完成を見るや、直ちに義塾大学の教授の間に、これは捨て置くべきでないというので、その表彰の方法について当局者に進言し、また同僚の間にも説いた人々があり、それが実を結んでこのたびの学位授与となったということでありますが、その提案をきくや大学評議会においては、全員響きの声に応ずる如くこれに賛成の意を表して、このたびの表彰となったということであります。それは富田君にとり無上の名誉であると共にその表彰を取り図られた人々にとっても誇るべきことであると申したいのであります。

ところで、今日この目出度い表彰の式場において、私は御列席の諸君の御一考を煩したいことがあります。それは福澤諭吉に関する講義もしくは講演を塾に置くことであります。福澤全集は富田君の苦心と努力によって完成しました。しかし全集は出来てもこれを読まなければ何にもなりません。如何にしてこれを読ませ、学生をしてこれを研究せしめるかが吾々に課せられた課題であります。その方法は色々ありましょうが、福澤諭吉とその時代に関する講義または一連の講演を塾に置くことは、その最も直接的の方法であって、これは大学各学部の教授または大学評議会において是非お考えを願いたいところであります。或る一人に講義を托すか、或いは歴史、経済、政治、法律と、それぞれの専門学者がそれぞれの見地から福澤を論ずるか。それはまだ研究の余地がありましょう。ただすでに特定の学者や作家に関する特別講義なども行われて、そうして福澤先生に関する講義は設けられていないとすると、何故に、という問に誰れも答えることは出来ないと思い、御一考を煩す次第であります。

また高村〔象平〕塾長にも御無心致したく思います。塾長はすでに福澤諭吉基金を設けて広く世間の賛同を得ておられます。そうして塾の人材養成ということについて、すでに見るべき成績を挙げておられるということで、まことに御同慶に堪えませぬ。それについて考えますのは、この基金の事業の中に福澤研究を加えることは出来ぬものか。例えば福澤研究のモノグラフの刊行の補助の如きは御一考を煩したいものと思います。実は塾の学者のみでなく、塾外の人例えば丸山眞男君、伊藤正雄君の研究の如きまことに価値の高いものがあるように思われますので、必要ならばそれ等の人々の研究発表を援助するというようなことも、塾として考えてよいことではないか。富田君に対する祝詞の機会に切に御一考を煩す次第であります。

（昭和三十九年六月十五日慶應義塾本館楼上　『新文明』九月号）

＊　大正末より慶應義塾による福澤諭吉資料の編纂に従事した福澤研究者。小泉の塾長在任中、昭和十六年に制定された塾歌を作詞した。

ライフワーク

富田正文（及び土橋俊一）*編纂の福澤諭吉全集二十一巻が遂に完成した。

それは量、質ともに近時の大全集と称して好いものと思う。そこに収められた福澤の著作は、前後合せて本文三〇、九二九枚（四〇〇字詰）、註記解説一、〇三二枚、年譜七五〇枚といえば、その量の如何なるものであるかは知られよう。

それは福澤諭吉によって書かれた凡べての公刊文書ばかりでなく、碑文、語録、書簡、覚えがき等等をも漏らさず集めることを企て、更に校訂の厳密、註解の周到親切である点においては、日本の全集物のいずれにも劣らないといえると思う。

例えば、福澤が徳川幕府の翻訳官として訳出または校正した外交文書を、東京大学史料編纂所の保管文書の中から検出して手写し収録したことなど、更に文久二年の洋行の際の手帳の書き入れを解読して写真版とともに並記するなど、従来何人も想い到らぬところであったと思う。

実はこの全集には、私自身監修者として名を出しているのであるから、その私が自画自讃のようなことを書くのは可笑しいわけだが、このたびの全集が全く富田のライフワークであり、富田あって始めて成し遂げられたものであったことは、知る人は皆な知っているから、私が何も遠慮するには及ばないと思うのである。

ただ私が、監修者として終始富田の健康に意を労したことは事実であった。抑も、この全集が始めて着手されてから完成の今日に至るまでの年月は、十三年余とも、五年余とも数えられるが、その間、終始気がかりであったのは、万一富田に途中で倒れられたら、監修の責任をどうしようとの一事であった。

元来富田は頑健ではない上に、近年は目を患ったから、夜半にそのことを思い出して、そのまま目が冴えてしまったこともあった。幸いに刊行事業の完了した今日、私としては顧みて先ず幸運を思うことが第一である。

福澤の著者の彼れの時代に対する影響は今さらいうまでもないが、同時に福澤は感覚鋭敏な著作者であったから、その多量の著作には、彼れの時代が反映の跡をとどめている。この点において、福澤は自ら強い発光体であるとともに、あらゆる角度からの物体を映し出す多面鏡であったということが出来よう。ここにこのたびの全集の史料としての特殊の価値があると思う。

しかし、それ等のことは別の機会にゆっくり論ぜらるべきである。ここにライフワークという題で語るのは、私が富田に全集編纂をすすめた際の一挿話のようなものである。

元来この全集の企画は岩波書店が立てたものである。十三年前の昭和二十六年中のことであった。或る日、社長の岩波雄二郎君が吉野源三郎君とともに、当時三田に住んでいた私を尋ねて来て、福澤諭吉全集及び選集の編纂を主宰してくれまいか、との依頼であった。私はきいて、もし私が富田正文を説くことに成功すれば、引き受けられるだろう、と答えた。そうしてそれに成功したという次第であった。

私はその数日後に来訪した富田に説いた自分の言葉を、今もよく憶えている。

「富田君、学者がライフワークに着手するのに早すぎたという例は今まで一つもきいていない。誰れも彼れもみな日暮れて途遠しの嘆をくり返しているのです。福澤全集のことは今まで幾たび貴君と語り合ったか、数えられないが、このたびのこれが機会というものではないでしょうか。どうです、ここで一つ決心しては。」

富田は熟慮して意を決し、その結果が、先年の福澤諭吉選集八巻となり、またこのたびの全集二十一巻となったという次第である。

この時私は別段特に深く考えていった訳ではなく、思い浮ぶままの言葉を口にしたのであったが、考えて見ると、一寸うまいことをいったものだと、自分で思う。私の言葉は当っていた。学者のライフワークの着手が早すぎたという例は、実際私は一つもきいていないのである。

誰れも彼れも未だ未だ、と思っている中に年が過ぎて、心づいたときはすでに晩いと悔いた例は、実際無数であると思う。

富田君が福澤諭吉全集編纂に意を決したのは今から十三年前だから、彼れの五十代の始めのことであった。彼れは今六十余歳、全集完成の余勢を駆って直ちに福澤諭吉詳伝の撰述を考えているらしいとは羨ましい限りである。

私は学界に、当年の富田と同じ年頃の多くの友を持っている。それ等の人々が、別にライフワークのことなど考えてはいない、ということなら何もいうことはないが、そうでなくて、もしも彼等が心に抱いている計画があるのであるなら、即時躊躇なく着手することをすすめたい。

富田正文は実行によって好い実例を示してくれた。発足が早すぎるなどということはおよそあり得ないのである。

(『文藝春秋』昭和三十九年五月号)

＊ 福澤諭吉研究者としても知られた慶應義塾職員。富田と共に福澤の全集編纂を担当。

全集難

先日、番に当って、日本学士院の例会で報告をした。題は「経済分析におけるリカアドオとマルクス」であった。

その中で、私は先年リカアドオ全集十巻の編纂を大成した、ケムブリッジの経済学者ピエロ・スラッファ氏の業績に触れて語った。この編纂の大収穫の一は、久しく捜索されて、しかも所在不明であった、ジェームス・ミル宛てリカアドオ書簡を発見収録し得たことであった。この書簡の一団は、受信者ミルから、その長子で、父よりも有名となったジョン・ステュアート・ミルに伝わり、このミルからその友人で知名の経済学者であったケアンズ（J. E. Cairnes）の手に移り、更にこの人の子の家で、堅く鎖（とざ）された金属製の箱の中から取り出されたのであった。リカアドオの死後百四十余年、ロンドンを遠くはなれたアイルランドはダブリン附近の地においての発見である。

スラッファの雀躍想い見るべし、といいたいところであるが、同時に、その困惑も一通りではなかった筈と察せられる。というのは、スラッファ君等は、すでにミル宛て書簡の捜索に絶望して、それ抜きで、すべての書簡を年月日順に編纂し、組版を進めていたからである。従って、右の発見により、すべての準備は新規やり直しということにならざるを得なかった。

そこにすべての編纂事業に従うものの喜びも悩みもあるといえる。

勿論これとは比較すべくもないが、私も近頃小さな追加発見を体験した。富田正文が福澤諭吉全集二十一巻の編纂を大成して、先き頃日本学士院の表彰を受けた。その第十七、第十八両巻は書翰集で、そこに一九五〇通の福澤の書翰が収録されている。それは実に富田及びその補助者の最善の努力の結果であることを、誰れも争うものはない。しかもこの全集が完成刊行されると、すぐその後を追うかのように、新しい発見が追加報告されるのである。その一つが私の許に来た。

三菱の重鎮といわれた故加藤武男翁[*1]が亡くなったのは一昨年の十月であった。翁は私と同窓の慶應出身者で、私の最も尊敬する畏友また先輩であった。告別葬送の後幾日、嗣子武彦君（三菱銀行常務）が広尾の私の宅に来訪して、形見として父の遺蔵品を贈りたいという。取出されたのが福澤の書翰一通、横物に表装された一軸であった。壁間にかかげて見れば、その文言は左の通りである。

「本月廿日永田町尊邸ニおゐてフㇵンシボール[*2]御催しニ付陪席可致旨被仰下難有奉存候
然処同日ハ家事の都合に由り拝趨致兼候　折角の御案内を空ふし恐縮ニ不堪候得共無拠次第此
段御断申上候
敬具
二十年四月十四日

福澤諭吉」

伊藤博文殿

一見それは全く未見の福澤書翰であることを知った。念のため福澤書翰を収めた全集第十八巻を取出して明治二十年の条下を見れば、そこに四月十四日付福澤一太郎（福澤の長子）宛てのもの、また、四月二十三日付中上川彦次郎宛てのものは収められているが、四月十四日付伊藤博文宛てのものは見出されない。この一通はあの周到綿密なる富田正文にも知られてない、全くの新発見である。しかもこの一通はその数行の文字の裏に伊藤と福澤との関係、またこの二人の背景をなす明治二十年当時の政治情勢について幾多のことを語る、ということが出来る。

伊藤は当時内閣総理大臣であった。仮装舞踏会への招待に対して福澤の返事は、思いなしか、素っ気ない。書簡の現物において、福澤が己（おの）れの姓名を大きく、宛名を比較的小さく書いているのも、その印象を強めるように感じられる。それは果たして有意か無意か。

私の見るところ、この時、伊藤及び時の外務大臣井上馨の「不信」に対する福澤の怒りは解けていなかったと察せられる。これより先き数年、国会開設を要求する民論の激動奔騰に対し、政府部内の進歩主義者であった大隈重信と伊藤、井上とは相謀って国会開設に意を決し、福澤を招いて世論指導上の協力を求めたのであった。福澤は始めこれを辞退したが、結局において三政治家の決意を壮として協力を約した。然るにその準備を整えている間に、伊藤、井上は（福澤の解釈によれば）変節して大隈と離れ、明治十四年の十月中の一日、大隈は突然政府を逐われ、福澤は大隈とともに政治的陰謀を企てたものとして嫌疑疾視を受け、福澤の門下生で当時在官のものは一斉に罷免されるという始末となった。

しかし、今日吾々の撿し得る限りの史料によれば陰謀説は無根拠である。福澤の憤懣はいうまでもない。彼れは執拗に伊藤、井上を詰り、厳しくその説明を求めた書簡は、右記の書簡集に収められている。福澤と明治政府との関係は一時断絶の姿となったのである。後年に至って福澤の心も解け、伊藤は福澤別邸で催された園遊会に来て福澤と快談し、積年の蟠りは一掃されたと、福澤伝に記されているけれども、それは十余年後の明治三十一年のことで、右に掲げた手紙の日付、即ち明治二十年当時の福澤の気持ちはまだそれとは遙かに遠いものであったに違いない。それ等の背景的史実を念頭において読めば、この短い一通の書簡もなお十分多くを語るといって好いであろう。

しかし、私がここでいいたいのは、このような興味のある書簡が、福澤全集完成の後に、しかも慶應義塾の身近の処に発見された事である。富田君を始め編纂協力者は加藤翁の家にこのような資料のあったことを全く知らなかった。加藤翁自身も多分それを忘れていたのであろう。慶應義塾出身者で母校のために尽力する人々を数えるとき、翁は実に第一に指を屈すべき人であり、福澤諭吉全集の編纂についても、翁は終始心をこれに寄せ、編纂準備の或る段階で資金が不足を告げたときも、翁は先ず醵金に応ずる率先者であった。しかもその翁にしてなお自分の手許に福澤書簡の所蔵があったことは失念していたように見えるのである。この翁にしてなお且つ然り。このことは遺漏なき資料の蒐集ということがいかに困難であるかを察せしめる。リカアドオ全集のことを語るについても私はそのことを思い、学士院に右の福澤書簡を携えて行って、会員諸氏の観覧に供した次第であった。

序でながら記せば、右の書翰はいずれ伊藤の家から出たものには相違ないが、いかにして結局加藤翁の手に帰したか、今尋ね難い。箱書きとしては蓋の裏に「福澤先生真蹟無疑者也、平賀敏土屋元作拝観」としてある。平賀、土屋ともに慶應出身者で、平賀は三井銀行を経て後に大阪の銀行、財界に重きをなし、土屋は始め時事新報、後に大阪朝日新聞の記者となり、いずれもともに親しく福澤に知られた人々である。この二人が一緒にこの書翰を見て、箱書きしたとすれば、一応その場所は大阪であったろうと考えられる。加藤翁は往年三菱銀行支店長副長として京都、神戸、大阪に在任したことがあるから、書翰の入手はその頃のことではなかったか。ただいかなる経路で、何人からこれを得たかに至っては考え難いのである。

(『文藝春秋』昭和四十年六月号)

＊1　実業家。三菱銀行頭取として三菱財閥を支える。慶應義塾評議員会議長。
＊2　仮装舞踏会。首相官邸で催され、各界有力者が仮装して集った鹿鳴館時代を象徴する出来事。

青い鳥（抄）

（一）

マアテルリンク〔メーテルリンク〕の作品が日本へ紹介され出したのは、私どもが塾を卒業する（明治四十三年）前後の頃からであったと思う。結局あまり好きにはならなかったが、私もその幾つかを読んだ。「青い鳥」もその一つである。

「青い鳥」は多分幸福の象徴であろう。木樵（きこり）の子供の兄妹は、青い鳥を索めて遠方の国々を経廻る。しかし青い鳥は思出の国にも、未来の王国にも、宮殿でも、森の中でも得られなかった。偶々捕え得たと思ったものは、色が変った。兄妹は空しく家に帰る。何ぞ知らん、朝、目醒めて見れば、青い鳥は我が家の籠にいた。子供が遠方に探して歩いたものは、実はその間中ずっと我が家にいたのである。

気取った言い方をするようであるが、私は福澤先生について「青い鳥」を感じる。私は普通部から塾に学んだものであり、父も夙（はや）く先生の教を受けた一人であったから、福澤先生を知らなかったとは無論言えない。しかし、塾を卒業してから主として学んだものは、西洋の思想と事物とであった。西洋留学中は勿論、帰ってから後も続けて読んだのは、重に西洋の書籍であった。マアテルリンクの脚本とは違い、私の場合、青い鳥はたしかに西洋にもいた。しかし、その間の久しい年月、よく視れば愈々立派な青い鳥が我が家の籠にいたことは、忘れていた。というより、実はよく知らなかったのである。私どもの時代の者が多く洋書を学んだことは、その時代として十分理由のあったことであり、国としても個人としても決して無意義ではなかったと言える。しかし、その間に吾々は我が本国のものを忘れさせるだけの十分の価値あるもののみを読んでいたかといえば、私は自ら省みて忸怩(じくじ)たらざるを得ない。

最近私は転居した。二十年近く住んだ品川の家を出て、慶應義塾の裏手に当る三田綱町へ引越した。厄介だったのは蔵書の運搬である。昨今の時節に、整然と手順よく書籍を車に載せるという如きは固より思いも寄らぬことである。書籍は殆ど手当り次第に運び出されて、新居の座敷や廊下や物入れ部屋に積み上げられ、足の踏み処もないような有様となった。転居の後両三日、これを整頓するとまでは行かずとも、兎に角一応片付けなければならぬと思って、手を着けた。悪い癖は、本を片付けながら披(ひら)いて読むことである。私も長時間それに耽った。そうして今更のように感じたのは、吾々の時代の者が多く洋書を読んで育って来たということである。無論洋書を読んだのは好い事であった。しかし常に択んで価値高き洋書を読んで来たかと自ら問えば、私は赤面しなければならぬ。遺憾ながら然りとは答えられないのである。二流三流ならまだ好いが随分四流五流の本を、かなり数多く金を費して買い、時を費して読んだ。余白への書き入れやアンダラインに今その跡が残っている。読むべきものを読み尽してその上に余裕があって読むなら好い。しかし、吾々は真実偉大なるものの我が家または我が国に在ることを忘れて、それより遙かに浅小なるものを態々遠方に索めることはしなかったか。この反省は人を嗟嘆せしめる。そうしてこの嗟嘆は、同時代の学者の多くが味わったところではなかろうかと思う。私は憮然として所蔵の洋書を見廻して、この中の果たして幾部のものが確実に正続福澤全集十七巻に比肩し得るかというようなことを考えた。私は『学問のすゝめ』『文明論之概略』「旧藩情」「瘠我慢の説」等の特異なる個々の作品を心に浮べ、また先生の著作全体の量と影響力を思いつつ仮りに英独仏いずれかの思想史にこれだけの大きな産物が出たら、それはかの国々において果たして如何なる取扱いを受けたであろうか、また、それが延いて我が論壇における評価に果たして如何なる影響を与えたであろうか、というような事をも想像した。

兎にも角にも我が家の青い鳥は、久しく我が家の者自身によっても忘れられ、今もなお十分それに値するだけの注意を受けておらぬ。これは吾々自ら認めなければならぬと思う。同窓の学者にしてさほどにもない西洋学者の学説にも通暁するほどの人々が、最も手近かな福澤先生の著作または先生関係の文献を読むのに実は意外に不精なのである。

福澤先生の思想と事業とに対する新しい評価は、「青い鳥」の我が家における発見をもって始まる。故石河幹明翁の『福澤諭吉伝』は福澤正伝として永く後世に読まるべき不朽の標準作である。しかし、石河翁の先生におけるは、なおエッケルマンのゲエテにおける、ボズウェルのジョンソン博士におけるが如きものであった。石河翁は青い鳥を遠方に索めることはしなかった。それは翁にとっては思いも寄らぬことであったろう。従ってそれを我が家に見出して驚喜することも体験しなかったであろう。

この時代に属する先輩の福澤論は、固よりそれとして動かし難い価値を有する。しかし、真実の福澤論は恐らくはその次ぎ、または次ぎの次ぎの時代によって行われるであろう。彼等は出でて広い世界に青い鳥を求めて歩き廻った。出たままでまだ帰宅しない者も多い。（或いは未だ帰宅しない者の方が多いのかも知れない。）しかし、幾人かの者は帰宅して、既に我が家の籠に求める鳥を見出した。ただ脚本中の兄妹と違い、彼等はその遊歴の間にも幾羽かの真実美しい青い鳥を得た。彼等の鳥を見る目は肥えている。それだけに彼等は、我が家の鳥の価値を比較によって愈々よく知るであろう。高橋誠一郎氏の近業『福澤諭吉』（昭和十九年実業之日本社）はその序文にも窺われる通り、かかる遊歴から帰宅して後の産物である。そこには該博なる西洋思想史の智識と、その研究によって訓練せられた思想史眼とをもって観た福澤先生と、先生を載せ、また先生によって動かされたその時代とが、先生自身の著作の殆ど全部に及ぶ渉猟に基づき、最高度の精確をもって記述せられている。しかし、高橋氏の著述はこれを須らく新しい福澤論の最初の一良著たらしむべきであろう。福澤全集十七巻の中には、歴史家、社会科学者のために殆ど無限と称し得べきほどの資料と示唆とが含まれている。

青い鳥の価値は、処々方々にそれを索めたものにして始めて切実に知ることが出来る。しかしそれを知るには帰宅して我が家を顧みなければならぬ。私は遊歴の必要を十分認めるものである。しかし、同時に、遊歴者の未だ甚だ晩からざるに帰宅せんことを希う。正続福澤全集と、他処には見るべからざる豊富なる蒐集資料は、塾で我が党学者の手を下さんことを待っている。（以下略）

（『三田文学』昭和十九年四・五月合併号）

福澤諭吉と福澤先生

福澤について語る場合、私は或るときは福澤先生と書き、或るときは福澤諭吉と書く。時として同じ本の或る章で先生と書き、他の章で名を書いたようなこともある。如何にも無方針のようだが、自分としては規則があって、それに従っているつもりである。

私は福澤と自分との個人的関係について語り、或いは慶應義塾の学生や卒業生を相手に福澤のことを語るときは先生と呼ぶ。この方はごく自然に出る。福澤を歴史上の人物として、その事蹟と事業とを客観的に記述し、評論しようとするときには、福澤諭吉と呼ぶ。これは前年来きめて実行しているが、この方は多少ギゴチナク感ずる。尤も近頃だいぶ慣れた。一般世間の人にはどうでも好いこんなことが、慶應の者にとっては一の問題なのである。

慶應義塾における福澤の感化は偉大なものであった。殊に少壮時の福澤に従学したものの畏敬と傾倒は、並み大抵のものではなかったらしい。私の亡父の如きも初期の御弟子の一人であって、私の父母が家庭で、ただ先生といえばそれは福澤のことであったのを子供心に覚えている。私が慶應に入学したのは、福澤の歿後匆々の明治三十五年であったが、「先生」という語は、敬称よりは寧ろ固有名詞のように用いられ、しかもそれは福澤一人に対して用いられ、塾の塾長その他の教員は皆なただの「――さん」であった。

それから段々に年は立ったが、福澤先生は何時まで立っても福澤先生で、これを福澤諭吉として論述するなどは中々思いも寄らぬことであった。

けれども思想史を忠実に学びまたは書くものが、幾多の思想家の中の福澤だけを「先生」として描くことは、実際に出来ない。特定の一人だけを先生として扱う態度をもって、客観的な記述や論評が出来ないのは言うまでもないことである。これはマルクシストの書く思想史や評伝の多くが、いかに膚浅(ふせん)で厭味なものになっているかを見れば、思い半ばに過ぎるであろう。orthodoxy はどこにも造り上げられ易いものであるが、思考や判断の独立を尚ぶものは、その束縛から自由であることを、常に心がけるべきであろう。

実際言葉は我々自身の選択して使うものであるけれども、一たび使われた言葉は、逆に我々の態度を支配する。――先生といい、――君といい、――チャンと呼ぶ言葉は、我々の感情を現すものであるが、一たび用いられたこれ等の呼び方は、逆に我々の態度を定める。或る人を、――先生と呼ぶことに依って、我々は先生に対する心構えとなる。――チャンと呼ぶことによって、我々は対チャン的の態度をもってこれに臨む。歌人で且つ歌学論争で有名な某氏についてこんな話を伝えきいたことがある。論争の相手をキメつけるような論調でものを言おうとするのに、その人は最初の原稿には相手を指して「貴様は」とか、「お前は」とかいう、見下した言葉を使う。そうして一旦書き上げたあとで、その代名詞だけを、差支えないものに改める。そうすると、全体の調子が、望み通りいかにも高圧的なものになって好いというのである。これは充分あり得ることだと思う。我々の遣う言葉は、自分のものであるが、その自分の言葉によって、今度は自分が支配されるのである。小宮豊隆氏は夏目漱石のことを書くのに、この頃は漱石が、といっているが、恩師の歿後暫くの間は、漱石先生がといって書いたものであった。かく氏名を呼び棄てにするようになってから書いたものの優れているのは、ひとり年月の経過による調査の進歩ばかりでなく、主人公を一個の歴史的人物として客観することによって得られる洞察批評の精到と厳正とに因るところが多いと私は思う。同じ事は三田の者における福澤についても言えるのである。

こういう次第で、私自身は先年来少し考えて、右に記したように福澤諭吉と福澤先生とを使い分けることにして、実行して来ている。当初はギゴチなかったが段々慣れたことも前記の通りである。

慶應義塾にいた頃のことである。毎年卒業して出て行く学生に、作法や言葉遣い等についてよく色色の注意をした。自分の父母のことを人に語るのに「お父さんが」「お母さんが」といって話すものがある。君、同じ父母を父母とする兄弟同士の間ならそれで好いが、他人に向ってそういうのは可笑しいよ。父が、母が、といった方が好いでしょう。とよく言ったものである。

けれども人のことは笑えない。福澤の同門の仲間同士で、福澤先生がどうされた、といって話し合うのは当り前であるが、福澤の弟子でもない世間の人に向って、先生が先生がというのは、やや世間見ずの学生の「お父さんが」「お母さんが」に類するところはないか。それで少しも可笑しくないというものもあるだろう。可笑しいと思うものもあるだろう。私は可笑しいと思い出したから改めることにした。

さて改めて見ると、改めた方がよかったと思う。福澤の思想なり、事業なりを、客観的に、学問的に取り扱う場合、その客観性学問性と先生という尊称とは相合わない。「子曰、」として弟子等が孔子の言行を伝えたような態度で福澤を語ることは、無論私は屢々する。しかし彼らの思想や事業を正確に記述し、時の環境と背景の前に、彼れを適当の大きさをもって描き出さんとするには、別の態度をもって臨まなければならぬ。尊称をもって語ると否とは瑣事(さじ)に類するけれども、やはり気をつけたいと思う。

こんな事を態々書くのは人には可笑しいくらいのものであろうが、それを一廉(ひとかど)の問題らしく取り扱うのは、やはり私が子供のときから福澤を中心とする三田の特殊の環境に成長したからであろう。

(『福澤諭吉選集』月報1　昭和二十六年五月)

福澤研究の方向について

事物の愛は知を生ず、知愈々精しくして愛愈々深しという言葉は、正しくわが党の福澤先生研究に当るものと思う。福澤研究上において他人にはなくて吾々の独り専らにする特権は、吾々の先生に対するPietyである。これあるによって、吾々は独り愛するもののみが有する直覚と不撓心とをもって先生を知ることが出来る。

けれども特権は同時にハンデキャップである。吾々の先生に対するPietyは能く吾々をして先生の本質を直感せしめると共に、また往々吾々をして先生に対して盲目ならしめる。吾々は吾々のPietyについて正当に自負すると共に、またそれに対して常に自ら戒めるところがなくてはなるまい。私事を語るのは差しひかえるべきであるが、私自身はこのハンデキャップを負う一人であることを充分に自覚する。福澤先生は私自身の師であると共に父母の師であり、伯叔父の師であり、従兄弟の師であり、妻の父母同胞の師であった。私にとっては、先生を先生に即いて見ることは些か易く、離れて見ることは極めて難い。私の日頃努めて心がけるところは先生を他人の目をもって顧みることである。福澤先生研究会*の諸君は、私よりは少しく、或いは大いに年少であるから、先生を先生に即いて見ることは多分私どもに及ばぬと共に、離れて先生を見ることにおいては遙かに私どもに勝るところがある筈である。しかもなお、その諸君と雖も、苟も慶應義塾のものは、皆な先生を見るに多かれ少なかれ「わが先生」をもってすることを免れぬであろう。それは至大の特権であると共に、また常に警戒すべき短所ともなり得ることを、吾々は常に心しなければならぬ。

善良にして世間見ずなる孝行息子はただわが父のみを見る。そうして例えば他人に向ってわが父を語るにも、「お父さんが……」云々などという。素よりその衷情は愛すべく、掬すべきものがあるけれども、吾々の期すべきはこれと異なるものでなければならぬ。先生を見るには大なる人を見る目がなければならぬ。その目を養うには、他の多くの大なる人々を見なければならぬ。大なる人は時代を造る。しかもまた自ら時代の子たるを免れぬ。吾々は先生をよく知り、正しく評価するためには先生に比肩すべき他の多くの大なる人々を知らなければならぬ。また先生を生み、先生によって動かされた幕末明治の日本を知らなければならぬ。わが党学者は学界の孝行息子であってはならぬ。少なくも私自身はその心懸けの必要を自ら痛感しているものである。

福澤全集正続合せて十七巻を読破することは固より軽易の業ではないが、しかもなおそれのみをもって足れりとすべきではない。先生の著作を読むにはそれに値する洞察玩味の力をもってしなければならぬが、それがためには東西の大なる人々の大なる作物を読まなければならぬ。道具屋の主人が小僧に美術品真贋の鑑別力を養わしめる方法というのを聞いたことがある。先ず続けて稀代の名品のみを見させるのである。これで目が真正純粋のもののみに慣れた後、俗物を見せると、小僧は強き不快の反応を感ずるということである。思想上の作物についても吾々は道具屋の小僧と同じ修行をしなければならぬ。真に福澤先生を解するには、ひとり先生の著作を読むのみをもって甘んじてはならぬという所以である。

先生は前後左右と無関係に突然天空から降下して、真空の中で活動したのではない。先生を生み、先生を育てたものは特定の現実の歴史的世界であり、先生の活動の影響を受け、更に反影響を与えたものもまた特定の現実の歴史的世界である。吾々はこの歴史的現実と離れて先生を解することは出来ず、またこの背景を無視して正しく先生を描き出すことは出来ぬ。しかも先生をその背景の前に適度の高さと大きさとをもって描き出すについては、近世史に対する該博透徹なる知識と見識と、そうして直ちに事物の核心を掴む芸術家的感覚とがなければならぬ。それは固より難事であるが、しかもそれは吾々が各々の力の分に応じて果たさなければならぬ課題である。

以上私の述べて来たことは、これを約言すれば、須らく即いて福澤先生を見よ、而して離れて福澤先生を見よということに帰するであろう。これが年長者として私の塾生一般、別して福澤先生研究会員諸君に呈する婆言である。

（『福澤研究』昭和二十五年一月）

＊ 慶應義塾大学の学生団体。大正七年結成。小泉は同会の指導・支援者の一人で、本編は同会刊行『福澤研究』戦後復刊号の巻頭に掲載された。

発見

発見というのも大げさだが、この頃、或る便宜により、かねて知りたく思っていた或る洋書の著者名と原標題とを知り、年来の疑問を解くことが出来た。きいて見れば、かねて私の下した臆測が半分は的中していたので、私としては甚だ愉快で、しきりに誰れかにこの話をしたい衝動を感じた。けれども、私の昨今の日常では、そのような閑談の相手は附近にはいない。よってその始末を書いて、吹聴させてもらうことにした。

先き頃私は「福澤諭吉の歴史観」というものを雑誌『新文明』に寄稿し、その抜刷を作ってもらって学界の人々百余人に贈呈した。その中に私は、福澤が明治十二年（一八七九年）という夙い頃に著述した『民情一新』の一章に、ロシアにおける社会思想史の一節を叙べ、あのアレクサンダー・ヘルツェン及びその機関紙『コロコル』（鐘）の独裁政府攻撃とその影響、ミハイル・カトコフのこれに対する反駁、更に虚無党員の皇帝に対する兇行等についてやや委しく述べていることを記した。当時福澤はいかなる資料によってこれを書いたかというと、福澤自ら「千八百七十年英国刊行エカルド氏所著の魯西亜近世史」に拠ると記している。（『福澤諭吉全集』第五巻三三ページ）。私は嘗てこの『民情一新』を、同じく福澤の「旧藩情」及び福澤全集緒言と合わせて一部の単行本として出版することを企てたことがある。（福澤諭吉『民情一新』小泉信三解題、昭和二十二年常松書店出版）。その解題を書くとすれば、引用書の原名を明らかにしなければならぬ。「エカルド氏」とはいかなる人か。「千八百七十年英国刊行」の書といえば、著者は当然先ず英国人と考えられる。エカルドの綴りは如何。福澤の洋語発音にはかなり自己流があったけれども、エカルド氏といえば、先ず、Ecard, Eccard, Ecardo, Eccardo 等々が考えられる。私はこれ等の綴字を様々に想像して、あの大部な *Dictionary of National Biography* を始め、手の届く限りの人名辞書を引いて見た。どれにもない。更に各種の百科全書にも当たって見た。それにもない。

ところが「英国刊行」の書とあるので著者は当然英国人と思ったのであったが、更に考えて見れば、英国刊行の翻訳書でないとも限らない。そこで大陸人かも知れぬものとして、また各種の辞書全書の類を、自分で引いたり、人に頼んで調べてもらったりしていると、ここにドイツでごく普及しているマイヤアの会話辞書（*Meyers Konversationslexikon*）に、幾人かの Eckardt という人名が出て来る。Eckardt を、福澤がエカルドと読むことはあり得ないことではない。しかし、幾人かの Eckardt 等は、皆な一八七〇年に英国で著述をしたという条件には合わぬ。ただここに一人、一八三六年に、バルチック沿岸ラトヴィアのウォルマール（ヴァルミエラ）に生まれ、一九〇八年にドイツのワイマールで死んだ Julius von Eckardt なる人物があり、「著述家にして外交官」とされている。福澤の読んだ『魯西亜近世史』の刊行年である一八七〇年には三十四歳の筈であるから、その著者であり得ない年齢ではない。しかし、彼れにロシア近世史という題の著述があったことは、そこに記されていないし、またそこに掲記される著述は、みなドイツ語のもののみである。ただ私の目を引いたのはこの人の次ぎの一著述であった。

Russlands ländliche Zustände seit Aufhebung der Leibeigenschaft, 1869.（農奴制廃止後におけるロシアの農村状態）

彼れがロシアに興味を抱く著者であることは他の著述によっても明らかである。ただこの標題では、無論それをロシア革命運動史と断ずることは出来ぬが、しかし、ロシアの農奴解放後の農村状態を、革命運動ぬきで叙述することは不可能であろう。然らばこのエッカルトが福澤のいうエカルド氏であり得るか。それにしても福澤はドイツ書は読まなかった筈であるし、現に英国刊行と明記してあるのだから、この書が直ちに福澤の読んだ本そのものではあり得ない。然らば、この書が英語に翻訳されて、翌年即ち一八七〇年に、英国で刊行されたと考えることはどうであろうか。それは覚束ないといえばたしかに覚束ない仮説である。けれども、全然あり得ないことではない。当時——通信交通連絡の諸事甚だ不便であった、昭和二十二年の当時——私としては東京にいてこれ以上詮索を進めることは事実上不可能であった。それで、私は解題者の註として「著者の氏名、標題、出版年時より見て、或いはこの書の英訳書がその翌年に出て、それを福澤が一読したのかとも考えたが、固より一個の想像説に過ぎないのである。疑いを記して後考を待つ」というに止めざるを得なかった。福澤諭吉全集の編纂者富田正文もそれを諒としたものらしく、右の『民情一新』を収めた岩波刊行の福澤諭吉全集

第五巻の編纂者註に、私の右の註記をそのまま引用してくれている（六四四ページ）。

けれども、私としては物足りない。福澤が読んだ「エカルド氏」の英国刊行魯西亜近世史というものは、たしかに間違いなく存在したのだから、ロンドンのブリチシュ・ミュージアムの図書館あたりで一寸カタログを見れば、すぐ分かる筈だと思うと、甚だもどかしいのである。もう五十年前になるが、ロンドン留学中であった二十台の私は、一九一五年の春から夏へかけ、澤木四方吉、水上瀧太郎と一緒にこのブリチシュ・ミュージアムの極く近くに下宿して、毎日この博物館の読書室に通っては午まで読み、下宿で午食をたべては、午後また博物館に還るという日課を久しく続けた。あの図書館の円形の大読書室には、今はどうか、当時は著者名による大判のカタログしかなかったが、私はその使用に慣れたから、「エカルド」の著書くらいさがし出すのは朝めし前だがと、腕を撫する（少し誇張していうと）というような次第であった。ところが、機会は来た。

慶應義塾では若い学者の養成ということを考えて、先頃福澤諭吉記念基金というものを設け、年々選抜して留学生を西洋へ送り出すことにした。その最初の選に当たったのが四人で、その中の一人が、英文学専攻の安東伸介*君である。その安東君が九月の始め英国への出発に先だち私の宅へ暇乞に来た。さまざま語る間に、同君はオクスフォードに往くつもりだが、ロンドンのブリチシュ・ミュージアムにも通うことを考えているといった。私は急に思いついて、ブリチシュ・ミュージアムに往くなら、序でに一つカタログを見てくれませんか、といった。そうして、同君からのロンドンへ着いたという知らせに折り返して、私は封緘ハガキに、細かく依頼の用件を書いた。

福澤のいう「エカルド氏」はJulius von Eckardtではないか。そのエッカルトの一八六九年の独文著述『農奴制廃止後におけるロシアの農村状態』が、一八七〇年英訳出版されているという事実はないだろうか。それを図書館のカタログに当たって見てくれませんか。云々。

日ならずして返事があり、問題は解かれた。「エカルド氏」はJulius von Eckardtであった。しかし、彼れの魯西亜近世史は、私が臆想したように、「農村状態」の翻訳ではなくて、マイヤアの会話辞書には載っていない、別の英文著述 *Modern Russia*, 1870. であった。安東君の十月五日付書簡の一節を引く。

「エカルド氏所著『魯西亜近世史』につき本日ブリティシュ・ミュージアムで調査致しましたところ、恐らくこれに相違ないと思われるものを発見致しました。カタログの記載事項を記しますと、

Eckardt (Julius Wilhelm Albert von), Modern Russia: Comprising Russia under Alexander II, Russian Communism, The Greek Orthodox Church……, The Baltic Provinces of Russia. London, Leipzig〔printed〕1870.

となって居ります」とある。

なお同君の報告によると、この書はブリチシュ・ミュージアムに所蔵本が二冊あり、一冊はロンドン発行、一冊はロンドン及びライプチヒ同年発行となっているが、安東君は同じライプチヒで印刷されたものを、ロンドン及びライプチヒ両処で出版したものだったろうと考えている。なお安東君の書誌的報告にはこれ以外ここに再録したい記載もあるが、姑らく割愛するとして、福澤が読んで引用し

た一八七〇年版のロシア近世史なるものが、右記の一書であったことはもはや疑いない。「本日種々調査致しました限りでは『エカルド』に相当する人で、ロシア関係の書をあらわした者は、ミュージアムのカタログに他に見当らず、先ず右の本が先生（福澤）の拠られたものであろうと信じて居ります」という安東君の断定は最終的のものと思う。

このように本の標題が分かったので、私は何時も通う麻布鳥居坂の国際文化会館の図書館に往き、国会、東大その他連絡ある各図書館に右書の所蔵があるかどうか問い合わせてもらった。何処にもない、ということであった。ただ、いわば私の自宅ともいうべき慶應義塾図書館に、同じエッカルトの『ロシアのバルト諸州』（*Die Baltischen Provinzen Russlands*, 1868.）という標題の本があるとの返事があった。早速取り寄せてもらって一覧すると、それは論文集であって、その第一章は「東海（即ちバルト海）沿岸の土地と人民」と題するものであった。すでに気付かれたであろう通り、右のロシア近世史そのものも四篇の論文を集めた文集であり、そうしてその最後の一篇は「ロシアのバルト諸州」と題するものである。とすると、この英独二篇の論文は同じものか、そうでないまでも、極めて相似た内容のものではなかろうか。即ち著者が一たび独文で発表したものをそのまま英訳するか、或いは英語で書き直して発表したものではなかろうかと想像されるのである。同じことは同書中の他の論文についてもいわれるので、「農村状態」の内容の或る部分は英語で「近世史」中に再説されているのではあるまいか、とも思われる。けれども、何分原文を比較することは出来ないのであるし、且つあまりそれを長くいっていると、負け惜しみにきこえるかも知れないから好い加減に差し控えなければなるまい。

以上が私の「発見」である。これを読んで、毎日忙しい、とこぼしながら何という閑な詮索をしたものだろうといわれるかも知れぬ。一応一言もないといわなければならぬ。ただそういうときに弁護してくれるマックス・ヴェバーの有名な言葉がある。

「自己の全心を打ち込んで、例えば或る写本の或る箇処の正しい解釈をうることに夢中になるといったようなことのできない人は学問には向かない」（『職業としての学問』）。

がそれである。ここでも再びそれを引きたい。この「夢中」なくして学問の進歩はないのである。


（『新文明』昭和三十七年十二月号）

＊　のちの慶應義塾大学文学部教授。専門は中世英文学。

編者あとがき

小泉信三が心筋梗塞で急逝したのは昭和四十一（一九六六）年五月十一日のことであった。最後の著書となった岩波新書『福澤諭吉』の「序」の冒頭、小泉はこう記している。
「明治の興隆に働いた巨人の一人、福澤諭吉の人と事業を、このような新書本一冊で語りつくすことは無論不可能で、この書の如きもただ私なりの小スケッチに過ぎない。私は亡父も自分もその教えを受け、かねて福澤を語る一書を著すべきだ、と心に期したことは事実であるが、この書の本文においては、私は自分の個人的追憶は一切語らず、すべて客観的資料によって福澤を伝えることに努めたつもりである。」

一方で、小泉は同年三月十四日、福澤研究者として深く信頼していた富田正文に宛てて「新書一冊で福澤を語り尽せないことは勿論で、なお語るべきことは山の如くありますが、若しこの度の一冊が幸いに商業的に成功したら、更に別の一冊で語り足そうとも思っていますが」と述べている。『福澤諭吉』が世に出たのは三月末のことであったので、生前に完成したこと自体が既に幸運であったと言わねばならないが、それでもなお、その続編が書かれずに終わったことが惜しまれる。

小泉は、明治二十一（一八八八）年、東京三田に生まれた。父信吉は、慶應二（一八六六）年、未だ「慶應義塾」と命名される前の築地鉄砲洲時代に入塾した福澤諭吉の愛弟子であり、信三が生まれた時は、慶應義塾の塾長（当時は総長と称した）の任にあった。信吉は、塾長を退いて横浜正金銀行の支配人を務めていた明治二十七年に急逝するが、遺された家族は、福澤の心遣いで一時期、三田山上の福澤邸の一棟に住み、その後も三田に住んだ。更に小泉は、福澤が亡くなった翌年の三十五年に普通部生になったので、福澤の遺風の色濃く残っていた時代を、慶應義塾の塾生として過ごすことになった。その後、理財科（後の経済学部）の教員となり、ヨーロッパ留学を経て教授となった年に、親友阿部章蔵（作家・水上瀧太郎）の妹とみと結婚するが、その父は、やはり福澤門下で明治生命を創立した阿部泰蔵であった。このように、小泉は、福澤の生前の面影を知るのみならず、草創期からの慶應義塾の気風、三田の空気を良く知る人であった。その小泉が、意識的に個人的な思い出を排除し、敢えて客観的資料を基に、抑制の効いた筆致で記したのが『福澤諭吉』なのであった。

この『福澤諭吉』は、福澤諭吉の伝記の代表的な一冊として今日まで版を重ねており、現在でも容易に書店で入手することができる。しかし一方で、小泉が個人的追憶を記した数々の随筆は、『文藝春秋』、『新文明』などの雑誌に寄稿され、その折々に随筆集に再録されたものの、今日では入手が難しい。また、全てを収録している『小泉信三全集』も索引の題目のみでは福澤に言及しているか否か判別のつかないものが多い。そこで、本書は、私的な回想からなる「I　福澤先生と私」をはじめとして、福澤に関する随筆を集めることにした。

小泉は、大学の福澤先生研究会の塾生達に向けて「須らく即いて福澤先生を見よ、而して離れて福澤先生を見よ」(「福澤研究の方向について」)と語ったことがある。「吾々の先生に対するPietyは能く吾々をして先生の本質を直感せしめると共に、また往々吾々をして先生に対して盲目ならしめる」と言うのであった。当時は、福澤に、あるいはその周囲の人々に接したことのある人が未だ多かった時代であり、小泉の言う「離れて」客観的に福澤を見ることが難しい時代であった。それだけに、一人の人物の実像に迫るためには、資料に基づいて客観的に迫ろうとする姿勢が強調される必要もあった。しかし、今日においては、逆に、資料のみから論じたものが余りに多くなり、「即いて」見ることの方が難しくなってしまった。したがって、福澤諭吉の実像に迫る上で、同時代に生きた、福澤を直接知る人々が感じ取っていたその人間像を示すものとして、私的な体験と実感をもって語られた随筆の重要性は増していると言わねばならない。その点で小泉は、直接福澤に接したのが幼少期であったため、むしろ福澤周辺の人々(それは小泉にとっても近しい人々であった)の様々な回想を通して重層的にその人間像を捉えることができた。しかもそれを記述するに当たっては、対象としての福澤に安定した距離を持って見ることに努めた人であったので、その個人的追憶の描写の史料的価値は高いと言えよう。

加えて、福澤の人となりを理解するためには、福澤の日常も塾生の日常も全てがそこにあった当時の三田山上の空気に目を向ける必要がある。福澤は、最晩年に至るまで慶應義塾の空気あるいは塾風というものに最大限の注意を払っていた。たとえば、塾生に対しては、「独立自由の一義は、君等が読書中にもその義を解し、先輩の言を聞ても之を悟り、都て塾中の空気に呼吸して自然の心に得たる所のものあるべし」(『福澤諭吉著作集第五巻』「独立自由の主義」)と語り、また、草創期の塾生との懐旧の会では、「教場の学事は殆ど器械的の仕事にして、僅かに銭あれば以て意の如くすべしと雖も、我が党の士に於て特に重んずる所は人生の気品にあり。(中略)義塾を一団体とすればその団体中に充満する空気とも称すべきものにして、畢竟するに先進後進相接して無形の間に伝播する感化に外ならず」(同五巻「気品の泉源、智徳の模範」)と語った。つまり、福澤の思想と教育観を理解するためには、慶應義塾における教育の実践を見る必要があるが、その際には、当時の三田山上の空気を知ることが不可欠なのである。小泉の随筆はその一助となるであろう。小泉は対象としての福澤のみを切り出して捉えるのではなく、常に周囲の人や情景と共に捉えて、描写しようとする人でもあった。

「II 福澤先生が今おられたら」には、福澤に言及する随筆を多く集めた。これらは戦後に書かれたものである。

小泉は、昭和二十年五月二十五日の空襲で重度の火傷を負った。この大戦では長男信吉を南太平洋の海戦で喪い、また、多くの塾生が戦死した。戦後、このような失意の中で、求められるままに文筆活動を再開したが、日本の進路を巡って、世を阿ることなく、敢然と信じるところを説いた小泉の論説は多くの読者を得た。また、読書、スポーツをはじめ多岐にわたる随筆が広く愛読された。その内容について、国文学者であり福澤研究者でもあった伊藤正雄はこう記している。

「広範な博士の全著作中、純然たる福澤論の占める率は、さまで大きいものではないであろう。しかしながら、近年博士くらい頻繁且つ熱心に福澤を語った学者は類がなかったと思う。直接福澤をテーマにしなくても、福澤の精神に立脚した文章は少なしとしない。けだし福澤精神の骨髄を以て日本再建の指針たらしめようとする悲願が博士の晩年を貫いていたのであろう」(「守成の人」)『エッセイ集1　善を行うに勇なれ』は、いわゆる道徳的脊骨、モラルバックボーンにつながる随筆を集めたものだが、本書『エッセイ集2　私と福澤諭吉』とを照らし合わせてみれば、前者もまた「福澤の精神に立脚した文章」であることを感じることができるであろう。この二冊が補完し合うことで、小泉が戦後の日本再建の指針たらしめんとした福澤精神が如何(いか)なるものであったか窺い知ることができるのではないだろうか。

小泉は、福澤を語る時には、その主題として周囲の人々を取り上げたり、『福翁自伝』等の著作を取り上げることも多かった。小泉の戦後の代表的な著書に、『読書論』と並んで『読書雑記』がある。その中で「『自伝』は最も楽しんで読み、今もくり返して読みつゝある本の一つであるから、私の読書雑記と称するものにこの一書を省く訳には行かない」と述べている。

これとは別に、『民情一新』、『旧藩情』に特に注目していたことは記しておくべきであろう。昭和二十二年、小泉は、両書に「福澤全集緒言」を加えて収めた『民情一新』(常松書店)を出版した。その巻頭に「福澤諭吉の歴史観」と題する長文の解題を寄せ、その冒頭で次のように記した。

「本書に収めた『民情一新』『旧藩情』及び『福澤全集緒言』は何(いず)れも福澤諭吉の著作の中で従来あ

まり広くは行われず話題に上ることも比較的少なかったものである。それを茲に読書界に紹介するのは、前二者が史学上社会学上特異の着眼と考察とを展開したものとして今日から顧みても価値高き作品であることに由るものであり、又第三の者は、これは趣を異にするが、福澤自らその思想の成長、見聞の拡大、その著作に対する用意態度、その成績に就いて語った、謂わば文筆上の自叙伝ともいうべきもの（後略）」

これに関して、丸山真男は後に『「文明論之概略」を読む』において、「この著（『民情一新』のこと）の思想的価値の高さを最初に指摘したのは、おそらく小泉信三でしょう」と指摘している。「Ⅲ　福澤諭吉を語る──人と著作──」において、他の随筆とは些か趣の異なる「福澤と唯物史観」を収めたのも、この中での『民情一新』『旧藩情』についての考察をみると、小泉が福澤のどのようなところを注目し評価していたのか、小泉の観察眼を知ることができると考えたからである。

小泉は、「Ⅳ　福澤諭吉と向き合う」にその一端が見られるように、今日に至る福澤研究の基盤を作った人でもある。大正版『福澤全集』の編纂をした石河幹明は、引き続き『福澤諭吉伝』全四巻を編んだが、この時、石河の助手を務めた富田正文の学識と人柄を終生高く信頼し、よく励まし、よく支えたのであった。

昭和二十五年、岩波雄二郎らは、岩波書店から福澤の全集を刊行したいと小泉のもとを訪れた。小泉は、まず選集を編み、その経験と余力の上に、全集の刊行に取りかかるのが良いと提案した。その助言に従う形で、富田正文と土橋俊一は『福澤諭吉選集』八巻を出版し、次いで『福澤諭吉全集』全二十二巻の出版に至ったのであった。当時、慶應義塾は戦災からの復興で経済的余力も無かったため、社団法人福澤諭吉著作編纂会を結成して、その編纂作業の母体を作ったのも小泉であった。

この福澤諭吉著作編纂会は、小泉歿後の昭和四十八年、福澤諭吉協会と改組されて今日に至り、富田、土橋を編者とする新書版『福澤諭吉選集』十四巻発刊にも寄与した。そして、富田は、小泉の生前からの「福澤伝を」との期待に応え、石河の『福澤諭吉伝』に次ぐ正伝とでもいうべき『考証福澤諭吉』をその最晩年に完成させたのであった。

平成になってからは、『福澤諭吉書簡集』全九巻が編纂されたが、これも全集編纂時の書簡の蒐集、そして福澤諭吉協会の『福澤諭吉年鑑』における新資料の考証と収録の蓄積がなければ出来ないことであった。そもそも書簡にいち早く注目したのが小泉信三であった。たとえば、『読書雑記』で「福澤諭吉書翰」の章を設け、その冒頭で「福澤書翰はぜひ福翁自伝と共に読ませたいものである。既記の通り、福澤先生は『自伝』で腹蔵なく己れを語っている。併(ただ)し先生の書翰は往々さらに一層自由に露呈された先生の面目を見ることが出来る」と述べている。また、昭和二十二年に『福澤諭吉の人と書翰』を世に出し、二十八年には福澤が留学中の息子一太郎、捨次郎に宛てた書簡を集めた『愛児への手紙』に解題を寄せた。

更に小泉の福澤諭吉研究への支援で忘れてはならないのは、伊藤正雄、丸山真男ら慶應義塾外の学者の福澤研究を大切にした姿勢であろう。たとえば、小泉、丸山の双方と親しく接した英文学者安東仲介は、両者は一般には戦後の保守主義と革新思想をそれぞれ代表するオピニオン・リーダーとして捉えられ、水と油のように見られるが「特に福澤諭吉という人物を中心にして、両先生はきわめて自然に、そして快く結ばれているのである。丸山先生の優れた福澤研究の意義について、若い頃の私に熱心に語って下さったのは、他ならぬ小泉先生であった」（「丸山先生と小泉先生」）と回想している。

小泉は、ウェッブ夫妻や津田左右吉らの最晩年の著書に敬意を表しながら、その「学者の老健」に倣いたいと繰り返し記したが、学者としての旺盛な気力と好奇心は、最晩年まで衰えることがなかった。その姿は本巻の最後に配した「発見」にも見ることができる。『民情一新』の中で福澤が言及した「エカルド」に注目し、昭和三十七年、英国留学中の安東に調査を依頼した。その報告の手紙への返信で小泉は、「多年心にかゝっていた「エカルド氏」を、恐らくJulius Eckardtかと思いつつも確証がないため断定しかねて年を過ごしましたが、この度貴君の御取調により遺憾なく判明、実に「狂喜乱舞」の次第です」と記し、安東からの追加の報告の手紙への返信ではこう語ったのであった。

「僕が頼んで置いてそんなことをいっては済まないが、随分あの種の詮索や発見は面白かっただろうと思いました（失礼）。御探査の結果として僕の憶測が幾つか的中していることを発見したのは愉快でした。ダカラ学問はやめられねぇ、と申すべきか。」

本エッセイ選は小泉信三の歿後五十年を機に編纂したものである。編者らは平成十六（二〇〇四）年にスポーツに関する随筆集『練習は不可能を可能にす』を刊行して以来、小泉に関する随筆集、聞き書き、図録の編集や展覧会の開催に携わる機会に恵まれた。それまでの小泉歿後の三十数年の間、出版をはじめ様々な事業を地道に担って来たのは、このあとがきで記した富田正文氏、土橋俊一氏、安東伸介氏をはじめとする方々であった。私自身は、これらの方々に生前多くのことを教えて頂いたが、そのことが一連の出版につながったとの念を改めて覚えるのであり、心からの謝意を捧げたい。例えば、本書のような個人的追憶を中心にした本の編集も、以前に土橋氏が講談社学術文庫『私の福澤諭吉』で意図されていたものである。その解説で土橋氏は「今回は師弟の Piety をその基底に置いた、偉大な愛の人としての福澤を、ここでは描こうとしたものである。その点でどこまでも著者の「私の」福澤諭吉に終始させたい願いが籠められている」と記した。同書は頁数の制約から十分に網羅できているとは言い難いが、本書はその意図を発展させたものとも言えよう。

本書の編集にあたっては、編者四人がそれぞれ別々に『小泉信三全集』を通読し、慶應義塾大学出版会の及川健治氏と大石潤氏が作成した著作リストで、採用したい随筆を選ぶことからはじまった。そして、内容の重複、全体のバランス等も考慮しながら討議を重ねて最終目次に至っている。頁数の関係で採用を断念した多数の読み応えのある随筆があることも申し添えたい。

最後に、及川氏、大石氏をはじめ出版会の方々の御助力に謝意を表すると共に、いつも多くのことをお教え下さり、また温かく励まして下さる小泉先生の二女の小泉妙氏に心から感謝を申し上げたい。

平成二十八年十二月

編者を代表して　山内　慶太

〈編者略歴〉
山内慶太（やまうち　けいた）
慶應義塾大学看護医療学部・大学院健康マネジメント研究科教授、慶應義塾福澤研究センター所員。慶應義塾常任理事。博士（医学）。昭和41年生まれ。平成3年、慶應義塾大学医学部卒業。慶應義塾横浜初等部の開設準備室長、部長を歴任。『福澤諭吉著作集』第5巻、『練習は不可能を可能にす』、『父 小泉信三を語る』、『アルバム 小泉信三』を編集。主な共著書に『福澤諭吉歴史散歩』（以上慶應義塾大学出版会）など。

神吉創二（かんき　そうじ）
慶應義塾幼稚舎教諭。庭球三田会常任幹事。昭和45年生まれ。平成4年、慶應義塾大学法学部法律学科卒業。在学時は慶應義塾体育会庭球部主務。著書に『伝記 小泉信三』（慶應義塾大学出版会）。『慶應庭球100年』（慶應庭球100年編集委員会）、『練習は不可能を可能にす』、『父 小泉信三を語る』、『アルバム 小泉信三』（以上慶應義塾大学出版会）を編集。

都倉武之（とくら　たけゆき）
慶應義塾福澤研究センター准教授。福澤諭吉記念慶應義塾史展示館副館長。昭和54年生まれ。平成19年、慶應義塾大学大学院法学研究科博士課程満期単位取得退学。武蔵野学院大学専任講師を経て現職。専門は近代日本政治史。『1943年晩秋 最後の早慶戦』（教育評論社）、『父 小泉信三を語る』、『アルバム 小泉信三』（以上慶應義塾大学出版会）を編集。

松永浩気（まつなが　こうき）
慶應義塾幼稚舎教諭。慶應義塾高等学校庭球部監督。庭球三田会常任幹事。昭和59年生まれ。平成19年、慶應義塾大学環境情報学部環境情報学科卒業。在学時は慶應義塾体育会庭球部主将。大学卒業後は三菱電機ファルコンズと選手契約を結び、プロテニス選手として海外ツアーを転戦。2012年より幼稚舎教諭。

小泉信三（こいずみ　しんぞう）
経済学者、教育家。明治21（1888）年、東京三田に生まれる。普通部より慶應義塾に学び、体育会庭球部の選手として活躍。明治43年、慶應義塾大学部政治科を卒業し、慶應義塾の教員となる。大正元（1912）年9月より大正5年3月まで、イギリス・ドイツへ留学。帰国後、大学部教授として経済学、社会思想を講ずる。大正11年より昭和7（1932）年まで庭球部長。昭和8年より昭和22年まで慶應義塾長を務める。昭和24年より東宮御教育参与として皇太子殿下（現上皇）の御教育にあたる。昭和34年、文化勲章受章。昭和41（1966）年、逝去。著書に『共産主義批判の常識』、『読書論』、『福沢諭吉』など多数あり、歿後には戦死した長男を追悼した『海軍主計大尉小泉信吉』が刊行された。また、『小泉信三全集』（全26巻・別巻1）、『小泉信三伝』等が編纂されている。平成20（2008）年には「生誕120年記念小泉信三展」が慶應義塾大学三田キャンパスで開かれ、多くの来場者を集めた。平成28年に歿後50年を迎えた。

小泉信三エッセイ選2　私と福澤諭吉

2017年1月25日　初版第1刷発行
2023年1月25日　初版第2刷発行

著　者――――小泉信三
編　者――――山内慶太・神吉創二・都倉武之・松永浩気
発行者――――依田俊之
発行所――――慶應義塾大学出版会株式会社
〒108-8346　東京都港区三田2-19-30
TEL〔編集部〕03-3451-0931
〔営業部〕03-3451-3584〈ご注文〉
〔　〃　〕03-3451-6926
FAX〔営業部〕03-3451-3122
振替　00190-8-155497
https://www.keio-up.co.jp/
装　丁――――中垣信夫＋北田雄一郎（中垣デザイン事務所）
印刷・製本――株式会社理想社
カバー印刷――株式会社太平印刷社

Printed in Japan　ISBN 978-4-7664-2384-6